ŒUV

MILAN KUNDER

米兰·昆德拉
著
袁筱一
译

生活在别处

LA VIE EST AILLEURS

上海译文出版社

目录

第一部

诗人诞生

1

诗人究竟是在哪里被怀上的呢？每次诗人的母亲想到这个问题，她觉得只有三种可能性值得考虑：某个夜晚在广场的长凳上；或是某个下午在诗人父亲朋友的房子里，再不就是某个早晨在布拉格市郊一个罗曼蒂克的角落里。

诗人的父亲想到同样的问题时，他最终得出的结论是在朋友的房子里怀上了诗人，因为那天一切都是乱七八糟的。诗人的母亲不愿意去他朋友的房子，他们为此争论了两次又两度和好，他们做爱的时候，邻居的房门发出吱呀的怪叫，诗人的母亲害怕得要命，他们不得不中止做爱，然后两人又重新开始，在一种仓皇失措中结束，诗人的父亲觉得正是在这种仓皇失措中不慎怀上了诗人。

可是诗人的母亲正相反，她一秒钟都不能忍受在这个借来的房子里怀上诗人的念头（房子展现出一个单身汉的凌乱，诗人的母亲看见那皱巴巴的床单和床单上揉作一团的睡衣就不由自主地感到厌恶），她也否决了广场长凳的可能性，她很不情愿地接受在那样一种地方做爱，一点兴致也没有，因为她觉得只有妓女才会在广场的长凳上做爱，一想到这个她就倒胃口。因此她肯定地认为只有可能是在那个阳光灿烂的夏日早晨，在那个布拉格人喜欢星期天去散步的小山谷里，在一块悲怆地矗立在岩石堆当中的巨岩下，她怀上了诗人。

从很多理由来看，这个背景显然更适合作为诗人的诞生地：接近正午的阳光照耀着，这是背景之一，不是黑暗而是光明，是白天，而不是黑夜；再说这是一个开放的自然场所，因此是一个为飞翔和翅膀所准备的地方；最后，尽管离城市近郊的楼房不远，这儿仍然算得上是一处罗曼蒂克的景致，原始碎裂的土地上遍布突兀的岩石。对于母亲来说，这一切构成了一幅具有很强表现力的景象，完全表达了她当时的体验。她对诗人父亲的伟大爱情不正是对她父母那种平庸而规律的生活的浪漫反抗吗？她这样一个富商的女儿却选择了一个一文不名的工程师，她所证明的勇气与这未经开垦的风景之间不正是有着某种神秘的相似之处吗？

诗人的母亲当时沉浸在伟大爱情之中，尽管就在岩石下度过的那个早晨之后没几个星期，她就品尝到了失望。的确，这一天，她兴高采烈激动不已地向她的情人宣布，每个月定时来骚扰她的月经这次已经过了好几天，而工程师竟然带着一种令人反感的冷漠（但是他的态度也许是装出来的，只是为了掩饰他的尴尬）回答她说，这只是一种毫无意义的生理周期失调，过不了多久就会正常的。诗人母亲受到了伤害，觉得她的情人不愿与她共享这份希望与喜悦，就没再多说什么，直至医生宣布她怀孕的那一天。诗人的父亲说他认识一个妇产科医生，可以谨慎地帮他们摆脱烦恼，诗人的母亲听了不禁放声大哭。

反抗的感人结果！她先是以年轻工程师的名义反抗她的父母，然后她却跑到父母那里，请求他们在这件事上帮助她。她的父母果然没有让她失望：他们找到了诗人的父亲，和他坦诚相见，工程师很快就弄明白自己无法逃避，于是同意立刻举行婚礼，并且毫无异议地接受了一笔丰厚的陪嫁，足以让他开一家自己的建筑公司；接着他就带着自己那一点可怜的财产——统共只有两个手提箱——搬进了新娘打出生就和自己父母一直住着的那幢别墅里。

虽然工程师那么快就投降了，可是诗人的母亲却无法不意识到，她不无轻率、全心投入的这场自认为高贵的冒险，并不是她认为自己有权期待的伟大爱情。她的父亲掌管着布拉格两家运转良好的药店，因此他的女儿也颇有收支平衡的意识；既然她在爱情中投入了她的全部（她不是准备背叛自己的父母和安宁的家庭吗？），她就要求她的伴侣在他们共同的账户里投入同等的感情。为了修正这份不公正，她要从这账户里取出她曾经存入的爱情，因此在婚后，她总是甩给她丈夫一张高傲而严厉的脸。

诗人母亲的姐姐不久前才离开家里的这幢别墅（她刚结婚，在布拉格市中心租了套房子），因此老两口仍然留在楼下的房间里，而工程师和他们的女儿则搬到楼上两大一小的三间房里，布置得完全和二十年前新娘父亲修筑这幢别墅时一样。年轻的工程师继承了别墅，内部装修家具一应俱全，这对他而言倒是正好，因为除了那两只手提箱里的内容，严格说来他的确一无所有。他也曾经提到过为房间布置做一些细微的修改，这样可以使房间看起来与以往有些不同。但是诗人的母亲坚决不能接受一个企图把她送到妇产科医生手术刀下的男人竟敢打乱体现父母精神的原有内在秩序，这里面有二十年温馨的习惯，彼此间的亲昵和二十年的安全感啊。

年轻的工程师又一次毫不反抗地投降了，他只表示了一点小小的异议，我们很有必要在此着重指出：小夫妻俩的卧室里有一张灰色大理石面的小圆桌，上面放置着一尊男人的裸像；男人左手持琴，竖琴抵着他丰满的臀部，右臂则悲凄地弯着，仿佛一秒钟前手指才拨弄过琴弦，他的眼睛仰望着天空的方向。我们必须补充说明的是这个男人有一张异常英俊的脸，卷曲的头发，再加上用来雕刻塑像的石膏的苍白，给这尊小小的雕像平添了一份女性般的温柔，或者说是处女般的圣洁。我们用圣洁这样的字眼也并非出于偶然，因为根据雕像底座的铭文来看，这个持琴的男人是希腊神祇阿波罗。

但是诗人的母亲很少有看到雕像却不感到愤怒的时候。大部分时间，雕像都被掉转了方向，后背冲着人，要么它被当成工程师的帽架来用，要么就是他那细美的头颅上被套上工程师的鞋子，更有甚者他竟然会被套上工程师的臭袜子，由于袜子散发出阵阵臭味，这便象征着对缪斯的可恶的亵渎。

如果说诗人的母亲还是耐下心来接受这一切，这并不是因为她那一点点可怜的幽默意识，其实她早就猜到了这事的明确含义，她的丈夫是要通过玩笑表明他沉默下的抗议：他拒绝她的世界，他屈服于她的世界也只是暂时的。

于是这个雪花石膏的玩意儿成了一个真正的古代神祇，也就是说一个超自然的生灵进入了人类的世界，他使人类的命运变得混乱，然后密谋揭穿人类的秘密。年轻的新娘把他视作自己的同盟，他那沉思着的略带女性温柔的神态使他变得尤为生动，有的时候，他的眼睛会呈现出一种梦幻般的彩虹色，嘴唇也仿佛在呼吸。年轻的新娘爱上了这尊小小的裸像，他可是因为她并且为了她遭受凌辱的呀。她欣赏着他英俊的脸庞，开始期望肚子里的孩子能长得像丈夫的这个英俊敌人。她是那么期望，以至于开始想象孩子并不是她和丈夫的，而是和这个年轻男子的杰作。她祈求这个英俊的神祇能够通过魔力改变胚胎的线条，进行彻底的改造，使之变得俊美，就像以前伟大的提香在被学徒弄坏的画布上作画一样。

她于是本能地找到了圣母马利亚这个没有人类生殖器官的母亲典范，这就意味着一种没有父亲参与的母爱。她强烈地希望为自己的孩子起名为阿波罗，因为这个名字代表他没有人类的父亲。但是她也明白如果孩子有这么一个夸张的名字，这一生都会颇为曲折，而且会和母亲一样，成为众人的嘲笑对象。于是她开始在捷克语中寻找一个与希腊年轻的神祇相当的名字，她想到了雅罗米尔（意为喜爱春天的人或被春天眷顾的人），而这个名字被全票通过。

再说她被送进医院的时候正值春天，丁香开着花；经过几个小时的阵痛后，她的亲骨肉——幼小的诗人滑落在人世间脏兮兮的被单上。

2

接着诗人被安放在母亲床头的小摇篮里，她倾听着他悦耳的啼哭，疼痛的身体充盈着骄傲。我们可不要嫉妒这份身体的满足；一直到那时为止，它还鲜有这样的感觉，尽管它还算不错：是的，当然，臀部似乎不够生动，腿也好像有点短，但是这身体上有着无与伦比的胸部，相当有弹性，并且在柔顺的头发下（她的头发实在太纤细，发型师都很难打理），有一张也许不够迷人但是颇为端庄的脸庞。

与其说迷人，不如说大多数时候诗人的母亲可能更觉得自己相貌平平。也许是因为从童年时代起她就生活在她那位姐姐身边，姐姐的舞跳得很好，总是穿着布拉格最好的裁缝做的衣服，拎着网球拍，轻易地进入了时髦男人的圈子，完全不理睬自己的家庭。姐姐炫目的成功使得她只好——有点赌气似的——尽量朝端庄的方向发展，出于反抗，她学会了喜爱音乐和书籍里那份感伤的严肃。

当然，在认识工程师之前，她和另一个男孩子约会过，那是一个学医的大学生，是她父母朋友的儿子，但是他们的关系并没有给她的身体带来自信。在他第一次与她共享肉体之爱——那是在乡间的一所房子里——的第二天，她就和他中断了关系，因为她不无忧伤却相当肯定地发现，不论是她的情感还是肉体都没有体验到伟大爱情的存在。由于她刚通过高中阶段的考试，她决定要在工作中找寻自己人生的意义并且在大学文学系注了册（尽管她父亲不太同意，因为父亲是个讲求实际的人）。

在大马路上遇到年轻蛮横的工程师以前，失望的身体已经在大学的阶梯教室的宽凳上度过了四五个月的时光，他唤起了这身体，约会三次以后就得到了它。正是因为这一次身体得到了极大的满足（大大出乎她的意料），她的心灵很快忘却了关于事业的野心（正如所有理智的心灵都应该做的那样），急切地想与身体得到一致：她心甘情愿地与年轻的工程师保持思想统一，默许他那令人愉快的无忧无虑和他令人着迷的不负责任。尽管知道这一切优点与她的家庭格格不入，她还是愿意同它们保持一致，因为自他们往来开始，她那可悲的低微的身体终于不再怀疑自己，并且令她惊异地享受起这份愉悦来。

她最终得到了幸福吗？不完全：她一直在怀疑与自信间游移不决；每次她在镜子前脱去衣服，她都是在用工程师的眼睛审视自己的身体，有时她会觉得很激动，有时又会觉得着实乏味。她将自己的身体置于他人的眼睛之下——而这正是她极不确定的地方。

虽然她在希望与怀疑之间徘徊着，但是她最终还是摆脱了早先的听天由命；姐姐的网球拍不再能使她气馁；她的身体终于作为正常的身体而活着，而且她终于明白这样生活是多么美好。她但愿这新生活不是虚假的承诺，但愿它是持久的真实；她期待着工程师让她摆脱大学的板凳和家里的那幢大房子，希望工程师将爱情冒险变为生活的冒险。这就是她为什么满怀激情地迎接怀孕这个事实：她在其中看到了自己、工程师和他们的孩子，她觉得这个美好的三人小组一直升到漫天星斗之间，充盈着整个宇宙。

我们在前一章已解释过，诗人妈妈很快就明白这个追求爱情冒险的男人惧怕生活的冒险，他可不愿和她一道变成双面雕像升至漫天星斗之间。但是我们也知道这一次她的自信没有在情人的冷漠中土崩瓦解。的确，有一件非常重要的事情改变了她。妈妈的身体，就在不久以前还是为情人的眼睛而存在的身体刚刚进入一个崭新的历史时期：它不再是为别人的眼睛而存在的身体，它成了为至今尚未有眼睛的某个人而存在的身体。身体的外表已经不再那么重要；它通过内在的一层羊膜接触着另一个身体，而那层膜至今还没有任何人看到过。外面世界的眼睛因此只能抓住完全非本质的表面，甚至工程师的意见对她而言也算不上什么了，因为对她身体的伟大命运产生不了任何影响；身体终于彻底独立和自治；这个越来越大越来越丑的肚皮对于身体来说却是一个存储越来越多骄傲的蓄水池。

分娩后，妈妈的身体进入一个新的时期。当她第一次感受到儿子的嘴唇摸索着吮住她的奶头时，她的胸中不禁一阵轻颤，这轻颤很快辐射了她的全身，宛若情人的爱抚，但是更甚于情人的爱抚：有一种巨大的安宁的幸福；一种幸福的焦灼。她以前从来没有体验过这种感觉，情人吻她的乳房时，仿佛是平息她所有犹豫和怀疑的一瞬，可如今她知道吮吸着她奶头的这张小嘴对她的迷恋永远不会结束，她可以对此确信无疑。

还有：情人爱抚她赤裸的身体时，她总是有一种羞怯的感觉；两个人彼此靠近总需要超越某种相异性，而拥抱的一瞬之所以醉人就因为它只能是一瞬的时间。羞怯的感觉从来不曾减缓，它使爱变得更加令人激动，但是同时它又在看着身体，唯恐身体整个儿投入进去。而这次，羞怯感消失了；完全被废除了。两个身体彼此完全开放，毫无隐瞒。

她从来不曾对另一个身体如此毫无保留地投入过，也从来不曾有这样的时刻，另一个身体如此这般地对她毫无保留。情人当然享受过她的腹部带来的愉悦，可是他从不曾住在那里；他当然能抚摸她的乳房，可是从来不曾吮吸它。啊，哺乳！她充满爱意地看着这张还没长牙的小嘴鱼一般地一翕一合，想象着她的儿子在吃奶的同时也在吮吸她的思想，她的梦幻和她的冥想。

这是一种*伊甸园*的状态：身体能够作为完全的身体而存在，不需要哪怕一片葡萄叶的遮掩；他们双双沉浸在无涯旷野般的宁静时光里，就像是偷吃禁果前的亚当和夏娃，能够直面身体，在善与恶的概念之外；而且不止于此：在天堂里，美与丑也没有差别，因此组成身体的一切对于他们来说也没有美与丑的问题，一切都很甜美，齿龈很甜美，尽管那具小身体还没有牙齿，小胸脯很甜美，肚脐很甜美，小屁股也很甜美，还有被小心监控着运行的内脏也很甜美，那滑稽的脑壳上的胎发也是那么甜美。她认真地观察着儿子打嗝，观察他的尿液和大便，这不仅仅是出于一种担忧孩子身体状况的护士般的关切；不，她是满怀激情地监控着这一切。

这里面有着某种崭新的意义，因为妈妈自孩提时代起就极端厌恶一切可以称之为动物性的东西，别人的或是自己的都很厌恶；她觉得坐在马桶上是很可耻的事情（至少她每次都得确认没有人看见她走进这地方）；在某些时期她甚至羞于当别人面进食，因为她觉得咀嚼和吞咽的动作都是那么令人厌恶。可奇怪的是儿子的所谓动物性却超越了丑恶，而且在她看来还净化了她自己的身体，为她的身体进行无罪辩护。他有时残留在她皱巴巴的乳头边的奶滴，在她看来简直是玫瑰花间的露珠；她经常会轻轻地挤压她的一只乳头，观察这神奇的汁液；她还经常用食指蘸着尝尝，虽然她对自己说是要亲口尝尝这喂养她儿子的汁液，但实际上她想尝的更是她自己身体的味道；她觉得自己的奶汁味道挺好，于是这味道连同她身体的所有汁液和所有体味与她和解了，她甚至开始觉得自己的味道不错，觉得自己的身体颇为怡人、自然，和树啦，灌木啦，水啦，总之和大自然所有的东西一样美好。

不幸的是，也许是太陶醉于她的身体了，她简直忽视了它，直至有一天她发现已经太迟了，她的肚皮上出现了一条条白色的妊娠纹，而且肚皮整个儿地松了，不再紧贴着身体，而是像一具缝得很松的皮囊。但奇怪的是她一点也不觉得绝望。尽管上面有妊娠纹，妈妈的身体还是很幸福，因为这身体要满足的眼睛到目前为止也还只能分得清世界的大概轮廓，它还不知道（这不正是伊甸园的眼睛吗?)，这个残酷的世界里有人用美丑的标准来区分不同的身体。

如果说孩子的眼睛不会用这样的标准来看待她，丈夫则恰恰相反。雅罗米尔出生后试图与她和解的丈夫对她身体的缺陷看得一清二楚。很长时间的冷淡之后他们重新做爱，但是已经不比从前；他们总是选择私密而平常的时刻，在黑暗中做爱，并且相当节制。对于妈妈来说倒是很合适，她很清楚自己的身体变丑了，担心在太强烈的爱抚下她会丧失儿子给她带来的内心怡人的平静。

不，不，她永远不会忘记丈夫给她带来的是充满犹疑的快乐，而儿子带给她的则是洋溢着幸福的安宁；她继续在儿子身上寻找安慰（他已经会爬，会走，会说话了）。他生了场大病，而她整整两个星期守在他身边，不曾合眼，看着烧得痉挛的痛苦的小身体；这个时期她也是在某种亢奋中度过的；病魔开始后退的时候，她对自己说她是抱着儿子穿越了死亡的王国，现在她和他一起回来了，而经历了这场磨难后再也没有任何东西可以将他们分离。

丈夫的身体，这被裹在套装里或睡衣里的身体，隐蔽而且封闭在自己的世界里的身体已经离她越来越远了，甚至日渐陌生，而儿子的身体时时刻刻依靠着她，当然，她已经不需要给他喂奶了，但是她教他用厕所，帮他穿衣服、脱衣服，替他选择发型和衣服，通过她满怀爱意为他准备的菜肴和他的五脏六腑进行接触。在他四岁食欲不振时，她对他相当严厉；她强迫他吃东西，这也是第一次，她不仅感到自己是这身体的朋友，更是这身体的主宰，这身体在反抗，在自卫，拒绝吞咽，可最后还是不得不服从了；她带着一种奇怪的满足看着儿子徒劳的反抗和最终的投降，看着他违心地一口口吞咽，然后细细的脖子随着吞咽的节奏一起一伏。

啊，儿子的身体，她的家园，她的天堂，她的王国……

3

那么儿子的心灵呢？他的心灵难道不也是她的王国吗？是的，当然！雅罗米尔发出的第一个完整的词就是妈妈，她听到简直幸福得要发疯；她对自己说，儿子尚未发育完全的智慧起源于一个核心概念，而她是这个核心概念的唯一，以后的日子这智慧会不断发展、分支和丰富，可是无论如何她就是根。受到了如此令人愉悦的鼓励，她仔细地关注着儿子在探索语言方面的所有努力，由于她知道人的记忆有限而生命的道路相当漫长，她特意买了本石榴红封面的记事簿，将儿子小嘴里吐出的一切都记在里面。

因此，倘若我们借助她的记事簿，就会发现妈妈之后很快就是一系列其他词语，可是爸爸这个词只排到第七的位置，在外婆、外公、狗狗、嘟嘟、哇哇和尿尿之后。在这些简单的词语之后（在笔记本中，这些词语后面还都附有简单的评论和相应的日期），我们还能找到孩子关于句子的最初探索。我们可以知道在他两岁以前，他曾说过：妈妈很好。几个星期后，他又说：妈妈乓乓。他说这句话之前，妈妈拒绝午饭前给他喝蓝莓汁，他屁股上挨了一巴掌，然后他哭喊着：我要另一个妈妈！可是相反，一个星期以后，他又说：我有个最漂亮的妈妈。这可令他的母亲开心极了。又有一次，他说：妈妈，我要给你个棒棒糖的吻，其实他要说的是他要伸出舌头舔遍妈妈的脸。

跳过几页，我们可以发现这个小家伙有一句押韵的话。有一次雅罗米尔的外祖父答应给他一个巧克力小面包，可是外祖父忘了自己的诺言，把小面包吃了，雅罗米尔感到自己上当受骗，愤怒至极，重复了好几遍：外公是个大坏佬，偷吃我的小面包。从某种意义上来说，这句话很像他先前所说的妈妈乒乓，但是这回他没有被打屁股，因为所有人都笑了，包括外公在内，接着他的这句话在全家范围内广为流传，大家都觉得很有趣，并认为这是雅罗米尔过人洞察力的体现。雅罗米尔还不懂得他成功的真正原因，但是我们很清楚正是韵律让他免遭一顿痛打，而正是通过这样的方式他第一次明白了诗歌的魔力。

接下来的几页里记录了不少这样押韵的句子，母亲的评点告诉我们这成了全家欢乐和满足的来源。他就是用这样的简洁方式来描写家中保姆安娜的：保姆安娜真正丑，就像一只小山鼬。或者是几页之后的这一句：我们去树林，心里真高兴。妈妈觉得雅罗米尔的诗歌活动——除了他本人所具有的特殊天赋以外——主要是受了她的影响，她给他念了数量惊人的儿歌，雅罗米尔也许很容易就认为捷克语就是由类似的长短格韵律组成的。不过在这点上我们需要纠正母亲的观点：其实比起天赋和妈妈教会雅罗米尔的文学形式，起了更大作用的是外公，这个朴素而实际的老人向来最反对诗歌，他故意发明了一些最愚蠢的二行诗，私底下偷偷地教给小外孙。

雅罗米尔很快就发现他的这些语句都被仔仔细细地记下来，于是他开始故意表现了；如果说一开始他说这些话是为了让别人理解他的意思，现在他则是为了得到赞同、欣赏和笑声。他事先就已经沉醉在自己即将取得的效果中，然而期待中的效果常常没能产生，于是他就说些无礼的话来引起别人的注意。可这也不是每次都能成功；有一次他对爸爸和妈妈说：你们都是胆小鬼（胆小鬼这个词是他在邻家花园里听一个小淘气说的，当时其他小孩听了都大笑不止），爸爸听后却给了他一记耳光。

自此以后，他总是很小心地观察大人的反应，体会对于他的语句，他们究竟欣赏什么，喜欢什么，不喜欢什么，还有什么能让他们惊得目瞪口呆；因此，有一天，他和妈妈待在花园里，说出了这么一句浸淫着忧伤的外婆式感叹：妈妈，生命就像是野草。

很难说清通过这句话他究竟想表达什么；可以肯定的是，他没有看到随处生长的小草那种微不足道却极具生命力的特性，他想表达的只是关于生活的模糊概念，觉得生命是某种忧伤而徒劳的东西。尽管他表达出来的和他心里想的不太一致，可效果是无与伦比的；妈妈哑口无言，轻抚着他的头发，双眼湿润地望着他。雅罗米尔陶醉在妈妈的目光中，觉得这目光中含有感动的赞扬，他多么希望妈妈再这样看着他啊。于是在有次散步的时候，他踢了一脚小石子后对妈妈说：妈妈，刚才我踢了小石子一脚，现在我很同情它，我想安抚它的疼痛，于是他真的弯下身子摸了摸石子。

妈妈认为她的儿子不仅仅是天赋过人（他五岁就识字了），而且与其他孩子不同，他非常细腻和敏感。她经常将她的这个想法告诉孩子的外公外婆，而雅罗米尔也总是一边默不作声在一旁玩着他的士兵和玩具马，一边饶有兴味地看着这一幕。然后他会紧盯着客人看，兴奋地想象着客人都把他当成一个特殊而不同凡响的孩子，甚至根本不把他当成孩子看。

他快过六岁生日的时候，再过几个月就要去上学了，家里人都坚持让他单独睡一个房间，妈妈满怀遗憾地看着时光如此之快地流逝，可她还是接受了。她和丈夫说好把顶楼最小的房间送给儿子当生日礼物，并且给他买了一张沙发和其他适合儿童房的家具：一个小书架，一面用来督促他保持整洁的镜子和一张小小的写字台。

爸爸建议用雅罗米尔自己的画来装饰房间，并着手给儿子的涂鸦——上面似乎画着苹果和花园之类的东西——装上画框。正在这时妈妈走过来对他说："我想问你要点东西。"爸爸看着她，她的声音带着羞涩和紧张，继续说："我想问你要点纸，还有颜料。"然后她走到房间里的一张桌子边坐下，展开一张纸，用铅笔画上字母，折腾了很长时间；最后她用笔蘸了红色的颜料，开始描前几个字母，接着是一个大写的V。大写的V后面紧跟着一个I，我们看出来了，结果是这么一句座右铭：生命就像是野草。她仔细审视着自己的作品，感到很满意，字母个个笔直，而且基本一般大小；可是她又拿了张纸，重新打好草稿，再接着上色，这回她用的是深蓝色，因为这种深蓝色很适合儿子这句箴言中所蕴含的难以言表的忧伤。

接着她又想起雅罗米尔曾说过：外公是个大坏佬，偷吃我的小面包，嘴边浮起幸福的笑容，她开始写（用鲜艳的红色）：外公我知道，他爱小面包。接着，她带着无法察觉的笑容想起了那句你们都是胆小鬼，但是她没有重新组织这句话，相反却在纸上画下了我们去森林，心里真高兴，然后又上了色（绿色），她还用紫色写下了安娜丑，像只鼬（当然雅罗米尔的原话是说保姆安娜，但是母亲觉得保姆这个词发音不够响亮）。她想起雅罗米尔曾经弯下腰抚摸小石子，于是思考片刻后她开始（用天蓝色）写道：我不能踢疼小石子。最后，她带着一点点尴尬却是更多的快乐写下（橘红色）：妈妈，我要给你一个棒棒糖的吻，还有这一句：我的妈妈是天下最漂亮的。

雅罗米尔生日的前一天，他的父母让过分激动的雅罗米尔到楼下和外婆一起睡，然后他俩一起把家具搬进他的房间，并且将墙壁也一道装饰好。第二天一早，当他们把小雅罗米尔带进他那间充满寓意的房间时，妈妈着实紧张地看着儿子，而雅罗米尔呢，困惑得简直不知该怎么办才好；他只是十分惊讶，什么也没说；唯一表现出兴趣（而且也有点无精打采，不显得那么强烈）的是那张书桌；这书桌有点古怪，好像小学生上课用的课桌，文具箱延展开来是张板（斜的，而且可以调节，上面还有放书和本的空间），与座位连为一体。

“嗨，你觉得怎么样，不喜欢吗？”妈妈迫不及待地问。

“不，我很喜欢。”儿子说。

“那你最喜欢的是什么？”外公和外婆站在房间门口欣赏了很久，禁不住开口问。

“书桌。”孩子回答。他在桌前坐下，开始开启书桌的盖板。

“那你觉得这些画如何呢？”爸爸指着镶好框的画问。

孩子抬起头，微笑道：“我认得出这些画。”

“那你觉得怎么样呢，挂在墙上的这些画？”

一直坐在桌子前面的孩子点点头表示他喜欢墙上的这些画。

妈妈的心一阵发紧，恨不得离开房间。可是她仍然留在那里，她不能让她贴在墙上的那些箴言就这么在沉默中过去，因为她觉得沉默就是判决。因此她说：“看看这些话。”

孩子低下头，盯着小书桌的桌肚。

“要知道，我是想，”她觉得混乱极了，“我想让你记住自己是怎么长大的，从摇篮一直到学校，因为你是个聪明的孩子，是我们大家的快乐……”她说这些仿佛是在请求原谅似的，她有些害怕，于是重复了好几遍。最后，实在不知道说什么好的她终于不再说什么了。

但是她错了。她以为雅罗米尔对她的这份礼物毫无感激之心，其实她错了。当然，孩子不知道说什么好，但他并没有不高兴；他一直以自己的这些话为骄傲，也不愿自己的话就这么白说了。现在他看见这些话被精心地写在纸上，还是彩色的，画一般地贴在墙上，他体会到了一种巨大的成就感，而且这成就感是如此巨大如此始料不及，让他简直不知道该怎样反应，他害怕了；他知道自己就是那个说出这些出色的语句的孩子，他知道此时此刻，这个孩子应该说出一点精彩的东西，只是他的脑子没冒出任何精彩的语句，所以他低下了头。但是当他躲在角落里用自己的眼光来看这些话时，这些一动不动、僵在墙上的话在他看来似乎比他还要伟大还要永恒，他不由地因此陶醉了；他觉得被无数的自己所包围着，数不清的雅罗米尔充盈着整个房间，甚至充盈着整幢房子。

4

雅罗米尔上学前就已经能读会写，因此妈妈决定让他直接读二年级；她从部里得到了特别许可，雅罗米尔通过一个特别委员会的考试后终于和比他大一岁的孩子坐在了同一间教室里。由于在学校里人人都很欣赏他，教室在他看来不过是他家大房子的另一种形式。母亲节那天，学生得在学校的庆祝活动中表演自己的作品。雅罗米尔最后一个上台，朗诵一首感人的小诗，得到了在场父母观众的热烈掌声。

但是他发现在这些为他鼓掌的观众后面还有一个别样的观众，阴暗地窥视他，对他很有敌意。有一次雅罗米尔去看牙，候诊室里挤满了人，他恰巧碰见自己的一个同班同学也在候诊。于是他们背靠着窗户，并排挨着聊起天来，这时雅罗米尔发现有位老先生正在听他们谈话，嘴边挂着善意的微笑。他觉得自己引起了注意，受到很大的鼓励，于是问同学（而且还稍微提高了自己的声音，以便所有人都能听得见）如果他是教育部长他会怎样做。由于他的同学不知该怎么说才好，他便开始自己发挥见解，这对他来说没什么难度，因为他只要把外公平时逗他开心的话重复一遍就行了。是啊，如果雅罗米尔成了国家教育部长，那就会有两个月的上课时间，十个月的假期，老师必须服从孩子，替他们到糕点店买点心，如果这样，孩子们就会有更多的杰出成就。雅罗米尔的声音高亢而清晰，把细节也都陈述清楚了。

接着诊疗室的门开了，护士陪着一个病人走出来。候诊室里的一位夫人，就是膝头上摊着一本书的那位，这时把书半合上并且将手指插在自己刚刚阅读到的书页中，转向护士，用一种近乎祈求的声音说："求求你，管管这个孩子！他简直像是在表演，真可怕！"

圣诞节后，老师让孩子们上黑板前来说说他们在圣诞树下都找到了些什么样的礼物。雅罗米尔开始列举，什么积木啦，滑雪板啦，冰鞋啦，书啦，他很快就发现下面坐着的孩子不太热情地看着他，至少没有他看他们那么热情，他们的眼神中有一种冷漠，甚至有点敌意。他于是中断罗列，不再提其他礼物。

不，不，千万别害怕，我们可不想在这里第一千遍地重复关于富人和穷人孩子之间的仇视。实际上，在雅罗米尔的班上，有些孩子的家境比他还要好，可是这些孩子就能和其他孩子友好相处，没有任何人指责他们的富有。那么雅罗米尔究竟在哪点上得罪了他的同学呢？究竟是哪一点让他的同学如此恼火，究竟哪一点让他有别于其他的孩子呢？

我们好像不大好说：不是他家的富有，而是他母亲对他的那份爱。母爱在他身上的一切都留下了痕迹；在他的衬衫上，发型上，他的用语上，他用来放书本的书包上，还有他在家里用来消遣的闲书上。所有的一切都是特意为他选择特意为他整理好的。他精打细算的外婆为他缝制的衬衫——老天爷才知道为什么——根本不像是男孩穿的，而像是女孩那样收腰的。他的长发上还别着一只母亲的发卡，这样眼睛才不至于被头发挡住。每逢下雨，妈妈总是撑着把大伞在学校门口等他，而其他孩子呢，总是脱了鞋子在泥泞中跋涉。

母爱在他的额头上留下了标记，这标记将同学之爱远远推开。当然，随着时间的流逝，雅罗米尔学会了如何巧妙地掩藏这个烙印。只是在光荣地踏入学校大门以后，他着实过了一段比较艰难的日子，他的同学总是劲头十足地嘲笑他，还拿他取乐。但即便是在这差不多可以说是他一生中最糟糕的时期，他也还是有紧跟在身后的朋友，他一生都感激不尽的朋友，我们需要在这个上面费些笔墨：

他的第一号朋友是他的爸爸：爸爸有时会和雅罗米尔玩足球（他读大学的时候很喜欢踢足球），雅罗米尔站在花园的两棵树之间守门；爸爸射门，雅罗米尔于是想象着自己是捷克国家队的门将。

他的第二号朋友是外公。他经常领雅罗米尔去他的商店，一家是药店，现在爸爸已经完全接管了，另一家是香水店，卖香水的是个年轻的女人，总是笑盈盈地欢迎他的到来，随他打开香水瓶子东嗅嗅西嗅嗅，因此雅罗米尔不久就能够分辨各种牌子的不同香型了；雅罗米尔喜欢闭上眼睛，让外公替他拿着各种香水瓶让他闻，以此来证明他的本事。“你在嗅觉上有非凡的天赋。”外公对他说，而雅罗米尔就幻想着自己成了香水调制师，不断地发明新的香水。

他的第三号朋友是阿里克。阿里克是条神经不太正常的小狗，在他家已经有段时间了；尽管它没什么教养，而且不太驯服，雅罗米尔却在它身上寄托了不少美丽的梦幻，因为他经常把它想象成一位忠实的朋友，想象它会在学校的走廊、教室的外面等他，然后课一上完就陪他回家，忠实得让他所有的同学都艳羡不已，让所有的同学都跟着他。

对狗的幻想成了他在孤独中的激情，这甚至将他带入一种善恶二元论：狗对于他来说代表着动物世界里的善，是自然所有美德的总和，他喜欢想象狗与猫之间发生了一场大战（战争中有将军，军官，还有他玩锡兵时学来的所有有关战争的计谋），而他始终站在狗这一边，就像人应当永远站在正义这一边一样。

由于他经常在爸爸的办公室里拿支笔拿张纸度过他的闲暇，狗便成了他作画的主题之一：他画了不计其数的史诗般的场面，狗在他笔下成了将军、士兵、足球队员和骑士。由于很难用四条腿去表现人类的这些角色，于是雅罗米尔往往会给它们画上人类的身体。这是多么大的发明啊！其实雅罗米尔画人的时候，他总是遇到相当大的困难：他画不出人脸；然而恰恰相反的是，他非常善于勾画这种突着犬牙的长脸，突出去的顶端再画上一个圆鼻头，就这样，他的想象与笨拙共同为他构筑了一个长着狒狒脸的奇怪的人类世界，一个能够简便而快捷地勾勒出来的、并且能够融入足球比赛、战争或强盗故事的世界。雅罗米尔经常继续画接下去发生的故事，因此涂抹了一张又一张的纸，数也数不清。

只有他的第四号朋友是和他一般大小的孩子：这是雅罗米尔的同班同学，他爸爸是学校的看门人。看门人总是一副紧张的神情，而且老是向校长揭发学生的恶行，于是同学就拿孩子报复，班上谁都看不起他，不和他玩。同学们一个接一个地离开雅罗米尔后，只有这个孩子成了他唯一忠实的仰慕者，并且终于在某一天应邀到雅罗米尔家郊区的别墅做客。他被请去吃中饭吃晚饭，和雅罗米尔一起玩积木，和他一起做作业。第二个星期天，雅罗米尔的爸爸又带他俩去看足球比赛；足球比赛相当精彩，更精彩的是雅罗米尔的爸爸，他认识所有的足球运动员，并且评论相当内行，看门人的儿子目不转睛地盯着他，崇拜极了，而雅罗米尔也很为此感到骄傲。

他们之间的友谊从表面上看有点滑稽：雅罗米尔总是穿得整整齐齐，而看门人的儿子的衣服常常是肘间磨出了洞；雅罗米尔的作业总是一笔一画，而看门人的儿子学习很差。可是雅罗米尔觉得有如此忠实的朋友陪伴着感觉相当好，因为看门人的儿子很壮实；在某个冬日，班上的同学袭击了他俩，可是这一回他们遇到了强劲的对手。雅罗米尔当然很骄傲，因为他们只有两个人，却战胜了为数众多的对手，但是防守带来的光荣与进攻带来的光荣是无法相比的：

有一天，他们在郊区的空地上闲逛，碰到一个小孩儿，小家伙穿戴得整整齐齐，洗得干干净净，简直是又回到了幼儿园。“他妈妈的小宝贝！”看门人的儿子边说边拦住他。他们问了他很多可笑的问题，兴高采烈地看着他怕得发抖。最后，小家伙终于大着胆子要走开去。“你竟敢这样！你要付出昂贵的代价的！”雅罗米尔叫道，他实在是被这个放肆的举动伤害了；看门人的儿子觉得雅罗米尔是给他发出了信号，于是扇了小家伙一记耳光。

有时智力和体格可以形成完美的互补。拜伦不就对拳击手杰克逊钟爱有加吗？于是杰克逊用各种形式训练着这位细腻柔弱的贵族。“先别打他，可是别让他走！”雅罗米尔对自己的朋友说，然后他去摘了片荨麻叶；他们强迫小家伙脱了衣服，用荨麻叶从头到脚地抽打他。“看到你这样浑身通红，像煮熟的虾，你妈妈一定会很高兴的。”雅罗米尔边打边对他说，他体会到了对同班同学的伟大友情，也体会到了对全世界妈妈的宝贝的强烈仇恨。

5

但为什么雅罗米尔一直是独子呢？是不是妈妈不愿意要第二个孩子？

恰恰相反：她非常渴望重温做母亲的头几年那样的幸福时光，但是她的丈夫总是找出各种理由来反对生第二个孩子。当然，她想生第二个孩子的愿望并没有就此减弱，只是她不敢坚持下去，因为她担心丈夫会再一次拒绝她，因为这拒绝对她来说是一种侮辱。

但是她越是不提就越是要去想；她无法遏制自己这种欲望，仿佛无法遏制某种不道德的、秘密的、因而也是绝对不能提的欲望；丈夫让她生个孩子的念头之所以如此吸引她，不仅仅是因为孩子本身，而是在她看来其中还蕴含着某种模模糊糊的色情的成分，*来，让我生个小女孩*，她自己默默地在心里对丈夫说，而这句话让她觉得很刺激。

有一天晚上，夫妻俩从朋友家回来，已经很晚了，两个人都挺高兴，雅罗米尔的父亲在妻子身边躺下后熄了灯（我们不要忘记，自结婚以后，他总是在黑暗中占有她，他不是靠视觉而是靠触觉来诱发自己的欲望)，他踢掉被子，与她缠在一起。也许因为他们的性生活太少，也许是酒醉的缘故，这晚上她又重新体验到了许久未曾有过的快感。想再要一个孩子的念头又重新占据了她的脑袋，当她觉得丈夫快要达到高潮时，她不再像以往那样控制自己，而是心醉神迷地冲他大叫，让他不要像以往那样小心，不要从她的身体中抽离，让他给她一个孩子，她一边叫一边紧紧地、痉挛似的抱住他，可他仍以九牛二虎之力挣脱她，肯定地告诉她，她的愿望不能得到满足。

接着，当他们精疲力竭地并排躺着的时候，妈妈又挨近他，在他耳边低声说她还想和他再要一个孩子。不，她不是要坚持，应该说她只是想向他解释清楚——就好像是求得他原谅似的——为什么刚才她会如此强烈、如此出乎人意料（甚至可以说是不太合适的，她愿意接受）地表达她再要一个孩子的愿望；她还补充说这一回他们肯定会有一个小女孩，长得像他，就像雅罗米尔长得像母亲一样。

工程师于是对她说（这是自他们结婚以来他第一次提起以前的这件事)，如果说到雅罗米尔，他可从来没有想过要和她要个孩子；在第一个孩子上他不得不让步了，而如今轮到她来让步，如果说她要他在孩子的身上看到他自己，那他可以向她保证，在那个永远不会出生的孩子身上，他最能看清楚自己的形象。

他们就这么并排躺着，妈妈什么也不再说，短暂的沉默之后她放声大哭，哭了一夜，而她的丈夫甚至都没有再碰她一下，他只说了一点点甚至都称不上安慰的话，甚至无法穿透她最表层的眼泪；她觉得她终于明白了：她与之生活的这个男人从来就没有爱过她。

她所体验到的悲哀也许是到那时为止她所体验过的最大的悲哀。幸好她丈夫拒绝给她的安慰由别人代为给予了：那就是*历史*。就在这晚上的事情过去三个星期之后，丈夫就收到了入伍通知，他收拾好行装，奔赴前线。战争可能随时都会爆发，人们都买了防毒面罩，住进防空洞。妈妈仿佛抓住救命稻草一般地抓住了祖国的不幸；她和儿子一起共同度过这悲怆的时刻，花上很长的时间向儿子生动地描述祖国的遭遇。

接着，列强在慕尼黑达成协议，雅罗米尔的父亲从德国人曾经占领的野外战地返回了家。从此以后，一家人全部缩在外公底楼的房间里，每个晚上都在重温历史的不同进程，而这历史，不久以前大家都还认为它在沉睡之中呢（也许它只是一边假寐一边窥伺），可是它突然之间就跳出巢穴，将所有的一切掩盖在它的高大身材之下。捷克人举家逃离地处边境的苏台德山区，波希米亚仿佛一只被剥了皮的橘子般继续留在欧洲的中心地区，被解除所有的抵御和武装，六个月以后，德国的坦克隆隆侵入布拉格的大街小巷，而这段时期，妈妈一直陪在那位被剥夺了保卫祖国权利的战士身边，她完全忘记了这是一个从来不曾爱过她的男人。

但是即便在这大风大浪的历史时期，日常生活也迟早会从阴影中突显出来，夫妻生活也会现出它惊人的琐碎与重复的一面。有天晚上，雅罗米尔的父亲又一次将手放在妈妈的乳房上时，妈妈很快意识到这个如此抚摸她的男人就是那个侮辱过她的男人。她推开了他的手，并且含沙射影地提到若干时间以前他对她说的那些话。

她不是要故意使坏；她只是想通过拒绝表达哪怕是民族的伟大遭遇也不能让她忘记心灵的微小创伤；她只是希望给丈夫一个在今天纠正错误的机会，给他一个帮助他曾经侮辱过的女人恢复信心的机会。她觉得祖国的悲剧已经使这个男人变得更为敏感了，即便是悄悄伸过来要抚摸她的手，她也准备好了满怀感激地接受，她把这个手势当成是他的忏悔，当成他们爱情的新篇章。但是，唉！那只从妻子的乳房上被推开的手的主人翻了个身，很快便睡着了。

布拉格大学生大游行后，德国人关闭了捷克的大学，妈妈徒然地等待着被子下的那只手再次停留在她的胸部。而外公突然发现那个漂亮的香水店店员十年以来一直在偷钱，他怒火中烧，突然中风去世。捷克的大学生被塞上装牲口的车厢送往集中营，妈妈去看了医生，医生说她精神状态很差，建议她休息，他甚至还为她推荐了边境附近的一个温泉疗养院，那个疗养院附近有小河和池塘，每到夏天便吸引大量喜欢游泳、钓鱼和乘小船游览的游客。当时正是初春，妈妈开始幻想自己在河边漫步的情景。但是她很快便想起那几乎已经被遗忘的欢快的舞曲，仿佛夏天令人心碎的记忆一般残留在饭店的露天平台的空气里；她害怕她会想念这里，觉得自己决不能一个人去。

啊！当然，她很快就知道自己应该和谁一起去。由于丈夫给她带来的悲伤和她想要第二个孩子的强烈欲望，她几乎忘记了他的存在。她是多么愚蠢啊，忘记他的存在根本就是对自己的一种伤害！她后悔了，重新关注他的存在："雅罗米尔，你是我的第一个孩子，也是我的第二个孩子。"她边念叨边紧紧地用自己的脸贴着他的脸，发疯般地继续道："你是我第一个孩子，第二个，第三个，第四个，第五个，第六个和第十个……"她吻遍了他的小脸。

6

一位灰头发、高个子、身材笔直的女士在火车站接待他们；一个身体强壮的农民拎起他们的两只箱子，带他们走出火车站，那儿等着一辆黑色的马车；农夫坐在马夫的位置上，雅罗米尔、妈妈和那个高个子女士分坐在车厢的两条长凳上，马车穿过小城的大街小巷，最后来到一个广场上，广场的一边是文艺复兴时期的拱廊，另一边则是金属栅栏，栅栏后一片花园，花园的中央竖着一座覆满葡萄藤的古老城堡；接着马车往小河的方向驶去；雅罗米尔发现有一排黄色的木头房子，一个跳台，一些白色的小圆桌和椅子，沿着小河是一排杨树，但是马车很快又往河边零零散散分布着的别墅驶去了。

马车在一幢别墅前停下来，马车夫下了车，拎起两只箱子，雅罗米尔和妈妈跟着他穿过花园，大厅，他们上了楼梯，来到他们的房间，房间里并排放着两张床，仿佛夫妻那种并排放着的床一样，房间里还有两扇窗，一扇是落地的，外面有个大阳台，在那里可以望见花园和小河的尽头。妈妈走近阳台的栏杆，深深地呼吸着："啊！多么神圣的安宁！"她一边感叹一边再次深呼吸，在小河的方向，她看见一只漆成红色的小船，泊在木栈桥附近。

就在到达的那一天，在下面小餐厅吃晚饭时，妈妈认识了一对老年夫妇，他们住在另一个房间。每天晚上大家都在房间里静静地说话，说很长很长时间，大家都很喜欢雅罗米尔，妈妈总是饶有兴趣地听雅罗米尔闲聊，听他的想法和谨慎的吹牛。是的，谨慎的：雅罗米尔从来不曾忘记牙医候诊室里的那位夫人，他一直在找寻可以躲避她恶毒的目光的屏风；当然，他渴望得到别人的欣赏，但是他学会了用天真而谦虚的简短语句赢得欣赏。

位于宁静花园中的别墅，泊着小船似乎在等待漫长旅程的幽暗的小河，时不时在别墅前停下的黑色的马车，还有那位经常要上马车的夫人，就像那种讲城堡、宫殿、不见人影的游泳池的书中的公主一般；在那样的故事书里，出了马车下几个台阶就能到游泳池中，仿佛轻易地从一个世纪跨越到另一个世纪，从一个梦跨越到另一个梦，从一本书到了另一本书，从文艺复兴的广场到了狭窄的拱廊，拱廊的柱子挡住了披挂整齐的骑士。这一切组成了一个令雅罗米尔心醉神迷的世界。

还有那个牵着狗的男人，他也是这个世界的一部分。雅罗米尔第一次看见他的时候，他一动不动地站在河边，凝望着河水；他穿着一件皮衣，一条黑色的狼狗坐在他身边；他们就这么一动不动的，仿佛人和狗都来自另一个世界。第二次相遇是在同样的地方；那个男人（总是穿着皮衣）在扔树枝，让狗将树枝捡回来。

第三次相遇时（总是同样的背景：杨树和小河），男人向妈妈打了个简单的招呼，接着，仿佛是注意到了具有敏锐观察力的雅罗米尔一般，他久久地回头望着。第二天，妈妈和雅罗米尔散步回来时，看见黑色的狼狗正坐在别墅的入口处。他们走进大厅，听见里面传来的说话声，他们都听出了狗主人的声音；他们的好奇心实在是太大了，以至于他们就这么一动不动地待在大厅里，看着他们周围，想要加入聊天，直到疗养院的主人，那位高个子女士也出现在大厅里。

妈妈指着狗问："它的主人是什么人？我们总能在散步的时候碰到他。""他是城里一所中学的美术教师。"妈妈看上去很高兴能和一位美术老师搭上话，因为雅罗米尔很喜欢画画，她希望能得到专家的指点。于是高个子女士把男人介绍给妈妈，雅罗米尔于是赶快跑到自己的房间里把他的绘图本拿下来。

接着他们四个人在小餐厅里坐下，疗养院的主人，雅罗米尔，狗的主人和妈妈，狗的主人一张张地翻看着雅罗米尔的画，妈妈陪在一边，并且总是不忘自己的评论，她解释说雅罗米尔总认为他感兴趣的不是画风景或是毫无生命力的自然什么的，他喜欢画动作，真的，妈妈说，她觉得儿子的画具有一种生命力和惊人的动感，尽管她不太明白为什么画的主角总是狗面人身；也许雅罗米尔真正画人物时才会具有某种价值，但是非常不幸的是，像现在这样她真的无法说小家伙的这些画究竟有意义还是没意义。

狗的主人看着画，脸上露出满意的神色；接着他宣称这些画打动他的正是这种人身与狗面的结合。因为这种别出心裁的结合决不是偶然，正如孩子所画的大多数场面所显示的那样，它应该是根植于孩子童年的某种无从知晓的东西，如今成了挥之不去的形象。他说雅罗米尔的母亲应当尽量避免仅从孩子表现外部世界的能力来评判他；这种表现外部世界的能力，随便什么人都可能获得；作为一个画家（他的意思是，直到现在，教书对于他而言都是不得已而为之，是一种痛苦，因为他需要挣钱糊口），孩子的画让他感兴趣的正是映射在纸上的这个如此独特的内在世界。

妈妈很开心地听着画家的赞誉之词，高个子女士轻轻地抚摸着雅罗米尔的头发，肯定地告诉他，他会有伟大的前程，雅罗米尔眼睛盯着地面，把自己听到的每一句话都铭刻在记忆之中。画家说他即将被调到布拉格的一所中学，如果母亲到时候可以给他看些孩子的其他作品，他将非常高兴。

内在世界！多么伟大的词！雅罗米尔十分自得地听着。他永远不会忘记他在五岁的时候已经被视作一个非同一般的孩子，与其他孩子都不一样；哪怕班级里那些嘲笑他书包和衬衫的同学也承认（尽管有时相当困难）他的与众不同。但是一直到现在为止，这种与众不同对于他而言还是相当空泛和不确定的；是无法理解的希望或者说无法理解的拒绝；但是现在，它有了一个名字：那就是独特的内在世界；而且这次的命名很快就找到了非常明确的内容：表现狗面人身的画儿。当然，雅罗米尔很清楚他画出令人赞赏的狒狒般的动物完全出于偶然，唯一的原因不过是他不会画人脸；这给了他一种模模糊糊的暗示，他觉得内在世界的独特性并不是辛勤劳动的结果，而是偶然并且自然地出现在他脑海里的念头；是他的思想给予他的，是一种馈赠。

自此之后，他开始格外注意起自己的思想来，并且学会了欣赏。比如说，一个念头突然来到他的脑海，告诉他，如果他死了，这个世界也将不再存在。这个念头开始也只是突然蹦到他脑中的，可不同的是，这一次他很清楚这属于他的独特的内在世界，所以没有听凭这个念头闪过就算（以前，他放过了多少转瞬即逝的念头啊），他立刻将它控制在手，仔细端详，审视它的各个方面。他沿着河边漫步，有一瞬间闭上眼睛，然后他就问自己即便自己这样闭着眼睛，河流是否仍然存在。很显然，每次他重新睁开眼睛，河流都照旧在流动，但是令人惊异的是，雅罗米尔不能就此认为这就是他看不见它时它实实在在存在着的证据。他觉得这点着实很有意思，他至少为此花了半天的时间，然后把他的发现告诉了妈妈。

随着假期日近尾声，他们的谈话也变得越来越有趣。现在，他俩单独在黄昏散步，坐在河边被蛀得虫迹斑斑的木凳上，手拉着手，望着月亮在水波中的倒影。“多美啊！”妈妈感叹道，孩子望着被照亮的水中圆环，想象着河水永无止境地往前延伸；而妈妈却在想着几天以后她又将面临的无聊生活，于是她说：“我的小宝贝，我的悲伤你永远都不会明白的。”接着她凝望着儿子的眼睛，她觉得她从这双眼睛中读出了儿子对她的巨大的爱和试图理解她的愿望。她害怕了，无论如何她也不能向一个孩子倾吐女人的烦恼！但是同时，这双善解人意的眼睛又是那么吸引她，仿佛某种罪恶。他们并排躺着，妈妈回忆起她就这样一直陪雅罗米尔睡到六岁，那时她是那么幸福；她对自己说，这是唯一与她并排躺在夫妻的婚床上且能令她感到幸福的男人；开始的时候，她会觉得这个想法挺好笑的，但是当她再一次看到儿子温柔的目光时，她对自己说这个孩子不仅能让她绕开那些悲伤的事情（也就是说给她忘却性的安慰），而且能仔细地倾听她的心声（也就是说给她带来补偿性的鼓舞）。“我的生活，我想你知道，从来没有充满过爱。”她对他说；还有一次她甚至对他倾吐说：“作为妈妈，我很幸福，但是妈妈不仅仅是妈妈，还是个女人。”

是的，这些似乎尚未完成的秘密仿佛罪恶一般地吸引着她，她自己也知道这一点。有一天，雅罗米尔突然对她说：“妈妈，我没那么小，我理解你。”她听后简直被吓着了。当然，小家伙也猜不出究竟发生了什么事，他只是想暗示他的妈妈他能够与她分担一切忧伤，但是他说的这句话实在承载了太多的含义，她觉得这话仿佛是才向她张开的罪恶深渊：不道德的亲近和不合法的理解的深渊。

7

而雅罗米尔的内在世界又将如何充分发展呢?

不再那么光彩夺目了;小学时如此轻易取得的成绩在中学似乎变得很难取得,内在世界的光荣也在这种黯淡中渐渐消失了。老师总在讲悲观主义的书,在这尘世看到的只是悲惨和废墟,这样一来把生命比作野草的箴言就显得非常平庸了。雅罗米尔于是不再相信他的思想是属于他自己的,他觉得所有的思想早就以某种固定的方式存在于这尘世了,我们所做的不过是借取,就像到公共图书馆借书一样。但是,他自己又是谁呢?实际上,人的自我又是什么呢?他总是关注自己,想要审视自我,可是他找到的只是那个全副心思放在自己身上,审视自我的那个形象……

因此他开始想念——带着某种怀旧的情绪——两年前谈到他内在世界独特性的那个男人;由于他在绘画上才勉强达到中等成绩(他画水彩画时,水总是洇出铅笔画的底稿之外),妈妈也觉得有必要让步于儿子的请求,她翻出画家的地址,请他给儿子补课,以便能够弥补雅罗米尔成绩单上的不足。

因而某一天,雅罗米尔走进了画家的寓所。画家的寓所位于一幢专供出租的楼房的顶楼，有两个房间；一间房里竖着一个很高的书柜；在另一间房中的斜顶上嵌着彩绘玻璃窗，房间里有一些画架，画架上都是未完成的油画，还有一张长桌，长桌上随意摆着些纸张和盛满颜料的小玻璃瓶，墙壁上挂着很奇怪的黑色的脸模，画家说那是仿造黑人面具做的；还有那条狗（雅罗米尔已经认识的那条狗），它缩在沙发一角，一动不动地看着来访的客人。

画家让雅罗米尔在长桌前坐下，自己则翻着他的画本："还是一样的东西，"他接着说道，"没什么方向。"

雅罗米尔想要反驳，先前正是他说，吸引他的地方就在于这些狗面人身的东西，他正是为他而画，因他而画，但是他感到如此失望和尴尬，以至于什么都说不出了。画家在他面前放了一张白纸，打开一瓶墨汁，还往他手里塞了支毛笔："现在你想到什么就画什么，不要过多考虑，只是把脑中的东西画下来……"但是雅罗米尔实在太害怕了，他不知道该画些什么，而画家一直在坚持着，绝望之下他只好再次求助于狗面人身。画家很不高兴，雅罗米尔窘迫地说他想学水彩画，因为在班上画画的时候他总是把颜色弄到事先勾勒好的线条外。

"你妈妈已经告诉我了，"画家说，"但是现在，忘掉这件事，也忘掉狗。"他拿了一本很厚的书，在雅罗米尔面前摊开，指着其中的几页让他看。深色的背景，黑色的生硬线条恣意蜿蜒，雅罗米尔想到了千足虫，海星，蜘蛛，星星和月亮。画家相信孩子的想象力，希望他也画出类似的东西。“可是我究竟该画些什么?”小家伙问道。画家于是回答说：“就画线条；画你喜欢的线条，要知道，画家的责任并不在于再现事物的线条，而在于用自己的线条在纸上构筑一个新世界。”雅罗米尔画了些他一点也不喜欢的线条，他涂黑了好几张纸，最终，按照妈妈的教导，将一张钞票交给画家后回了家。

这次拜访与雅罗米尔所期待的完全不一样，它没有能够为他找回失去的内在世界，恰恰相反：它剥夺了雅罗米尔唯一属于自己的东西：狗面人身的足球运动员和士兵。然而，当妈妈问他对这次绘画课感不感兴趣时，他显得很激动；他是真诚的，如果说这次拜访没有能肯定他的内在世界，他却从中发现了一个任何人都无法进入的特殊的外在世界，但这个世界却突然给了他某些微不足道的特权：他看到了一些奇怪的画，他感到无所适从，但是其中自有一种优势存在（他很快就明白这是一种优势!），因为它们与父母家别墅墙上挂的那些死气沉沉的风景画截然不同；他还听到了不同寻常的想法，毫不迟疑地就接受了这些观点：比如说，他懂得了“布尔乔亚”这个词是一种辱骂；那些认为画就应该再现生活或模仿自然的人就是“布尔乔亚”；但是我们可以嘲笑布尔乔亚（雅罗米尔很喜欢这个想法!），因为他们已经死了很久可他们自己却还不知道。

因此，他还是很乐意去画家那里，而且非常渴望能够重复以前狗面人身画给他带来的成功；但是他没能做到：那些模仿米罗绘画的涂鸦看上去极为生硬，整个儿地缺乏儿童世界的魅力；而黑人面具的那些画也只是笨拙的模仿，丝毫不能像画家所期望的那样，激发孩子的想象。雅罗米尔去画家那里已经好几次了，他却没能得到一丁点儿的赞扬，在实在受不了的情况下他作了一个决定：他给画家带去一个他从不曾给其他人看过的素描本，那上面画满了裸体女人。

他画的大多数是外公书柜中那些老书的雕塑照片；因此，素描本的头几张是态度傲慢、成熟而强壮的女人，就是上个世纪寓意画里的那种。接下来的一页很有意思：那上面是个没有头的女人，而且不仅仅没有头：齐着女人颈部，纸被生生地裁掉了，让人觉得这个女人仿佛是被砍了头，而且纸张上还残留着想象中的斧子的气味。纸应该是被雅罗米尔的小刀裁去的，雅罗米尔班上有个女同学，他挺喜欢她，经常渴望看到她不穿衣服的样子——当然这愿望从来不曾实现。为了满足自己的这个愿望，他首先设法搞到了一张女同学的照片，把照片上的头裁下来，拼在素描本的切口处。这就是为什么从这一页开始，素描本上的其他女人都没有头，都仿佛残留着想象中的斧子的气味；有些无头女人的姿势非常奇怪，比如说蹲着的，好像是在小便；还有在柴堆上的火焰中的，好像圣女贞德那样。这种受刑场面——可能是孩子在历史课上学来的——组成了很长的一个系列：有个无头女人被尖头的木桩穿透，有个无头女人被砍了一条腿，还有个无头女人被截去一条胳膊，另外那些场面我们不说也罢。

雅罗米尔当然不敢肯定这些画就能讨画家的喜欢；这和他在厚厚的画册里看到的画可不一样，与画家画室画架上的油画也毫无共同之处；然而他隐隐约约觉得他的这秘密素描本中有着某种东西很接近他老师所做的事情：那是禁忌的气息；是某种独特之处，与雅罗米尔家墙上挂的画截然不同；如果把这些裸体女人的画和画家难以理解的油画同时置于由雅罗米尔家人和他们家的常客组成的评审团面前，它们不受欢迎的程度一定相等。

画家翻着雅罗米尔的素描本，什么也没说，接着他抓起一本厚书递给雅罗米尔。他在离开雅罗米尔稍远的地方坐下来，在纸上画着些什么，而雅罗米尔则在一旁翻那本厚画册，里面有一页画着个大屁股的男人，不得不拄着拐杖支撑着他的大屁股；还有一页上画着鸡蛋里开出朵花；雅罗米尔还看到爬满蚂蚁的一张脸；一个双手变成石头的男人。

“你得知道，”画家走近雅罗米尔说，“萨尔瓦多·达利曾经是个杰出的绘图员。”他将一尊裸体女人石膏像放在他面前：“我们通常会忽视绘图员这个职业，可这是个错误。首先必须了解这个世界原本是什么样的，然后才能进行异乎寻常的改变。”在雅罗米尔的素描本上，画家大幅度修改了他的裸体女人，改变了原有的线条比例。

8

一个女人不能充分享受自己的肉体时，这肉体就会变成她的敌人。妈妈也非常不满意儿子开始时从绘画课上带回的不知其意的涂鸦，但是后来她看到画家改过的裸体女人时，她简直觉得恶心得要命。几天后，她通过玻璃窗望出去，发现在花园里，雅罗米尔给佣人玛格达扶着梯子，玛格达站在梯子上摘樱桃，而雅罗米尔则专心致志地站在下面盯着她裙子里面看。她觉得大量裸体女人的屁股从四面八方向她涌来，决定再也不能这样等下去了。这天，雅罗米尔像往常一样准备去上绘画课的时候，妈妈匆匆忙忙地穿好衣服，抢在儿子前面赶到画家那里。

“我不是假正经，”她坐进画室的扶手椅里说，“但是您得知道，雅罗米尔现在正处在危险年龄。”

她曾经精心准备好今天要说的话，可是此时几乎荡然无存。她是在自己家中准备这些话的，通过家中的窗户望出去的是花园宁静的绿色，那绿色在她看来仿佛是默默赞赏着她的这些想法。可是这里没有绿色，只有画架上那些奇怪的画，还有沙发上的那只狗，脑袋在两只爪子间，目光定定的，仿佛狮身人面像似的用怀疑的目光打量着她。

画家几句话就驳倒了妈妈的责备，接着他继续说，他得坦率地承认，他对孩子能否在学校绘画课上取得好成绩丝毫不感兴趣，因为学校只会扼杀孩子的绘画意识。他对雅罗米尔绘画真正感兴趣的地方恰恰在于他那份独特的想象力，几乎接近疯狂。

“请注意这奇怪的巧合。您先前给我看的画是长着狗头的人。而您儿子最近给我看的画则是裸体女人，但都是没有头的裸体女人。您不觉得这里有一种对人脸的顽固拒绝，对人的本性的顽固拒绝吗？”

妈妈鼓起勇气反驳说，也许她儿子并没有悲观到拒绝承认人的本性的地步。

“当然，他的画肯定不是悲观主义理性推理的结果，”画家说，“艺术是从别的地方汲取灵感，而不是理性。雅罗米尔只是自发地想到画狗面人身或者无头女人，他自己也不知道究竟是为什么同时又是怎么画出来的。是他的潜意识给了他这些形象，很奇怪，但决不荒谬。您不觉得在您儿子的这种视角与日常扰乱我们生活的战争间具有某种神秘的联系吗？战争不正是剥夺了人的面孔和脑袋吗？难道我们不正生活在这么一个无头男人渴望无头女人的时代吗？关于这个世界的现实主义视角难道不是最空泛的幻想吗？您儿子的稚气尚存的绘画难道不是要真实得多吗？”

她到这里来是为了谴责画家，可是现在她像个羞涩的、害怕被责骂的小姑娘，她不知道该说些什么，于是什么也不说了。

画家从自己坐着的扶手椅中站起身来，走向画室的一个角落，那里靠墙放着些尚未装裱的画。他拿起其中的一幅，把画翻过来正面朝着自己，然后退了四步，蹲下后开始欣赏。“请过来，”妈妈顺从地走近他，他把手放在她的臀部将她拉得更近一点，两个人于是挨着蹲在一起。妈妈看到一堆奇怪的棕色和红色的组合，那画面呈现了一幅荒漠与焦枯的风景，满是令人窒息的火焰，或者也可以看成是血的气焰；在这风景的中心仿佛用铲刀挖出了一个洞似的，这是一个人物，一个奇怪的人物，仿佛是白色绳子构成的（这幅画正是由画布的空白效果组成的），他更像是在飘荡而不是在走路，隐隐约约的，看不确切他的存在。

妈妈还是不知道自己该说些什么，但是画家一个人说上了，他说到战争的幻影从远处经过，他说，这正是现代绘画的幽灵，他谈到了一幅残忍的景象，一株吊满人体碎片的树，一株吊满手指的树，还有一只眼睛从高处的树枝俯视着下面。接着他又说这世界上除了战争和爱情，什么都不能让他感兴趣；爱情出现在战争血腥世界之后，就像妈妈应该在画上看到的那个人形一样。（打他们谈话以来，妈妈第一次觉得自己理解了画家，因为她也在油画上看到了战场，还有白色线条组成的形状，她也隐约觉得那是个人。）画家还提到了他们初次相遇的小河边，后来他们又在那里相逢过好几次，他说那是她突然从火与血的烟雾中跳到他的面前，仿佛爱情那羞涩而苍白的身体。

接着，他将蹲着的妈妈的脸转向他自己，吻住了她。妈妈猝不及防地就这么被吻了。这也许就是这次见面的特点：所有的事件都令她措手不及，总是超出她的想象与思考；这一吻也是的，在她还没来得及思考时就已经成了事实，而这之后所有的思考已经无法改变现在发生的这一切，因为她根本没有时间对自己说发生了不该发生的事情；但是她甚至不能肯定发生了些什么，这就是为什么她宁愿晚一点再思考这个值得讨论的问题，将自己所有的注意力都集中到现在正在发生的事情上，事情原本什么样就应当怎样来看待。

她感到画家的舌头伸进了她的嘴中，在一秒钟的时间里她突然发现自己的舌头是那么仓皇那么软嗒嗒的，她觉得画家的感觉也许和捕捉到了一块抹布差不多；她为此感到羞耻，随即又不无愤怒地想到，她的舌头像抹布一点也不奇怪，因为它已经这么长时间没有享受到接吻的滋味了；她立刻迫不及待地用舌尖去响应画家，他把她从地上抱起来，放到沙发上（视线一直未曾离开他们的狗跳了起来，在门边躺下），开始抚摸她的胸部，她立刻感到一种满足和骄傲，她觉得画家的脸充满了渴望，并且显得那么年轻，她想到自己那么久未曾有这种渴望和年轻的感觉，她甚至害怕自己不再能有这样的感觉，因此她愈发想要表现得像一个充满渴望的年轻女人，突然（这一次又是在她还没能有足够的时间思考就发生了），她知道了这是自她出生以来第三个进入她身体的男人。

她明白自己根本还不知道究竟是要还是不要这个男人，她发觉自己永远是一个又蠢又没有经验的小女孩，她知道如果她能有一点点感觉，预料到点什么，现在的这一切就不会发生。这种想法对她而言是一种令她安心的借口，因为这可以说明她之所以和人通奸，不是因为肉欲，而是因为无知；而她随即又为自己的无知感到愤怒，她愤恨那个让她永远处在不成熟状态的男人，这层愤怒如铁幕般遮挡住了她的思维，很快她就不再审视自己目前所做的一切，只听见愈加急促的喘息声了。

接下来，当两个人的呼吸渐趋平静时，她的思想才又苏醒过来，为了逃避，她把头枕在画家的胸口，任由他抚摸自己的头发，油彩的味道让她安心，她暗暗在想，他们两个人中究竟谁会先开口打破这静默。

不是她也不是他，是门铃声。画家站起身，穿好裤子，说：“雅罗米尔来了。”

她感到非常害怕。

“待在这儿别动。”他对她说，抚了抚她的头发走出画室。

画家为小男孩开了门，让他在另一间房中坐下。

“画室里有我的一位客人，所以今天我们就待在这里。现在看看你给我带来的画。”雅罗米尔拿出画簿，画家看完他在自己家画完的画后，在他面前放好颜料和纸笔，为他规定了今天画画的主题。

接着他回到画室，妈妈已经穿好衣服准备离开。“为什么你不想办法把他打发走？为什么你要把他留下来？”

“你这么快就要离开我？”

“简直是疯了。”她说。而画家重新拥她入怀；这一次，她没有反抗，可是也没有任何回报；她仿佛一具没有灵魂的尸体一般被他拥在怀里；画家则在这具毫无生机的身体边絮叨着：“是的，是疯了，爱情就是疯狂的，否则就不是爱情。”他让她在沙发上坐下，吻她，抚摸她的乳房。

然后他回到另一间房里看雅罗米尔画画。这一次他为这个小男孩规定的主题不是为了训练他的笔法；雅罗米尔这一回要描绘的是他最近才做过并且还记得的一个梦。画家长时间地阐述着他关于主题构成的见解：梦中最美的，他说，是能够遇见日常生活中所不能遇到的人和事；在梦中，一艘船可以穿越窗户进入卧室，而在卧室的床上睡着的是一个已经死了二十年的女人，但是这个女人一登上船，船就变成了一具棺材，于是棺材就在河流中随波漂流。他援引了洛特雷阿蒙[①]关于美的理论，解剖台上一台缝纫机和一把伞的组合中就蕴含着美，他接着发挥道：“可这份美远不

① Comte de Lautréamont（1846—1870），法国超现实主义诗人。

及一个女人与一个孩子在画家的画室中相逢所蕴含的美。”

雅罗米尔觉出今天老师显然与往日不同，他觉察出画家在谈论诗歌与梦想时的那份疯狂。他很高兴，而且相当自豪，因为他，雅罗米尔，他是画家这番充满激情的言论的由头，他尤其记下了画家的最后一句话，关于一个女人与一个孩子在画家的画室中相逢的言论。就在刚才，画家和他说今天两个人就待在这里的时候，雅罗米尔已经意识到画室里应该是个女人，而且是个非常重要的女人，因为他没有被允许见她。但是他离成人的世界还着实太远，还没有权力去澄清这个谜团；让他越来越有兴趣的，是画家在最后一句话中将他——雅罗米尔——置于与那个女人同等的地位，而在画家的心中，那个女人一定具有相当的分量，这样一来，雅罗米尔的到来仿佛使得这个女人变得更加美丽更加珍贵，雅罗米尔得到的结论就是画家爱他，并且出于某种神秘而深刻的内在相似性，他对于画家十分重要。当然，雅罗米尔还是个孩子，他还没有能力分辨这种内在的相似性，可是画家这个成熟而智慧的男人一定意识到了。这种想法给了雅罗米尔一种神圣的激情，于是当画家给了他另一个主题时，他立即狂热地投入其中。

画家回到画室，妈妈已经泪流满面：

“求求您，赶快让我走！”

“走吧，您可以和雅罗米尔一起走，他还有一会儿就画完了。”

“您是个魔鬼。”她说，一直泪流满面，画家紧紧地抱住她，吻遍她的全身。接着他又回到另一间屋里，对雅罗米尔画的画大加赞赏（啊，雅罗米尔那天是多么幸福啊！），然后让他回家。最后画家又回到画室中，让妈妈躺在满是颜料的旧沙发上，亲吻她柔软的嘴唇和湿漉漉的脸庞，再次和她做爱。

9

妈妈与画家之间的爱情自打第一次起就具有某种摆脱不了的征兆：这并不是那种她梦想已久、憧憬已久，坚决地认定的爱情；这是从背后突然跳出来，猝不及防的爱情。

这份爱情在时刻提醒她，她总是缺乏对于爱情的准备；她缺乏经验，从来不知道应该做什么说什么。在画家那张特别而渴求的脸面前，她开始为自己的每一句话每一个动作而感到羞愧；甚或她的身体也没有很好的准备；她第一次感到遗憾，不无苦涩地想到分娩以后实在没有照料好自己的身体，她很怕在镜子里看到自己的腹部，可悲地垂着的这个满是褶皱的肉袋。

啊！一直以来她都渴望着那样一种心灵与肉体可以肩并肩慢慢一起老去的爱情（是的，这才是她梦想、憧憬、坚定地计划好的爱情）；而此时，在这次艰难的，她突然被卷入其中的相逢里，她却觉得自己的灵魂尚很年轻，而身体已经可悲地老去了，她在这场遭遇激情中如履薄冰，战战兢兢，自己也不知道日后将是身体的衰老还是灵魂的年轻带来爱情的毁灭。

画家对她表现出极度的关心，总是试图把她带入自己的世界：

他的绘画和他的思想。她对此感到非常高兴，因为她觉得这是一种证明，证明他们的第一次不是利用有利环境的肉体的阴谋，而是别的一点什么。但是一旦爱情同时占据了肉体和灵魂，它就会需要一定的时间；妈妈于是不得不编造出一些新朋友的存在，为自己不断离开家（尤其是对外婆和雅罗米尔做出解释）找借口。

画家画画的时候，她就坐在一旁，可这还不够；他早就和她解释过绘画在他的理解中，只是汲取生活精华的种种方法中的一种，而所谓的精华，一个孩子能够在玩游戏的时候发现它，随便的一个什么人也能在记录下自己的梦境的时候得到它。画家给了妈妈纸和颜料；让她把颜料挤在纸上然后吹气；颜料在纸上向各个方向流散，组成一张色彩斑斓的网；画家把这些作品放在书橱的玻璃后面，对来访的客人吹嘘它们的非凡之处。

开始几次来往时，在告别的时刻画家总是给她好几本书。她必须在自己家读完，而她只好偷偷摸摸地读，因为她怕雅罗米尔，或者是随便哪个家人看到后追问她书是从哪里来的，而她很难找到合适的谎言，因为只消看一眼封面就能知道那些决不是可以在朋友或亲戚的书橱中找到的书。她于是不得不把书藏在衣橱里的胸罩和睡衣下，然后独自一个人的时候再拿出来读。也许是违反禁忌及害怕被抓住的心理很难让她集中思想读她手上的东西，因为她总觉得自己没能通过阅读抓住什么，甚至可以说什么也没读懂，尽管有很多页她都读了两三遍。

因此她再到画家那儿去的时候总是惴惴不安，就像一个害怕被提问的小学生，因为画家开始的时候总是问她是不是喜欢他给她的书，她很清楚除了肯定的回答之外，他还想从她这里再听到一点别的什么，她知道书应该是他们谈话的起点，知道他将书里的某些句子视作他和她的默契所在，就仿佛是他们应当共同捍卫的真理。妈妈知道这一切，可是关于书，她没法知道更多的东西了，或者说她根本不知道这么重要的书里究竟写了些什么。和狡猾的学生一样，她陈述了她的理由，她抱怨自己总是不得不偷偷摸摸地读这些书，唯恐被发现，因而她根本无法集中精力。

画家接受了她的理由，可是找到了一个极富创意的解决办法：在接下来的绘画课上，他和雅罗米尔谈起现代艺术流派，并且给了他好几本书，雅罗米尔非常愉快地接受了下来。她第一次在儿子的书桌上看到这些书时就明白过来这些违禁品实际上是针对她的，她很害怕。到现在为止，一直是她自己独自承受着这份爱情的重负，而现在在不知不觉中儿子却已经在充当他们通奸的信使。但是她无能为力，书已经放在儿子的桌上，她除了装出出于母亲的关怀——这很容易为人所理解——翻阅它们之外别无他法。

有一天，她大胆地对画家说，他借给她看的那些诗晦涩难懂，着实没有什么意义。然而这些话一说出口她就后悔了，因为画家总是将一点点不同意见视作背叛。于是她想尽快地修正她的错误。当她看到画家眉头紧锁、转过身对着自己的画时，她在他背后脱了外衣，解开胸罩。她的胸部很美丽，她知道这一点，现在她骄傲地（当然还有一点羞涩）炫耀性地穿过画室，接着，她停留在画架上的一幅油画后，半遮半藏地站在画家面前。这个可恶的家伙，他竟然仍然拿着画笔在油画上兀自涂抹，并且好几次抬起眼睛不怀好意地看她一眼。她夺下画家的画笔，凑到他的耳边，说了一个至今为止她还从未和任何人说过的词，一个粗俗淫荡的词，接着她又轻声重复了好几遍，直至看到画家脸上的愤怒转为爱情的欲望。

不，她并不习惯这样，这样做让她觉得紧张而神经质；但是她从一开始就很明白画家要求于她的是对爱能有自由甚至惊人的表达，他要她和他在一起时能够完全自由，摆脱一切：摆脱世俗的观念，不再有羞耻心，不再压抑自己。他总是喜欢对她说："我别无所求，只求你给我你的自由，完全的自由！"他要让自己每时每刻都能确信这份自由的存在。妈妈终于开始明白这种自由不羁的态度也许是美丽的，但是她却越来越担心自己是否能够做到。而且她越是想要努力做到，这种自由于她就越是一种艰巨的任务，一种不得不做的，她必须好好准备才能完成的事情（必须认真思考用什么样的词语，表明什么样的欲望，通过什么样的手势让画家感到震惊，并且仿佛完全是很自然的流露），她被这自由的重负压弯了腰。

"最糟糕的不在于这个世界不够自由，而是在于人类已经忘记自由。”画家总是对她说，她总觉得这话是故意说给她听的，她正属于这个画家认为应当完全抛弃的旧世界。“如果说我们不能改变这世界，至少我们应当改变自己的生活，应当自由地去生活，”他说，“如果说每个人的生命都是独特的，就让我们按照独特的方式去生活吧；抛却所有的旧事物。”他还引用兰波的话，告诉她“要绝对现代”，而她则满怀虔诚地听着，完全相信他所说的一切，对自己充满了怀疑。

有时候她想画家对她的爱也许只是源于对她的误解，她也会问他究竟为什么爱她。他回答她说，他爱她就像拳击手爱蝴蝶，歌唱家爱沉寂，强盗爱上了村里的小学教师，他说他爱她就像屠夫爱上小牛犊那惊惧的眼睛，闪电爱上了屋顶的宁静；他说他爱她就像是爱任何一个被爱的女人，这个女人正在一个愚蠢的家庭中日渐沉沦。

她听得心醉神迷，但凡抽得出一分钟的时间就往画家那里跑。她就像一个旅者，面对着眼前无限美丽的风景却已疲惫之至实在无法欣赏；这爱没能让她感到一丝的愉悦，但是她知道这爱是伟大的，她不应该失去。

那么雅罗米尔呢？小家伙感到很骄傲，因为画家把自己书橱里的书借给了他（画家不止一次地告诉过他，他从不把书借给任何人，雅罗米尔是唯一享有这特权的人），雅罗米尔有的是时间，于是他慢慢地翻着书页，充满遐想。在那个时候，现代艺术还没有成为资产阶级的遗产，它还具有一种类似于宗教团体的迷人气息，而对于一个尚处在梦想秘密小团体的年龄的孩子来说，这份迷人的气息当然就显得格外易解了。雅罗米尔深切地感受到了这魅力，他读这些书的方式当然与他母亲完全不同，因为妈妈把这些书当成教材来读，一个字一个字地读下去，唯恐被提问到。而雅罗米尔不怕被提问，他从来没有真正地读过画家的这些书，他不过是翻翻，或者更确切地说是随便逛逛，停留在某一页上，或是某一句诗上，如果其他的诗句他根本不感兴趣的话。但是就这么一句诗，或是一小段散文已经足以让他感到幸福，不仅仅是因为它们很美，而是它们在他就像是一张入门证，让他得以进入那个被上帝选中的特殊人组成的世界，这个世界里的人能够发现别人所不能发现的美。

妈妈知道儿子可不仅仅满足于做一个简单的信使，她知道他对这些只是表面上借给他的书满怀兴趣；于是她开始和他探讨两人共同阅读的书，并且对他提出一些她不敢问画家的问题。接着她不无惊恐地发现儿子执著地捍卫着这些书，比画家还有过之而无不及。

她发现在艾吕雅[①]的诗集中，儿子在一句诗下面用铅笔划了道道，诗是这样的：睡吧，一只眼中是月亮，另一只眼中是太阳。

---

① Paul Éluard（1895—1952），法国诗人。

她于是问儿子："你觉得这句诗究竟美在哪里呢？为什么我睡觉的时候眼里应当盛着太阳和月亮呢？还有这句，*石头的腿上穿着沙袜*。袜子怎么可能是沙子做的呢？"雅罗米尔觉得妈妈不仅仅是在嘲笑诗歌，而且她一定觉得他还太小，不能理解诗歌，于是他很粗暴地回答了她。

我的上帝！她甚至无力反驳一个十三岁的孩子！这一天她到画家那里去的时候，觉得自己就像是一个才套上外国军队制服的间谍；她害怕自己会被卸去伪装。她的行为已经失去了所有的本能的意味，她所说的和所做的都像是一个因为害怕而几乎瘫软的演员，为了不挨耳光而麻木地背诵着台词。

正是在那个时期画家发现了相机的魅力；他给妈妈看了他拍的第一批照片，由一堆奇奇怪怪的东西组合而成的死气沉沉的世界，特别的视角所展现出来的是被遗忘和被抛弃的事物；然后他把妈妈拉到玻璃窗下明亮的光线中，开始拍她。开始的时候她感到一阵轻松，因为她不再需要说点什么，只要站着，坐着，或者微笑，跟着画家的指导做，时不时的，画家还会对她的脸庞大加赞赏。

接着画家突然双眼一亮；他抓起一支画笔，蘸满了黑色颜料，轻轻地转过妈妈的脸，在她脸上画了两道斜线。"我把你划掉，我摧毁了上帝的作品！"他大笑，然后开始拍她，拍两道在鼻子那里交叉的黑色线条。接下去他又把她带到浴室，给她洗了脸，用毛巾给她擦拭。

“刚才我把你划掉是为了现在的重塑。”他一边说一边再次拿起画笔，重新在她身上作起画来。这次是一些小圈圈，还有一些仿佛古代象形文字那样的符号；“一张写满了信息的脸，一张写满了字母的脸。”画家说，再次将她带到玻璃窗边明亮的光线下，开始拍摄。

然后他让她躺在地上，在她身边放了一尊古代的石膏雕塑，他在雕塑上画上与她脸上相同的线条，拍摄起这两个一生一死的脑袋来，接着他又为她洗去脸上的线条，画上了别的，再重新拍摄，他让她躺在沙发上，开始替她脱衣服，妈妈真害怕他会在她的乳房和腿上画些什么，她甚至差点给他做个滑稽的表情提醒他不该在她身体上作画（让她做个滑稽的表情可是需要勇气的，因为她总害怕自己的玩笑到头来永远达不到目的，只会让她显得十分可笑）。但是这会儿画家已经画累了，他没有在她身体上作画，而是和她做爱。做爱的时候，他将她的脑袋捧在手间，仿佛一想到他正在和一个由他亲手创造的女人做爱，和他自己的想象，自己的影像做爱，这让他尤其激动，仿佛他就是上帝，正和他刚刚为自己而创造的女人睡觉。

这是真的，此时的妈妈只能是他的创造，是画家的一幅画。她明白这一点，积聚起了自己所有的力量坚持住，她不能让他看出来，她根本就不是画家的同伴，不是可以和他面对面坐着的奇迹，根本不值得他爱，她只是一具没有生命的影像，一面温顺地呈现给他的镜子，一张画家投射自己欲望的影像的平面。因此从这个意义上来说，她成功地经受住了考验，画家欲望勃发，幸福地紧紧抓住她的身体。但是接下来，当她回到家中的时候，她觉得自己实在是付出了很大努力，晚上，在入睡前，她哭了。

几天后，她再次到画家的画室去时，作画与拍摄再次重演。这一次，画家让她露出乳房，然后开始在这美丽的穹体上作画。但是当他想要进一步脱光她的衣服时，她第一次对她的情人表示了拒绝。

我们也许很难想象到现在为止，在所有的爱情游戏中，她是怎样用尽了心机——我们甚至可以说是诡计——来遮掩她的肚子的！有好几次，她都留着吊袜带没有脱，暗示他说半遮半裸的才更刺激，还有好几次，她坚持在昏暗的光线下做爱，再有几次，她挪开了画家想要抚摸她腹部的手，将这双手放在自己的胸脯上；而她穷尽了这些伎俩之后，她就拿自己的羞怯作为借口，画家很了解她的羞怯，也很欣赏（正是因为这点他经常对她说，如果用颜色来表达，她应该是白色，他第一次想到她的时候，就用铲刀在画布上铲出的白色线条来表现他的思念）。

但是现在，她必须站在画室的中央，仿佛一尊活生生的雕像，被画家的画笔和目光包围着。她想要抗争，告诉他她不愿这样做，她说，就像第一次那样，说他要求她做的事情是在发疯，而他也像第一次那样回答她说，是的，爱情是疯狂的，他扯掉了她的衣服。

而现在，她就站在画室的中央，只想着自己的肚子；她害怕垂下眼睛，看见自己的肚子，但是肚子就在那里，和她往日千次万次绝望地在镜中所看到的一样；她觉得自己只剩下了这肚子，这满是皱纹的丑陋的皮肤，她觉得自己就像是手术台上的一个女人，一个什么都不该想，应当彻底忘记自己的存在，只要告诉自己一切都会过去的，手术和痛苦都会结束的，而在等待结束的过程中她只有一件事可以做：坚持。

画家拿起一支画笔，蘸上了黑色的颜料，撒落在她的肩上，肚脐上，大腿上，然后他向后退几步，拿起了相机；他将她带到了浴室，让她在空浴盆中躺着，然后他将一节金属管放在她的身上，他对她说这节金属管和水无关，它是致命的毒气管，现在这节毒气管放在她的身上，就像是将战争置于爱情之上；然后他又让她起来，将她带到其他地方，给她拍照，她很顺从，不再试图遮掩她的肚子，但是她的肚子总是在她的眼前晃动，她看见画家的眼睛，然后是肚子，肚子，然后是画家的眼睛……

接着，他让她在地毯上躺下，身上画满了画，他就在那尊古代的头像旁和她做爱，冰冷的，美丽的头像，她再也坚持不住了，在他的怀里哭起来，但是也许他不会明白她为什么哭泣，他觉得自己略带野性的迷恋，在此时转化成了富有韵律的曼妙动作后，她的哭泣只能是出于幸福和欲望。

妈妈知道画家不明白她哭泣的原因，她控制住自己，停止哭泣。但是她回到家里时，在楼梯上却晕倒了；她摔倒在地，擦伤了膝盖。吓坏了的外婆把她扶到自己的卧室里，将手放在她的额头上，并在她的腋下塞了一支温度计。

妈妈发烧了。妈妈的精神崩溃了。

10

几天后，从英国派来的捷克伞兵杀死了波希米亚的德国占领军的指挥官；当局宣布了戒严令，街角上出现了一长串被枪毙者的名单。妈妈卧病在床，医生每天都来在她的屁股上戳一针。她的丈夫时常过来陪她坐在床边，握着她的手，目不转睛地看着她；她知道丈夫一定以为是这些历史恐怖摧毁了她的神经，想到自己的欺骗行为她不由感到羞愧，她觉得丈夫对她那么好，在这艰难的时刻一直陪在她身边尽丈夫的职责。

至于那个无所不能的保姆玛格达，她已经在他们的别墅里住了好几年，令人尊敬的外婆具有根深蒂固的民主传统 ，于是宣布说玛格达以后要被当成家人来对待，而不是简单的雇工。某一天起玛格达开始哭泣不止，因为她的未婚夫被盖世太保逮捕了。又过了几天，未婚夫的名字被写进通告，和别的死者名字在一起，红纸黑字。玛格达被允许休息了几天。

回来后玛格达告诉他们，她未婚夫的父母只拿到一个骨灰盒，说他们也许永远也不会知道自己儿子的遗骸在什么地方了。她再一次泪流满面，而自此之后她差不多天天都哭。她通常是把自己关在她那间小卧室里哭，隔着墙壁能够听到她那压抑的哭声，可是有时候，吃饭的当儿她就会突然嚎啕大哭；因为自从她出了这事以后，她就得到允许和大家一起上桌吃饭（以往她都是自己在厨房单独进餐的），这份好意中的特别之处恰恰日复一日地在中午时分提醒她，她正在服丧期，大家都很同情她，于是她眼圈一红，泪珠儿滚落在浸着汤汁的盆子里，她努力想要掩饰她的泪水和发红的眼圈，她低下头，不想让大家看见她，但是越是这样大家就越是会注意到她，总有人会对她说上两句安慰的话，而她也总是用哭泣回答大家对她的安慰。

雅罗米尔看着这一切，仿佛在看一场激动人心的演出。他一想到眼泪即将出现在一个年轻女人的眼眶中就感到兴奋，出于羞涩，这个年轻女人想要竭力抑制住自己的悲伤，可是悲伤最终还是战胜了她的羞涩，这女人还是任凭眼泪滴落。他贪婪地注视着这张脸（偷偷地，因为他觉得他没有权利这么做），觉得自己兴奋得不能自已，他真想对这张脸倾尽自己的柔情，轻抚它，安慰它。晚上，一个人的时候，他钻进被子，眼前立刻出现了玛格达那张长着一双褐色大眼睛的脸庞，他想象自己正在轻抚着它，对它说，别哭了，别哭了，别哭了，因为他想不出自己还能说些什么。

也差不多就在这个时期妈妈结束了她的精神治疗（她在家卧床休养了一个星期），重新开始照料家庭，买东西，做家务，虽然她经常还咕哝着说自己头疼啦，心慌啦。有一天，她坐在桌前，开始写一封信。她写下第一句话后，就明白画家一定会觉得她多愁善感，而且愚蠢之极，她害怕得到他这样的评判，但是她立刻就安慰自己说，这些话反正也不需要回答，这是她写给他的最后一封信，这个想法给了她勇气，使得她能够继续下去；她仿佛是彻底轻松了（而且有一种奇怪的反叛的感觉），组织着自己的文字，她只要做回自己，做回在认识他之前的那个自己。在信中她说她爱他，永远也不会忘记和他一起度过的那段奇妙的时光，但是现在是时候说真话了，她是个与他完全不同的人，与他想象中完全不同的人，她只是一个平庸的、老式的女人，她害怕有一天不能面对儿子那双单纯的眼睛。

她真的是下决心对他说真话了吗？啊，根本就不是这回事！她没有对他说她所谓的爱的幸福对她而言只不过是沉重的负担，她没有告诉他，她很为自己损毁的腹部感到羞耻，也没有告诉他她的精神危机，告诉他她伤了自己的膝盖，在床上躺了一个星期。这一切她都没有告诉他，因为这样的坦诚并非她的本性。而且她终于下决心要做回她自己，她又怎么能够在只有不坦诚的状态下才能做回自己呢。因为对他坦白一切真相，这就像是再一次赤身裸体地躺在他面前，包括自己满是皱纹的肚子也一览无余。不，她不愿意把自己暴露给他，不论是外表还是内心她都不愿意。她宁愿安全地躲在羞耻心的保护之下，这就是她为什么必须如此虚伪，只谈自己的孩子和她身为母亲的神圣责任。于是在她的信行将结束之际，连她自己都相信引起她精神崩溃的既非她的肚子，也不是为了跟上画家的那些怪念头所付出的努力，而是她那伟大的母爱在与这段伟大而负罪的爱情斗争。

而在这段时间里，她不仅觉得自己有着无尽的悲伤，她更多的是体验到一种崇高的，悲剧性，强有力的感情。若干日子以前只是让她感到痛苦的悲伤，如今被她用伟大的字眼重新描述过以后，给了她一种平静的幸福感；这是一种美丽的忧伤，她看见自己被这忧郁的光芒照耀着，有一种忧伤的美丽。

多么奇怪的巧合！就在这个时刻，雅罗米尔成天窥视玛格达红肿的眼睛，也深刻地体验到了忧郁之美，整个身心都沉浸其中不能自拔。他再一次翻开画家借给他的书，将艾吕雅的诗歌读了又读，听任自己沉醉在里面：*在她平静的身体中，有一颗和眼眸一样颜色的雪球*；还有这句：*远处是你眼睛沐浴的大海*；还有：*你好，忧郁。你被铭刻在我深爱的眼眸中*。艾吕雅成了关于玛格达平静的身体和沉浸在泪海中的双眸的诗人；她的一生在他看来都浓缩在一句魅力非凡的诗中：*忧郁，美丽的脸庞*。是的，这就是玛格达：忧郁，美丽的脸庞。

有一天晚上，家里其他人都去了剧院，只有他一个人和玛格达待在别墅里；他对家里的习惯一清二楚，知道今天是星期六，玛格达会洗澡。由于父母和外婆一个星期前就决定去剧院了，他有时间准备好一切；他把遮锁孔的金属片弄掉了，清理了浴室的锁孔，而且在里面放了一点点浸过水的面包，这样自己的眼睛就能紧贴上去，而且能让视线处于垂直的状态；为了让从锁孔里望进去的视线不至于太局限，他拔掉钥匙，小心翼翼地藏了起来；没有人发现钥匙不见了，因为家里面的人都没有锁门洗澡的习惯，只有玛格达才会用钥匙反锁上门。

家里静悄悄的，显得十分空旷，雅罗米尔心跳得厉害。他在楼上自己的房间里，面前摊着本书，就好像谁会过来吓他一跳问他在干什么似的，但是他不在看书，他全神贯注地听着动静。他终于听见水管里发出的声音，接着是水溅在浴盆里的声音。他关掉楼梯口的灯，轻手轻脚地下了楼。他运气很好，锁孔完好无损，他把眼睛贴上去后，就看见玛格达靠浴盆站着，已经脱了衣服，露出乳房，身上只穿着一条小短裤。他的心跳得更慌了，因为他看到了至今为止从来还没有看过的东西，而且他还将看得更多，没有人能够阻止他。玛格达站着，走近镜子（他看到了她的侧面），自我端详了几分钟的时间，接着她转过身（他看见了她的正面），走向浴盆；她停了下来，脱掉小短裤，扔在一边（他一直看她的正面），跨进浴盆。

玛格达在浴盆里的时候，雅罗米尔也一直通过锁孔观察着她，但是因为水一直没到她的肩膀，此时的她对他而言只是一张脸；相同的一张脸，熟悉而忧伤，泡在泪海里的眼睛，但是这又是一张完全不同的脸：一张他在想象中为它添上裸露的乳房、腹部、大腿、臀部的脸，这是一张在裸体的光芒照耀下的脸，他仍然对它充满柔情，但是这份柔情由于心跳加速也完全不同了。

接着，他突然发现玛格达也在看他。他害怕被发现。玛格达的眼睛定定地看着锁孔，温柔地微笑着（有点尴尬却又友好的微笑）。他立刻走开了。她究竟看见他还是没看见他呢？他之前做了好几次试验，确定在浴室里不可能发现门外有人偷看。但是玛格达的目光和微笑又如何解释呢？或者只是出于偶然玛格达恰好往这个方向看，而她之所以微笑，仅仅是因为想到雅罗米尔有可能在看她？无论如何，和玛格达的目光的相遇扰乱了他的心境，他不敢再靠近浴室的门。

但是，过了一会儿，当他平静下来，他却产生了一个要超过他至此为止所看到的、体验到的一切的念头：浴室根本没有上锁，而且刚才玛格达也没有对他说要洗澡。因此他就可以假装什么也不知道，什么也没有发生似的堂而皇之走进浴室。他的心又重新狂跳起来；他想象着自己就这么面带惊讶地站在浴室里，说我来找我的梳子；然后他从赤身裸体的玛格达身边走过，而那个时刻，玛格达什么也说不出来；她那美丽的脸上满是羞愧，就像在吃饭的时候她突然哭泣时那样。雅罗米尔则沿着浴缸向前走，拿起面盆上方的梳子，他在浴缸前停下，冲玛格达弯下身去，望着玛格达在青色水波中赤裸的身体，他再一次凝望着这张面带羞涩的脸庞，然后他轻抚着这张写满羞涩的脸……但是他想象到这里的时候，突然感到一阵混乱，他什么也看不到了，也无法继续想象下去。

为了让即将发生的一切尽量显得自然，他又重新轻手轻脚地上楼回到他的房间，然后再咚咚咚地下楼；他感到自己在颤抖，他害怕自己到时候没有足够的力量用平静的声音说我来找我的梳子；但是他还是下了楼，已经差不多来到了浴室的门边，心跳得几乎令他感到窒息，可这时他听到了玛格达的声音："雅罗米尔，我在洗澡！别进来！"他回答道："不，我是要去厨房！"他走向走廊的另一侧，进了厨房，打开之后再重新关上厨房的门，装出从里面拿了点什么的样子上了楼。

但是一回到自己的房间，他就发现按理说玛格达的话也没什么令他如此狼狈的地方，他不应该这么快这么突然地就投降，他只需要说，没关系，我只是来拿我的梳子的，然后他就进去，玛格达肯定不会说他的，因为她很喜欢他，他一直对她很好。他又重新开始想象这个场面：他走进浴室，玛格达赤身裸体地躺在浴缸里，对他说：别靠近我，走开，但是她什么也不能做，她无法反抗，和她面对未婚夫的死亡一样无能为力，因为她被囚禁在浴缸里，然后他冲着她的脸弯下身去，冲着她那双大眼睛。

只是机会已经永远地失去了，雅罗米尔听到浴缸放水的轻微的汩汩声，水正流向远处的阴沟；如此美好的机会就这样一去不复返了，这真令他感到揪心，他知道他在短时间内很难再有机会和玛格达独处一个夜晚，即便能有机会，浴室门上也一定会重新插上钥匙，玛格达一定也会在里面反锁上双保险的。他躺在自己床上，非常绝望。但是比失去机会更让他心痛的是他自己的羞怯，他自己的无能，他那愚蠢的心慌，正是这样他才丧失了思考和反应的能力，把一切都搞糟了。他对自己感到一阵强烈的厌恶。

但是他又能拿这厌恶怎么办呢？厌恶和忧伤完全不同；甚至这两者是截然相反；如果有人对雅罗米尔不好，他就会上楼把自己关在房间里哭泣，但这是幸福的泪水，甚至可以说是令人兴奋的泪水，几乎可以说是爱之泪，雅罗米尔通过这泪可以体验到对自己的深刻同情，安慰他，注视着他的灵魂；可是这厌恶，让雅罗米尔感到自己那么可笑的厌恶却让他远离了自己的灵魂！这厌恶简洁明了，就像是一种羞辱，一记耳光，只有用逃跑来逃避。

但是如果我们突然意识到了自己的卑贱，逃到哪里才能避开呢？只有逃向崇高借以逃避堕落！他在自己的书桌前坐下，翻开一本小书（这书非常珍贵，因为画家告诉他除了他以外还没有借给过任何人），他花了九牛二虎之力才将精力集中在他喜欢的诗歌上。一切又重新摊在他眼前：*远处是你眼睛沐浴的大海*，他又一次看到玛格达出现在他面前，是的，一切都在，包括平静的身体里的那颗雪球，汩汩的水声涌进了诗歌中，仿佛河里的水花通过卧室关闭的窗户涌了进来一般。雅罗米尔觉得自己充满了一种悲伤的欲望，他合上书，拿过纸笔，自己开始写起来，就像艾吕雅，奈兹瓦尔[①]，比布尔[②]或德斯诺斯[③]那样，他写下了一行又一行的简短诗句，没有韵也没有律；这只是他所读的那些诗句的变化。只不过在这变化中掺进了他刚才的经历，有开始融化成水的悲伤，有绿色的水，表面一直在涨啊涨啊，涨到我的眼睛。还有身体，悲伤的身体，水中的我的身体，我继续往前，穿过无穷无尽的水。

他将这些诗句念了好几遍，抑扬顿挫，充满感情，连他自己都被感动了。在这些诗句的背后，有浴缸里的玛格达，还有把眼睛贴在锁孔上的他；他并没有超出他所经历的一切的极限，但是他超越了自己的经历；他对自己的厌恶此时留在了底层；就是他感到心跳加速手发麻的底层；但是现在，在高处，他已经超越了他的匮乏；锁孔和懦弱的插曲此时对他而言不过是一个跳板，而他现在已经凭借这个跳板达到了飞跃。现在他不再服从于他刚刚所体验到的一切，是他刚刚所体验到的一切服从于他刚刚所写下的一切。

第二天，他搬出外祖父的打字机，把昨天写的诗歌重新打在专门的纸上，诗歌一下子仿佛显得比他昨天高声朗诵时还要美，因为此时的诗歌已经不再是简单的词语的排列，它成了一样事物，它的自治性更加无可争议。原本，这些普通的词一说出口就不复

---

① Vitezslav Nezval（1900—1958），捷克超现实主义之父，诗人。
② Konstantin Biebl（1898—1951），捷克超现实主义诗人。
③ Robert Desnos（1900—1945），法国超现实主义诗人。

存在，它们只是为了达到交流的目的而存在；它们服从于事物的需要，它们的本身无非只是命名性的；但是此时这些词语本身已经成为事物，它们不服从于任何需要；它们不再只为交流而存在，它们不会立即消失，它们能够持续。

当然，雅罗米尔在昨天经历的一切也被写进诗里，但是同时这经历已经在慢慢地消亡，就像种子在果实里消亡一样。我在水中，我的心跳在水面上激起涟漪；这句诗中包含着那个在浴室门前颤抖的少年的形象，但同时，这个少年的轮廓在缓缓地模糊起来；这句诗超出并超越了这个单纯的形象。啊，我水中的爱人，另一句诗这样写道，雅罗米尔很清楚这个水中的爱人是玛格达，但是他也很清楚没有人能通过这些文字看到玛格达，她已经消失，无法看见，被埋葬了。他所写的诗歌是绝对自治的，独立并且不可理解，和事实本身一样独立并且不可理解，因为这事实和任何人都对不上号，它只需简单地存在就可以了。诗歌的这种自治给了雅罗米尔一个美妙的庇护，一种可以具有第二次生命的可能性；他觉得这一切是如此美好，从第二天起他就决定再写些别的诗句，慢慢地，他开始全身心地投入了这项事业。

11

即便现在她好像已经进入康复期，起了床，可以在屋里散散步，可是她并不开心。她摒弃了画家的爱情，但是并没有因此换回丈夫的爱。雅罗米尔的父亲现在基本上不在家里！大家都已经习惯了他深更半夜回家，最终也习惯了他宣布自己要连着好几天不回家，因为他经常出差，但是这一次，他什么也没有说，他就这样晚上没有回家，妈妈没有他的任何消息。

雅罗米尔本来就不太见得到自己的父亲，因此他甚至没有察觉父亲不在，他在自己的房间里想着他的诗歌：要想让诗歌成为真正的诗歌，必须得给什么人读了才行；只有证明这诗歌不是简单的数字化的私人日记，它才可能得到真正的生命，独立于作者之外的生命。他最初想到的是把诗歌拿给画家看，但是他太重视这些诗句了，他害怕把它们交给一位如此严厉的法官。必须是一个有可能和他一样钟爱这些诗句的人，他很快就知道了谁应该是这些诗句的第一个读者，这个本身就已经注定要成为他的诗歌的读者的人；他看见她在家里走来走去，悲伤的眼睛，痛苦的声音，仿佛正是在等着和这些诗句相遇；他将自己用打字机精心打出的儿首诗交给妈妈，便跑着躲回房里，怀着激动的疼痛等着妈妈读完喊他。

她读了，然后哭泣。也许她自己并不知道为什么会哭，但是我们不难猜出。她流下了四种眼泪：

首先，她非常惊异地看到了雅罗米尔的诗歌与画家借给她读的诗歌的相似之处，于是眼泪迸出她的眼眶，这是为了失去的爱的眼泪；

接着她感受到了儿子诗歌里这份无穷无尽的忧伤，她想起丈夫已经两天没有回家，而且什么也没有对她说，于是她流下了耻辱的眼泪；

但是紧接着她就流下了慰藉的眼泪，因为她的儿子如此信任如此充满激情地跑过来将这些诗歌交在她的手中，这无疑是平复她所有伤口的良药；

而最终，在读了好几遍后，她流下了赞赏的眼泪，因为她觉得雅罗米尔的诗歌写得如此智慧，她告诉自己这些诗歌里一定包含着她不能理解的东西，因此，她是一个神童的母亲。

然后她叫儿子过来，但是当儿子站在面前时，她觉得自己又回到了她面对画家回答他所提出的关于那些书的问题的时刻，她不知道对于这些诗歌她应该说些什么，望着儿子低垂着脑袋充满渴望地等待她，她只能将儿子紧紧抱在胸前，吻他。雅罗米尔其实也害怕，很高兴能把头埋在妈妈的怀里，而妈妈呢，当她感受到胸前儿子那稚嫩的躯体时，终于推开画家的阴影，得到了勇气开口说话。可是她的声音仍然在颤抖，眼睛湿润，对于雅罗米尔来说，这本身比她所说的一切还要重要，这颤抖和感动向他保证了那些诗句所具有的神圣权力；真正的，具体的权力。

夜幕开始降临，父亲仍然没有回来，妈妈觉得雅罗米尔的小脸散发着一种丈夫和画家都无法与之比拟的美；这个不很恰当的想法如此强烈，她根本无法摆脱。她开始和他说怀孕的时候她是如何凝望着阿波罗雕像的眼睛。“你瞧，你真的和阿波罗一样俊美，你和他很相像。人们都说母亲怀孕时想什么，孩子的身上就多少会留下一点印记，这并不完全是迷信。你的诗才正是来自他。”

然后她告诉他，文学一直是她最大的爱好，她进大学就是为了学文学，只不过婚姻（她没有提到怀孕的事情）阻止她全身心地投身于这项事业；而现在她发现雅罗米尔是诗人（是的，她是第一个将这么伟大的头衔颁给他的人），她的确感到非常惊喜，但同时这又是她期待已久的。

这一天他们谈了很久，就这样，母亲和儿子，两个失望的情人在彼此身上找到了安慰。

第二部

克萨维尔

1

大楼里传来修楼时敲敲打打的响声，不一会儿就要结束的；上了年纪的数学老师马上就要走进教室，用他那些黑板上的数字把学生弄得昏昏欲睡；一只迷失了方向的苍蝇在老师的提问和学生的回答间嗡嗡嗡地转来转去……但是他已经远离了这一切！

战争结束已经一年了；时值春天，阳光明媚；他顺马路一直走到伏尔塔瓦河，然后沿着河岸闲逛。教室的一切已经很远了，只有那只装着书本的棕色小书包还在提醒他这其中的联系。

他来到了查尔斯桥。河两旁的小雕像好像在召唤他过桥到对岸去。每当他从学校逃出来的时候（他是如此经常而且如此乐于逃学！），他总是会被查尔斯桥吸引，走过这座桥到河的对岸去。这次他又将走过这座桥，这次他也还将在桥的另一头停下，在河水后面竖着一幢黄色房子的地方；那幢房子的四楼有扇窗子，和房子的护栏差不多高，好像和护栏只隔了几步的距离；他很喜欢欣赏这扇窗子（而且这窗子总是关着的），想象着玻璃窗后面会住着什么样的人。

这一天，窗竟然开着，这是第一回（也许是因为这天实在是太晴朗了）。旁边还挂着一只鸟笼。他停下来，仔细地欣赏这只罗可可风格的鸟笼，鸟笼是用白色细铁丝编的，幽雅地卷成螺旋状，接着他看到房间里有个人影：他只看见那人的背影，但是他可以肯定那是个女的，他很希望她能转过头来，好让他看见她的脸。

人影动了，可是朝着相反的方向；她消失在黑暗中。窗仍然开着，他对自己说这是一种邀请，是专门给他的静谧的、秘密的信号。

他无法抗拒，登上了护栏。房子和桥之间有一条很深的壕沟，壕沟的另一头铺着坚硬的鹅卵石。书包妨碍了他。他把书包从窗户扔进黑漆漆的房间里，纵身一跳。

2

伸出手臂，克萨维尔就能触摸到他刚刚跳上的长方形玻璃窗的内窗台，他和窗的高度正好差不多。他由远及近地开始仔细打量这个房间（就像所有那些注意力总是先从远处事物开始的人一样），他先看到了一扇门，然后是左手边靠墙放着的衣橱，右手边放着一张有精致立柱的床，房间当中放着一张圆桌，铺着花边台布，桌上放着花瓶；最后，他看见自己的书包就在脚下，靠着一块廉价地毯的流苏。

正当他好像想弯下身捡自己书包的时候，房间尽头的门开了，一个女人出现在那里。她立即看见了他：整个房间光线都很暗，只有靠近这扇长方形的窗子的地方是透亮的，仿佛房间的那一头是黑夜，而这一头是白天；从女人所站的位置望过来，站在窗下的那个男人成了在金色光线中出现的一个黑影；这是一个介于黑夜与白昼之间的人。

如果说被光线刺得眼晕的女人无法看清楚面前这个男人的脸的话，克萨维尔则相应处在有利的地位；他那双已经习惯了昏暗光线的眼睛至少能够大概抓住对面这个女人的柔和轮廓，她脸上的那份忧郁，即便是在最深处的黑暗里，女人仍然光芒四射；她站在门边，审视着他；她既没有本能地惊叫，也没有足够的力量控制住自己，开口和他说话。

他们沉默了若干秒钟，彼此欣赏着对方模糊的脸部轮廓，然后克萨维尔说："我的书包在这里。"

"您的书包？"她问，好像克萨维尔发出的声音终于将她从最初的惊吓中拖了出来，她关上身后的那扇门。

克萨维尔在窗台上蹲下身，用手指着自己下方的书包的位置："我书包里有很重要的东西。我的数学作业本，自然课本，还有捷克语作业本。就在这个本子里，有我才完成的最后一篇作文，题目是《春天来了》。这篇作文让我很痛苦，我满脑子还都是它。"

女人在房间里走了几步，现在克萨维尔看见她处在明亮的光线中。他的第一印象是对的：柔和的线条和忧郁的神情。他看见在那张迷茫的脸上有一双捉摸不定的大眼睛，令他又想到了一个可以用来形容她的词：惊惧；不是因他突然闯入而引起的惊惧，而是留在脸上的，那双定定的大眼睛，那份苍白，那些好像永远都在请求原谅的姿态所表达出来的惊惧。

是的，这个女人真的是在请求原谅！"请原谅，"她说，"但是我无法明白您的书包怎么会到我家里的。我不一会儿前才打扫过卫生，可我没看见任何不属于我们家的东西。"

"但是，"克萨维尔蹲在窗台上，指着地毯说，"非常令我高兴的是，我的书包就在这里。”

“我也是，我很高兴您能够找回您的书包。”女人微笑着说。

现在他们面对面地坐下来，中间只隔着一张铺着花边台布的圆桌，还有那个插满皱纸花的大花瓶。

“是的，如果找不到我会有麻烦，”克萨维尔说，“捷克语老师很讨厌我，如果我把书包搞丢了，他会罚我做双倍的作业。”

女人的脸上呈现出同情；她的眼睛突然之间显得那么大，克萨维尔再也看不见其他器官，就好像这张脸其余的部分和身体都只不过是这眼睛的陪衬，只是一只首饰盒；他甚至无法想象这张脸的线条还能是其他什么样子，或者身体的比例还能如何改变；这一切都在他的视线之外；事实上这个女人留给他的印象就只是这两只巨大的眼睛留给他的印象，那栗色的光芒淹没了身体的其他部分。

于是克萨维尔朝着她的眼睛走去，围着桌子绕了一圈。“我是个老留级生，”他抓住女人的肩膀说（这肩膀柔软得仿佛乳房一样！），“相信我，再也没有比一年以后仍然待在同一间教室，坐在同一张凳子上更让人觉得悲伤的了。”

然后他看见女人的眼睛抬起来望着他，他浑身上下充盈着一种幸福的感觉；克萨维尔知道此时自己的手可以顺势往下，抚摸她的乳房和腹部，抚摸所有他愿意抚摸的地方，因为这个女人总是带有那样一种惊惧的神情，她会温顺地待在他怀里的。但是这也没什么，他就这样双手抱着她的肩膀，这美丽的圆形小山丘，他觉得真的是很美，足够美，足够销魂；他再也不需要别的什么了。

他们一动不动地待了一会儿，突然女人急促地关照他：“您得走了，我丈夫回来了。”

其实一切本来可以再简单不过，只要克萨维尔拾起书包，跳上窗台，再从窗台跳到桥上就行了，但是克萨维尔没有这样做。他觉得这个女人正处在危险之中，他得待在她身边，这让他觉得很美好。“我不能让您一个人留在这里！”

“是我丈夫！您快走吧！”女人惊惶失措地哀求道。

“不，我要和您在一起！我不是一个胆小鬼！”克萨维尔说，此时楼梯上的脚步声越来越重了。

女人想要将克萨维尔推到窗外，但是克萨维尔很清楚自己不能在女人有危难的时候留下她一个人。房子的那一头已经传来开门的声音，就在这最后的时刻，克萨维尔趴下身，钻到了床下。

3

床架由五根木条组成，撑着一张破旧的床垫，床下的空间比一口棺材也大不了多少；但是这空间和棺材的区别之处就在于它散发出一种香味（稻草有一种香味），很热闹（地板清晰地将脚步声统统传了过来），而且视野广阔（他向上望去就能看见他不该放弃的女人的脸，映在床垫深色布料上的脸，被从褥套上伸出的三束稻草穿透的脸）。

他听到的脚步声很重，转过头，他便看见了地板上的靴子正跨进房间来。接着他听到了女人的声音，他无法抑制地产生了一种虽模糊却很揪心的感情，一种遗憾：这声音和若干时刻以前和克萨维尔说话时一样忧伤、惊惧和迷人。但是克萨维尔很理智地控制住了这突如其来的嫉妒；他明白这个女人正处在危险之中，她用她所拥有的一切在防卫：她的脸和她的忧伤。

接着他听到了一个男人的声音，他觉得这声音和地板上渐渐走近的两只靴子很配；然后他听见女人的声音在说不，不，不，他听见两个人的脚步声摇晃着渐渐靠近他的藏身之处，然后他头顶的那床垫越压越低，几乎都要贴近他的脸了。

再一次，他听见女人说不，不，不，现在不要，我求求你了，现在不要，他看见女人的脸紧紧地贴着床垫上的粗布床单，他觉得这张脸仿佛在对他倾吐她所遭受的侮辱。

他想从这棺材中站起身来，想救这个女人，但他知道自己没有这个权利。而那女人的脸是如此接近他，她在哀求，那竖着的三束稻草仿佛三柄刺透这张脸的利剑。克萨维尔身子上方的天花板开始有节奏地晃动起来，而那三束稻草，刺穿女人面孔的三柄利剑也有节奏地轻抚着克萨维尔的鼻子，逗弄着他，让他禁不住要打喷嚏。

运动戛然而止。床不再摇晃，甚至不再听得见呼吸的声音，克萨维尔也像瘫痪了一般。过了一会儿，只听有声音问："什么声音？""我什么也没听到，亲爱的。"女人答道。又是一阵沉默，然后男人的声音问："这个书包是谁的？"接着一阵喧闹的脚步声响起，克萨维尔看见靴子在地板上移来移去。

瞧，这个家伙竟然穿着靴子上床，克萨维尔愤愤地想着；他知道现在是他行动的时候了。他用手肘撑地，将脑袋探出床底，看看房间里究竟是怎么回事。

"谁在这儿？你把谁藏在这儿？"男人咆哮着，克萨维尔看见在黑色的靴子上的是一条深蓝色短马裤和深蓝色警察制服的衬衣。男人审查般地仔细打量着房间，然后冲向大橱，因为大橱的深度似乎能藏得下一个情人。

这时克萨维尔从床底窜了出来，无声无息的，仿佛一只猫。穿制服的男人打开挂满衣服的大橱，开始在里面东翻西找。但是克萨维尔已经站在那里了，当男人再一次在黑漆漆的衣服中摸索寻找藏匿其中的情人时，克萨维尔一把抓住他的衣领，用力将他推进大橱。他重新关上门，用钥匙锁好，然后将钥匙拔出来，塞入自己的口袋，转过身来对着女人。

4

他站在这双褐色的大眼睛前，听见身后从大橱里传来一阵阵的捶打声，在一大堆衣服中间，那声音被闷弱了许多，除了嚷嚷声，谁也不明白他在叫些什么。

他在大眼睛旁坐下，轻轻用指尖搂住了她的肩膀，只是触到她裸露的肌肤他才明白过来女人只穿着一件薄薄的衬裙，衬裙下那双裸露的，圆润而柔软的乳房在上下起伏。

大橱里传来的捶打声一直没有停下，克萨维尔此时抓住了她的肩膀，想要努力看清隐没在她那双如海洋般无边无际的大眼睛后的清晰的轮廓。他对她说不要害怕，他给她看钥匙，向她保证大橱锁得好好的，他提醒她说她丈夫的牢房是山毛榉做的，说这里的囚犯既无法打开也无法破坏它。接着他开始拥抱她（他的手一直搭在她裸露着的柔软的肩头，这肩头已经是那么诱人，他仿佛根本不敢听凭自己的手向下滑去，仿佛他没有足够的力量抗拒触摸到乳房时的那种晕眩），他想只要他的唇停留在她的脸上，他一定是要被这无边无际的波澜淹没了。

他听见她的声音在问：“我们接下去做什么呢？”

他抚摸着她的肩膀，叫她什么也不用担心，说他们此时此刻很好，说他感到前所未有的幸福，说大衣橱里传来的敲打声一点也不让他着急，还不如电唱机里传来的暴风雨的声音，或是远在城市另一头一只被锁在狗笼里的小狗的叫声。

为了向她证明他完全能够控制形势，他开始巡视房间。然后他笑了，因为他看见桌子上放着一根黑色的橡皮警棍。他拿起警棍，走近衣橱，猛击了好几下衣橱的门，作为对衣橱内传来的敲打声的回应。

“我们干什么呢？”女人再一次问道。克萨维尔回答说：“我们马上就走。”

“那他呢？”女人问道。克萨维尔回答说：“一个人在不进任何食物的状况下能够维持两到三个星期的生命。我们明年回来的时候，衣橱里面会有一具穿着警服、蹬着靴子的骷髅。”他再次走近一直闹个不停的大橱，猛敲了一记警棍，一面笑一面望着女人，希望她也和他一起笑。

但是女人没有笑。她问他：“我们到哪里去？”

克萨维尔向她讲述了他们将去什么样的地方，她反驳说在这间房子里她是在自己的家里，如果到了克萨维尔带她去的地方，她就没有衣橱也没有养在笼子里的小鸟了。克萨维尔回答她说在家里的感觉不是因为衣橱或是笼子里的小鸟，而是因为有爱的人在身边。然后他还说他就没有自己的家，或者换一种方式来表达，那就是他的家正在他的脚步中，在他每一步的旅程中，在他的旅途中。说他的家就在未知的地平线开启之际。他说只有不断地从一个梦转到另一个梦，从一片风景转到另一片风景他才能够活下来，如果他在同一个环境中待很长时间他一定会死去，就像她丈夫在衣橱里待两个星期以上就一定会死一样。

说着说着，两个人突然发现衣橱一下子安静了。这安静是如此地突出，两个人顿时醒了过来。就仿佛是暴风雨才过的那个安静的片刻；金丝雀在笼子里声嘶力竭地叫着，窗外已是西下夕阳的橘色阳光。一切是那么美丽，仿佛正是在向他们发出旅行的邀请。那么美丽，就像是赎罪日。那么美丽，仿佛是那警察之死。

这一次是女人在抚摸克萨维尔的脸庞，这是她第一次碰他；这也是第一次，克萨维尔看到了轮廓清晰的她，而不再是弥漫在光线中的她。她对他说："是的，我们这就走。等我一分钟，我只是拿一些简单的旅行用品。"

她再一次地抚摸了他，然后微笑着走向门边。他看见她的眼中充满了突如其来的安宁；他看着她的脚步，柔软流畅，就像是随着身体曲线起伏的水波。

他在床上坐下来，觉得一切真是美妙绝伦。衣橱非常安静，仿佛里面的那个男人已经睡着或是上吊了。这安静充满了空间的质感，和着伏尔塔瓦河的波声，和着城市远处的叫喊声一起穿过窗户涌进房间，那叫喊声是那么遥远，仿佛是从森林里传来的一般。

克萨维尔又一次觉得自己还有很多旅行。再也没有比旅行前的这一时刻更美的了，在这一刻，明天将要向你开启，给你承诺。克萨维尔躺在揉得皱巴巴的被子上，似乎一切都融化在一个无与伦比的整体里了：柔软得如同女人一般的床，水一般的女人，他想象中的窗下的如同液体床垫的水流。

接着他又看见门开了，女人走进来。她穿着蓝色的裙子。蓝得如水一般，蓝得如同他明天就要投入的新世界，蓝得如同他慢慢却无可抵抗地沉浸其中的睡意。

是的。克萨维尔睡着了。

5

克萨维尔睡觉不是为了从睡眠中汲取醒来的力量。不是的，对这种枯燥的醒—睡的摇摆运动他一无所知。

睡眠对于他来说不是生命的反义词；睡眠对他来说就是生命，生命就是一种梦。他从一个梦转到另一个梦，就好像从此生命到彼生命。

天黑了，更黑了，但是从天上垂下一圈又一圈的光环。这是灯笼发出的光；在这漆黑的背景下的光环中，大片的飞雪落了下来。

他闪进一幢建筑物的大门，建筑物不高，他迅速穿越大厅，进了站台，一列火车正等在那里，亮闪闪的玻璃窗，正待发车；一个手执提灯的老人沿着车厢向前走，关上一扇又一扇的车门。克萨维尔敏捷地跳上一节车厢，老人举起提灯，这时从站台的另一端传来悠长的鸣声，火车开动了。

6

他在车厢的连接处停下来，深吸一口气，借以平息急促的呼吸。他又一次在最后一刻到达，在最后一刻到达是他的骄傲：别人能够准时到是因为他们都遵循着事先确定的计划，而这样的一生根本没有意料之外，就像是在抄写老师规定的课文。他想象他们此时就坐在卧铺包厢里，坐在预定好的位置上，谈论事先准备好的话题，准备去度一个星期假的山间小屋，还有在学校就熟悉无比的时间表，他们总是能够盲目地遵循这样的时间表，铭刻在记忆之中，没有一点儿的错误。

但是克萨维尔却是毫无准备地在最后时刻到达，这一切只是来自突如其来的冲动，或是完全意料之外的决定。他此刻站在车厢的连接处，在思忖究竟是出于什么他竟会决定参加学校组织的这次郊游，和这帮令人厌烦的同学，还有这帮秃头老师，胡子里爬满了虱子。

他穿过车厢：一些男孩站在走道上，在冰冷的车窗玻璃上哈气，然后将眼睛贴上去，仿佛贴在窥视孔上；其他的则懒洋洋地躺在卧铺包厢的长凳上，他们头上的行李架上搁着他们交叉插在旅行包网袋里的雪橇；还有的在其他地方打牌，另一个卧铺包厢里在唱歌，是一首大学生的歌，旋律简单原始，歌词只有一句，不厌其烦地重复成千上万遍：*金丝雀死了，金丝雀死了，金丝雀死了……*

他在卧铺包厢门边停住，往里看去：那里有三个高年级的男孩，在他们身边的是他的同班同学，一个金发姑娘，姑娘看到他就脸红了，但是什么也没说，好像怕给他抓到什么错误似的，她一边瞪着大眼睛看着克萨维尔一边继续张合着嘴巴唱道：*金丝雀死了，金丝雀死了，金丝雀死了，金丝雀……*

克萨维尔离开那个金发姑娘，走过另一节卧铺包厢，那儿也在唱大学生常唱的其他歌，还有喧闹的开玩笑的声音，这时他看见一个穿制服的检票员朝他这个方向走来，他一个个卧铺包厢地查票；即便穿了制服也不能瞒过他，大盖帽的帽檐下分明是那个老拉丁语教师的脸，他立刻明白过来他可不能碰上他，首先是因为他没有票，其次是他已经有很长时间（他记不起来有多长时间了）没上拉丁文课了。

趁拉丁文老师把头探进卧铺包厢之际他迅速从老师身后闪过，一直走到卧铺包厢连接处。那儿有两扇门，盥洗间和厕所的门。他打开盥洗间的门，他的来临让在逼仄的空间里甜蜜拥抱的人吃了一惊，那是捷克语老师——一个威严的五十来岁的家伙——和克萨维尔在读书时极端讨厌的一个同学，他们占据了盥洗间的前排位置。看到他进来，赶紧分开来凑到盥洗盆上；焦躁不安地将手凑在水龙头的细小水流上搓个不停。

克萨维尔不愿意打扰他们，他再一次走到连接处；他在那里又与那个金发的同班同学面对面地站在一起了，她仍然瞪着蓝色的大眼睛看着他；她的双唇一动不动，也没再唱那首克萨维尔以为永远也结束不了的金丝雀的歌。啊！多么幼稚的想法啊，竟然认为会有这么一首永远不会结束的歌！就像在这尘世之中，自打一开始，除了背叛就没有别的东西！

有了这个念头，他凝视着金发姑娘的眼睛，他知道他不应该玩这种将短暂当成永恒，将渺小当成伟大的弄虚作假的游戏，不应该玩这种所谓爱情的游戏。于是他转过身，再一次进了窄小的盥洗间，那个肥胖的捷克语老师此时又一次与克萨维尔的同学面对面地站着，他的双手搭在克萨维尔同学的胯上。

“啊，不，我求求你们，你们千万别再洗一次手了，”克萨维尔对他们说，“这回轮到我洗了。”他小心翼翼地绕过他们，打开水龙头，凑到脸盆上，好为自己寻求一个相对来讲与外界分开的处境，同时也是为了那两个一动不动地站在那里似乎有点尴尬的情人。他听到捷克语老师微带神经质地低声道：“我们到旁边那间去。”接着是开门的声音和两个人的脚步声，他们进了隔壁的卫生间。终于一个人了，他满意地靠着墙，带着一点点温情思考着爱情的渺小，思考着那两只蓝色的、乞求着什么的亮闪闪的大眼睛。

7

然后火车停了下来，笛声回荡，还有那种年轻人吵吵嚷嚷的声音，门开开关关的声音，金属的声音，鞋底敲击地面的声音；克萨维尔从他的藏身之处走出来，混进了涌向站台的中学生中。接下来就看见了山脉，一轮大大的月亮，还有亮晃晃的雪；他们走在明如白昼的夜晚。这是一支长长的朝圣队伍，只是雪橇取代了十字架，一副副雪橇竖得仿佛虔诚的神饰物，象征着两只庄严起誓的手指。

这是一支长长的朝圣队伍，克萨维尔也在队伍中，他的双手插在口袋里，因为他是唯一没有作为誓言象征的雪橇的人；他走着，听着那些已经相当疲倦的中学生的谈话；然后他转过头，看见了那个金发姑娘，她个子很小，相当纤细，她走在后面，在雪橇的重压下一步一晃的，过了一会儿他再次回头去看，发现那个上了年纪的数学老师拿过了年轻姑娘的雪橇，和自己的一起背在肩上，然后用空出的手抓着姑娘的胳膊拎着她走。这是一幅悲惨的画面，这个可怜的老人在同情一个可怜的年轻人；他看着这幅画面，感觉很好。

接着，先是从远处飘来一支舞曲，随后这曲子越来越近了；他们看见一座饭店，周围就是学生即将要住下的幢幢木屋。但是克萨维尔没有预订房间，甚至他没有必要放下雪橇，没有必要换衣服。于是他直接进了酒吧的那个大厅，大厅里还有舞池，乐队和坐在桌前的客人。很快他就看见一个穿石榴红毛衣和滑雪裤的女人；她身边坐着不少男人，面前都放着大杯的啤酒，但是克萨维尔发现这个女人优雅而骄傲，和周围这群男人在一起很不耐烦。他走近她，请她跳舞。

他们是唯一在酒吧舞池里跳舞的一对，克萨维尔看见女人瘦弱的脖子，她的眼睛周围布满了美妙的皱纹，还有两条美妙无比的皱纹深深地印刻在嘴边，他感到很幸福，因为拥在臂弯里的是那么多年的岁月，他感到很幸福，因为一个像他这样的中学生竟能将快结束的生命差不多整个儿地拥在怀里。他对于能和她一起跳舞感到骄傲，他知道不一会儿金发姑娘就要进来，她会看见他，看见他是那么高高在上，就好像舞伴的年龄是座山，而年轻在这座山脚下就像一株可怜的小草。

的确：大厅里开始挤满姑娘小伙，姑娘们刚刚换下滑雪裤，换上裙子，所有的人都在空着的桌子前坐下，此时正和石榴红毛衣女人跳舞的克萨维尔有了一大群观众；他在一张桌前看见了金发姑娘，他很满意：她比别人穿得都要精心；她穿了一条非常不适合这个不太干净的酒吧间的裙子，一条飘逸的白裙子，她穿着这条白裙子更显得纤细和脆弱。克萨维尔知道她是特意为他穿上这条裙子的，他打定主意决不失去她，这个夜晚，他要和她在一起，为她而存在。

8

他对穿石榴红毛衣的女人说他不想跳舞了；他说他被后面隔着啤酒杯一个劲儿盯着他们的那些肥头大耳的家伙弄得难受极了。女人赞同地笑了笑；尽管舞尚未跳完，而且他们是舞池里唯一的一对，他们还是停了下来（大厅里所有的人都应该看到他们停下不跳了），他们手拉手离开舞池，绕过桌子，走到覆满了白雪的平台上。

他们都感觉到了冰凉刺骨的空气，克萨维尔想那个穿着白裙子的虚弱的女孩一定会到这寒冷的外面来找他们。他抓住穿着石榴红毛衣的女人的胳膊，拖着她穿过闪着银光的平台，他觉得自己就像传说中的捕鼠人，而身边的女人就是他吹的短笛。

过一会儿，饭店的门开了，金发姑娘走出来。她比刚才还要虚弱，她的白裙子和白色的雪混为一色。克萨维尔靠紧了红毛衣女人，那个穿得很暖、并且上了年纪又不失优雅的女人，他拥抱着她，将手伸进她的毛衣，他用眼角的余光在观察那个穿着白雪般裙子的年轻姑娘，她在看他们，她很痛苦。

接着，他将老女人推倒在雪地上，他扑向她，他知道这一切会持续很长的时间，他知道天很冷，姑娘的裙子很薄，刺骨的寒意正侵入她的小腿，膝盖，一直到她的臀部，寒意越来越靠上，抚摸着她的肚子和私处。他们站起身，老女人将他带入一幢木屋，她在那里有一个房间。

房间在底楼，窗户高出地面一米，堆满了积雪，克萨维尔透过窗户看见金发姑娘就站在几步远的地方看他，他也不愿意抛弃年轻姑娘，她占据了他整个身心，他开了灯（老女人见他开了灯，报以一个淫荡的笑容），拉着她走到窗前，在窗前，他拥抱着她，掀起她毛茸茸的毛衣（对于枯萎的身体来说这是一件很暖和的毛衣），他想那个姑娘一定已经完完全全冻僵了，冻得已经无法支撑自己的身体，冻得只剩下灵魂，忧伤而痛苦的灵魂，在冻得毫无知觉的身体上飘忽，这身体已经没有触摸的意识，它只是飘忽着的灵魂的一具没有生命的空壳，是的，克萨维尔对这灵魂有着无尽的爱，是的！无尽的爱。

但是谁能承受这样一种无尽的爱！克萨维尔觉得自己的手丧失了力气，甚至软到无法将那件毛绒绒的毛衣掀到足够高的地方，露出老女人的胸部，他觉得他全身发麻，于是坐在床上。很难描述他感觉有多么好，他有多么满足和幸福。当一个男人非常幸福的时候，睡意总是会作为一种补偿而来临。克萨维尔微笑着，沉入深深的睡意，这是一个甜蜜的夜晚，被两只冰冻的眼睛，两轮冻僵了的月亮照耀着的甜蜜的夜晚……

9

克萨维尔的生活不是一种单纯的从生到死的线性的生活，那一根肮脏而漫长的线；他不是在“过”他的生活，而是在睡；在这睡眠之生中，他从一个梦跳到另一个梦；他做着梦，一边做梦一边沉睡，做着另一个梦，仿佛他的睡眠就是一个盒子，在这盒子里总是套进另一个盒子，另一个盒子里再套进另一个盒子，一个接一个，如此继续下去。

比如，在他睡的这会儿，他同时在查尔斯桥的房子和山间的木屋里；这两层睡眠就像是竖琴上久久回响着的两个音符；并且在这两个音符之上又添加了第三个音符：

他站着，在看。街上行人稀少，极偶然的有一两个影子飘过，消失在街角或门后。他也一样，他不希望被人注意；他尽量挑镇上的小路走，从城市的另一头传来一阵枪声。

他终于进入一座房子，下了楼梯；地窖有好几扇门；他分辨了一会儿，选择他觉得正确的一扇敲了敲；先是三下，然后停了一会儿，再敲了一下，接着又停了一会儿，重新敲了三下。

10

门开了，一个穿蓝色工作服的小伙子请他进去。他们穿过好几个房间，房间里堆着旧货，衣架上挂着衣服，墙角摆着一排枪，通过一条长长的走廊（他们此时应当离原来的建筑物有相当的距离了），他们终于进入一间小地下室，那里有二十来个人。

他在一张空椅子上坐下，审视着在场的人；他认识其中的几个。三个男人坐在靠门的一张桌子旁边；其中一个戴着鸭舌帽的正在说话；他在谈论一个神秘而即将临近的日子，一切都会在那天决定下来；根据计划，所有的一切都是为那天而准备的：传单、报纸、电台、邮局、发报机和武器。接着他问每一个人他们为那天的胜利所各自承担的任务。他也问了克萨维尔，问他有没有把名单带来。

这是一个残忍的时刻。为了确保自己不被发现，克萨维尔很久以来一直把名单抄在捷克语作业本的最后一页。这本子在他的书包里，和他别的课本在一起。但是书包呢？他没带书包！

戴鸭舌帽的男人重复了他的问题。

上帝啊，书包在哪里呢？他焦躁不安地想着，在他的记忆深处，飘忽着一点模糊不定的，抓不住的记忆，非常甜美，充满幸福；他想要抓住这飘忽的记忆，但是他没有时间了，因为所有的面孔都转向他，在等他回答。他必须承认他没带名单。

这些他当成同志的人的脸变得严峻起来，戴鸭舌帽的男人用冰冷的声音对他说如果敌人拥有这张名单，那么他们倾注了所有希望的这一天就被毁了，这一天就会和平时的任何一天没什么两样：一个空泛的，没有生命力的日子。

但是克萨维尔没有时间回答。门小心翼翼地开了，一个人出现在门口吹响了口哨。这是警备的信号；就在鸭舌帽男人还未能发出他的第一声命令之前，克萨维尔开口了："让我第一个出去。"他说，因为他知道此时他们面前的路充满了危险，第一个出去的人很有可能会死。

克萨维尔知道他忘记了名单，知道他应当弥补这错误。但不仅仅是负罪感将他推上了这条危险之路。他讨厌那些瑟瑟缩缩，生命不够完整做人也不够完整的渺小的人。他要把自己的生命放上天平，而天平的另一端则是死亡。他要让自己的每一个举动，甚至每天每时每刻都经受死亡这个最崇高的标准的考验。正因为这样，他走在队伍之首，在深渊中走出一条直线，顶着枪林弹雨的光环，就这样，他在所有人的眼里变得伟大了，变得具有无限的意义，无限的意义，就像死亡一样……

戴鸭舌帽的男人仍然用冰冷而严峻的目光看着他，可是此时却闪过了理解的光芒。"好，走吧！"他对他说。

11

他穿过一扇金属门，来到了一个狭小的院子。院子里很暗，远处子弹声噼噼啪啪地响着，他抬起眼睛，看见探照灯在屋顶上方扫来扫去。对面，有一架金属梯子直通一幢五层的建筑物。他踏上梯子，迅速向上攀去。其他人也跟在他身后冲进了院子，紧贴墙根站着。他们在等他爬到屋顶后给他们做手势，告诉他们道路畅通无阻。

上了屋顶后，他们开始谨慎地向前爬去，但克萨维尔一直是第一个；他冒着生命危险保护其他人。他小心翼翼地前进，轻柔得像只猫，两眼在黑暗中探寻着。他爬到一个地方停下，喊来戴鸭舌帽的男人，指给他看，就在下面，他们这个方位，一群黑影在跑动，手里拿着短枪，在黑暗中巡视。“继续给我们带路。”男人对克萨维尔说。

于是克萨维尔继续前进，从一个屋顶跳到另一个屋顶，爬上短金属梯子，躲在烟囱后面避开不停扫视着屋子、屋顶边缘和低处的街道的探照灯光。

这样的旅程真是很美，一群人像鸟一样，从天上掠过，躲避敌人的伏击，就这样，从屋顶上穿越整个城市，绕过一个个陷阱。真是美丽而漫长的旅程，但是像这样漫长的旅程，克萨维尔已经开始觉得疲倦了；这疲倦搅乱了感官，让他充满幻觉；他觉得自己听见了葬礼进行曲，著名的肖邦的葬礼进行曲，军乐队在坟墓里奏响的葬礼进行曲。

他没有放慢脚步，他积聚了自己所有的力量使感官处在清醒的状态，他在努力地驱走要命的幻觉。但是没有用，音乐一直在他耳边回响着，仿佛是为了向他宣告末日的来临，仿佛是为了替这斗争的时刻固定上死亡的黑帆。

但是他为什么要如此强烈地抵抗这幻觉呢？难道他不是在盼望着死亡的伟大能够让他屋顶上的前进的脚步变得让人难以忘却，变得伟大？而仿佛预兆般在他耳边回响的葬礼乐曲难道不是他勇气的最美的伴奏吗？他的战斗就是他的葬礼，而他的葬礼就是他的战斗，他的生与死如此完美的结合，这难道不是异常崇高吗？

不，让克萨维尔感到害怕的不是来向他宣告的死神，而是他不能用自己的感官为此感到骄傲，是不再能够（他同伴的安全都如此依附于他！）感觉到敌人暗处的陷阱，因为他现在满耳朵都是葬礼进行曲的忧伤旋律。

但是幻觉能到如此真实的地步吗？他甚至听出了肖邦葬礼进行曲中所有节奏的错误，还有长号的误奏。

12

他睁开眼睛，看见房间里有一个遍布刮痕的大橱，还有他睡在上面的床。他很满意，因为他是穿得整整齐齐地睡的，所以不需要换衣服；他满意地套上扔在床脚的鞋子。

但是，这悲伤的铜管乐究竟从何而来呢？音符显得那么真实。

他走近窗户，积雪已经消融，在离开他几步远的地方，有一群黑衣男女背朝着他，一动不动。这群人愁苦悲伤，如同衬托着他们的这片背景；耀眼的白雪如今只剩下了潮湿的大地上那些破布残片。

他打开窗户向外面探出身子。现在他终于弄明白了。那些黑衣人围在坟墓旁，墓里放着一口棺材。坟墓的另一边也有一群黑衣人，嘴里吹着铜管乐器，前方还有乐谱架和乐谱，他们的眼睛都盯着乐谱；他们正在演奏肖邦的葬礼进行曲。

窗台离地面只有一米。克萨维尔跨过窗台，走向葬礼人群。此时，两个强壮的农民正将绳套套入棺材底部，慢慢地将棺材沉下去。黑衣人群中有一对老年人嚎啕大哭，其他人则抱住他们，安慰他们。

接着，棺材被放置在坟墓的底部，黑衣人一一地靠近，在棺材盖上撒下一把土。克萨维尔是最后一个接近棺材的，他也抓了一把还带着残雪的泥土，向墓中扔去。

他是唯一一个不为众人所知却对一切清清楚楚的人。只有他知道金发姑娘为什么又是怎样死去的；只有他知道那刺骨的寒意如何顺着她的小腿沿着她的身体攀升，到了她的腹部和双乳之间；只有他知道究竟是谁造成了她的死亡；只有他知道为什么她会要求将自己葬在这里，因为正是在这里她承受了前所未有的痛苦，她想死在这里，因为在这里她看见爱情背叛了她，爱情与她擦肩而过。

只有他知道一切；其他在这里的人只是不知情的观众，或者说不知情的受害者。他看着远山衬托下的他们，他觉得他们仿佛消失在了遥远的广袤之中，就像死者消失在广袤的大地中一样，而他自己（他知道一切）比远处这湿润的背景还要广阔，比所有的一切都广阔，继续活着的人，死者，拿着铁锹的掘墓人，包括田野，山脉，所有的一切都进入他的体内，在他体内消失。

他的体内浸淫着这风景，活着的人的悲哀，金发姑娘的死亡，他觉得体内充满了他们的存在，就像是一棵在他体内生长的树；他感到自己在成长，而他原本这个真实存在的人物对他而言此时不过是一种伪装，一种矫饰，就好像是一个朴素的面具；而正是在这个面具之下他得以靠近死者的亲戚（死者父亲的脸让他想起金发的姑娘；他哭得脸红红的），向他们表示他的哀悼；他们茫然地握住他的手，他觉得他们的手很柔弱，在他的掌心里根本一点分量也没有。

接着，他靠着木屋的墙站了很久，他在屋里曾经沉睡了那么长的时间，他看着那些参加葬礼的人分开了，三个一群两个一伙地走掉，消散在远处湿润的背景中。突然，他感觉到有人在抚摸他：啊，是的，他感到有人在抚摸他的脸。他当然理解这抚摸的意义，满怀感激地接受了；他知道这是饶恕之手；知道姑娘要让他明白，她还爱着他，这爱可以超越坟墓。

13

已经是梦的尾端。

最美妙的时刻，是一个梦尚在持续，另一个梦已经临近的时刻，这时他醒了。

那双抚摸他的手，就在他一动不动地站在群山背景之中的时候抚摸他的手属于另一个梦里的女人，一个他即将要坠入其中的梦，但是克萨维尔还不知道，因此在此刻，这双手只是单独存在着的，仅仅作为手；在茫茫的空间里一双奇迹般的手；两段奇遇之间的手，两段空茫之间的手；既不属于身体也不属于头的手。

但愿这没有身体的手的抚摸永远持续没有尽头！

14

接着，他不仅感觉到了抚摸他的手，还有挨紧了他胸部的柔软而丰满的乳房，他看见一个棕色头发的女人，听见她说："醒醒！上帝啊，快醒醒！"

他身下是一张皱巴巴的床，往周围望去，明白这是一间灰蒙蒙的房间，有一个大衣橱。克萨维尔想起来了，他应该是在查尔斯桥附近的房子里。

"我知道你还想睡很长时间，"女人好像想请他原谅似的，"但是我必须喊醒你。我害怕。"

"你害怕什么？"克萨维尔问。

"上帝啊，你什么都不知道，"女人说，"听！"

克萨维尔住了口，尽量仔细听外面的动静：他听见了远处的枪声。

他从床上跳起来，跑到窗边；他看到一群穿蓝色工作服的人斜挎着冲锋枪正在穿越查尔斯桥。

这就好像是在找寻隔了好几堵城墙的记忆；克萨维尔知道这群窜上桥的武装分子的意图，但是他好像有点什么想不起来了，一点可以帮助他确定自己对眼前这一切的态度的东西。他知道他自己在这舞台上是有个角色的，如果他不在，一定是某个错误造成的，就像演员忘了登台，而这出没有他的戏仍然在上演，非常怪，残缺不全。突然，他想起来了。

就在他记起来的这一刻，他放眼向房间里看去，他松了一口气：书包一直在那里，在那个角落，挨着墙，没有人把它拿走。他跳过去，打开书包。一切都在：数学作业本，捷克语作业本，自然课本。他拿起捷克语作业本，翻到背面，他再次松了口气：鸭舌帽男人问他要的名单抄得好好的，小小的字，但是很清晰，把如此重要的文件藏在作业本里，克萨维尔对此感到颇为得意，就在名单的另一侧是篇作文，题目是《春天来了》。

“请问你在那里找什么？”

“没找什么。”克萨维尔说。

“我需要你。我需要你的帮助。你看见眼前发生的这一切了。他们进了所有的房子，抓人，开枪。”

“别怕，”他笑着说，“他们对谁都不会开枪的！”

“你怎么知道！”女人反驳说。

他怎么知道？他知道得再清楚不过了：在大革命第一天应当被枪决的人民的敌人都在他本子上记着：枪决不会执行了，这是肯定的。再说，这个美丽女人的恐慌和他没有太大关系；他听见了枪声，他看见那伙人上了桥，他对自己说，他和他的同志们一起满怀激情地准备迎接的这一天终于来了，但是他睡着了；他在别处，在另一间房里，另一个梦里。

他想走，想立刻和那群穿蓝色工作服的人会合，他想把名单交给他们，他是唯一拥有这名单的人，而没有了这份名单革命就会是盲目的，不知道应该逮捕谁枪毙谁。但是接着他就想这是不可能的：他不知道这天的暗号，很长时间以来他一直被视作叛徒，没有人相信他。他在另一段生活里，另一段故事里，他无法在他目前所处的生活中拯救他已经不在场的生活。

“你怎么了？”女人惶恐地再次问他。

克萨维尔想他无法拯救这段他已经失去了的生活，他只能赋予现在所处的生活以某种伟大的东西。他转向这个举止高贵的美丽女人，知道自己应该抛弃她，因为生活是在那个地方，在外面，窗户的另一侧，枪声密集仿佛夜莺歌声一般滚落的那个地方。

“你要去哪里？”女人喊道。

克萨维尔微笑着指了指窗台。

“你说过要带我走的！”

“那是很久以前。”

“你要背叛我？”

她跪在他前面，抱住了他的腿。

他看着她，心想她真是美丽，美得让人很难离开。但是窗外的那个世界更加美丽。而如果他为此抛弃他所爱的女人，这个世界则会因为他付出了背叛爱情的代价而弥足珍贵。

“你很美，”他说，“但是我必须背叛你。”他挣脱了她的拥抱，继续往窗台的方向走去。

第三部

诗人自渎

1

就在雅罗米尔把诗拿给妈妈看的那天，爸爸仍然没有回来，妈妈又白等了一天，第二天也依然如此，在以后的日子里都是如此。

但是妈妈收到了一份盖世太保的正式通告，说她的丈夫已经被捕。战争行将结束之际，她又收到了另一份正式通告，称她的丈夫已经死在集中营里。

如果说她的婚姻没有什么快乐可言，她的居孀却是伟大而光荣的。她找到了丈夫在他们认识不久时拍的一张大照片，镶了金色的相框挂在墙上。

不久，战争就在布拉格欢腾的游行队伍中结束了，德国人从波希米亚地区撤退，妈妈开始了另一种别具简朴之美的禁欲生活；她从父亲那里继承的遗产已经用光，她辞退了保姆，阿里克死后她也不愿再买一条狗，而且她还不得不找份工作。

还有一些别的变化：她的姐姐决定把布拉格市中心的公寓让给自己才结婚的儿子，于是与丈夫和小儿子一起搬进了家里别墅的底楼，而外婆则搬上了寡妇妈妈的那个楼层。

妈妈可看不上她的姐夫，因为他竟然用肯定的语调说伏尔泰是个物理学家，伏特这个电压计量单位正是他发明的。姐姐的家里充满了喧闹，他们一家人都喜欢那些低级的娱乐；底楼房间里的欢乐与楼上的哀伤之间形成了鲜明的分界，仿佛隔着厚厚的一堵墙。

但是在那个时期，妈妈却比以往挺得更直。仿佛她顶着丈夫无形的骨灰一般（就像达尔玛提亚女人把葡萄篓顶在头上那样）。

2

浴室里，镜子下面的小搁板上放着瓶瓶罐罐的香水和面霜，但是妈妈几乎不再用它们保养自己的肌肤。如果说她经常会在这些瓶瓶罐罐前停留，那是因为这些东西令她想起死去的父亲，他的香水店（香水店早已归在那个讨厌的姐夫名下了），还有在别墅里度过的那些无忧无虑的日子。

和父母丈夫在一起的日子散发着落日余晖的美丽忧伤的光芒。这种追念令她心痛，她知道现在才发现这份美已经太迟了，如今美好的日子一去不复返，她谴责自己曾经是那么一个薄情寡义的妻子。她的丈夫冒着这么大的危险，充满了烦恼，可是为了她，怕她担心，他从来没有向她透露过一个字，一直到今天她也不知道他是因为什么被捕的，属于哪个抵抗组织，承担的又是什么样的任务；她觉得这正是对她的侮辱性的惩罚，惩罚她这样一个迟钝的妻子，以为丈夫的态度仅仅是对她的冷漠所致。一想到在丈夫最危险的时候她竟然背叛了他，她就禁不住要蔑视自己。

现在，她站在镜子前面，吃惊地发现她的脸一直如此年轻，甚至对于她而言，是一无所用的年轻，似乎是个错误，时间不公平地忘却了她的存在，没有在她的脖颈上留下任何痕迹。她最近才知道，她和雅罗米尔走在大街上的时候，人家都拿他们当姐弟俩；她觉得这很好笑。但她还是因此感到开心；自打这天起，和儿子一起去看戏或听音乐会对她而言就更加是一种快乐。

但是，除了这个她又还剩下什么呢？

外婆的身体越来越差，她丧失了记忆，几乎不出家门，总是拿了雅罗米尔的袜子缝了又缝，或是拿了女儿的裙子烫来烫去。她充满伤感和回忆，忧心忡忡。她使得周围充斥着一种可爱的哀伤气氛，加深了这个环境的阴气（双重居孀的环境），雅罗米尔一直被包围在这家里的阴气之中。

3

雅罗米尔的房间墙上不再贴他儿时的那些语句（妈妈遗憾不已地将它们收进了橱里），但取而代之的是雅罗米尔从杂志上剪下来贴在硬纸板上的二十幅立体主义和超现实主义的绘画。在这些画中间，我们还可以看到一个电话听筒，连着一段剪断的电话线（好些日子以前别墅的电话已经修好了，可是雅罗米尔觉得这与机子断开的不完善的听筒成了脱离事物正常环境的一件东西，可以产生一种奇特的效果，自然可以被归为超现实主义）。不过雅罗米尔最常看的还是钉在同一面墙上的镜子里的那个东西。他对任何其他的事物都没有像对自己的脸那样仔细研究，再没有比这张脸更让他感到痛苦，也再也没有比这张脸更让他寄予更多的希望（尽管他付出了相当大的努力）。

这张脸继承的是妈妈娘家那边的血统，但雅罗米尔是个男人，于是轮廓的细腻之处也就更加突出：他有一个非常美丽精致的鼻子和微微凹陷的下巴。他很为这下巴烦恼；他曾经在叔本华一本著名的沉思录中看到说凹陷的下巴是一种令人厌恶的特征，因为正是下巴隆起使得人有别于猴子。但是他接着就发现了一张里尔克的照片，他发现里尔克也有一个凹陷的下巴，这给他带来了很大的安慰。他长时间地站在镜子前面，在这无限放大的空间里无望地挣扎于猴子和里尔克之间。

说句实话，他的下巴仅仅是有一点点凹陷，妈妈觉得儿子这张脸仍然保留着孩子的娇柔，这样看是很有道理的。但是这比下巴更让雅罗米尔感到痛苦：这张脸的细腻轮廓使他年轻了好几岁，再加上同班同学都比他大一岁，这就使得这张脸的稚气更加突出，更加无可避免，每天都成为别人评论的对象，以至于雅罗米尔自己也无时无刻不想着这个问题。

啊！生了这样一张脸是多么沉重的负担啊！多么沉重啊！这细腻线条组成的图像！

（雅罗米尔有时会做很可怕的梦：他梦到自己要举起很轻的东西，一只咖啡杯，一把勺子，一片羽毛什么的，可是他举不起来，因为他比这些要举起的东西还要脆弱，他被这轻压趴下了，这些噩梦令他惊醒，浑身大汗；似乎这些噩梦的主题都是如此：这张柔弱的脸仿佛缎带一般，他举不起，也扔不掉。）

4

诗人诞生的家庭往往都离不开女人的统治：特拉克尔[①]、叶赛宁和马雅可夫斯基的姐姐们，勃洛克的姨妈，荷尔德林和莱蒙托夫的祖母，普希金的奶妈，当然，尤其是母亲，诗人的母亲，而父亲的影响总是在母亲的影子后淡去。王尔德夫人和里尔克夫人喜欢把他们的儿子装扮成小女孩的模样。你对在镜子前满怀恐慌地看着自己的小孩子感到很惊讶吗？这是长成男人的时刻了。伊里·奥尔滕[②]在日记中写道。于是诗人穷尽一生的时间在自己的脸上寻找男子汉的特征。

当他长时间地站在镜子前时，他终于发现了自己所要找寻的东西：严峻的目光或是嘴巴硬朗的线条；但正是为了这硬朗的线条他不得不时地加之以微笑，或者更确切地说是一种强笑，使得他的上唇猛烈地收缩起来。他还寻找一种可以改变他外形的发式：他想把覆在额前的头发梳上去，给人一种乱蓬蓬，粗犷浓密的感觉；但可怜的是，再也没有比这妈妈最珍爱的头发更糟糕的了，她甚至将他的头发镶嵌在自己的链坠里：小鸡绒毛般的嫩黄色，细得好像蒲公英一般，他根本无法将之梳成什么造型；妈妈经常抚摸着他的头发说这是天使的头发。但是雅罗米尔讨厌天使喜欢魔鬼；他想把头发染成黑色，但是他不敢，因为染发会让他显得更加女人气，还不如就这样保留原本的金色，至少他可以随它长得很长，乱蓬蓬的，有点艺术家气质。

他从来不放过任何一个审视并且纠正自己外表的机会；每次从商店的橱窗前经过，他都会迅速瞥上一眼。但他越是在意自己的外表，他就越能意识到它的存在，他就越会因此感到厌烦和痛苦。比如：

他从学校回来。街上行人稀少，但是远远的，他看见有个陌生的年轻女人向他走来。他们无可避免地越走越近。雅罗米尔想到了自己的脸，因为他看到这个女人很漂亮。他想要挤出一个微笑以体现他的男人味，但是他发现自己做不到。他越是想这样就越是想到自己的脸，想到这张脸上可耻的阴柔之气会让他在女人的眼里显得十分可笑，他整个地沉浸在这张可笑的脸中，神情呆滞，表情僵硬，而且（真是不幸！）脸正变得越来越红！于是他加快了脚步，尽量避免让那个年轻女人看到他，因为脸红会让一个女人感到吃惊，他无法承受这样的耻辱！

---

① Georg Trakl（1887—1914），奥地利诗人。

② Jiri Orten（1919—1941），捷克诗人。

5

镜前的时间将他抛到了绝望的边缘；幸好他有另一张能将他带至满天星斗间的镜子。这面令人激动的镜子就是他的诗句；对于他尚未写下的诗句他存在着一份追念，对于他已经写下的他则兴味盎然地回味着，就好像想女人那般；他不仅仅是这些诗句的作者，他还是关于它们的理论家和历史学家；他起草了关于这些诗句的评论，他将自己的诗作分成不同的时期，每个时期都给了相应的名称，于是他将自己两三年时间里的诗作看成是一个历史进程，值得对之进行历史性的编年排序。

这里有一种安慰：在尘世，他过着日常的生活，上课，和妈妈外婆一起吃饭，一种无法表达清楚的空虚在日渐扩大；可是在上面，在他的诗作中，他设置了自己的路标，放置了标有尺度和铭文的柱子；在这里时间是可以明确表达并且被分成各个不同的时期的；他从一个诗歌时期到了另一个诗歌时期，可以（用眼角的余光瞥着下面的尘世，在那可怕的没有任何事件的一潭死水里）向自己宣布——充满激情地，令人激动不已地——一个新时期的到来，这个新时期毫无疑问地为他的想象打开了新的视野。

于是他能够坚决而肯定地对自己说，尽管他的外表微不足道（甚至他的生活也是如此），可是他拥有一种特殊的财富；换句话说：他可以肯定自己是被选中的人。

我们要在这个问题上耽搁一会儿：

雅罗米尔继续去画家那里，当然不太频繁了，因为妈妈不赞成；他已经有很长时间不再画画了，但是有一天他终于有勇气将自己的诗作拿给画家看，并且在这之后给他看了自己的所有诗作。画家怀着极大的热情读了他的诗作，甚至有些时候画家会留下来给自己的朋友读，这让雅罗米尔感到无比幸福，因为曾经一度对他的画作持怀疑态度的画家对他而言是绝对权威；他认为对于艺术作品的价值一定存在着（几乎所有初涉艺术领域的人都会藏着这样的想法）某种客观的评判标准（就像塞夫勒博物馆里的那个铂金的米尺原器一样），而画家一定知道这个标准。

但是这里仍然有令雅罗米尔感到恼火的东西：他从来不能分辨他的诗作里，究竟画家欣赏的是什么，厌弃的又是什么；画家有时会对他匆匆写就的诗句大加赞赏，有时又会对雅罗米尔珍视的诗句流露出可恶的表情。又如何解释这一切呢？如果说雅罗米尔无法理解他自己写的东西的价值，那不就等于说他只是在机械地、偶然地、不自觉地甚至毫无意识地创造了价值（就像那时候他完全出于偶然画出的狗面人身令画家感到兴奋不已一样），因此他的这种创造也毫无才能可言。

“当然了，”在谈到这个问题时，画家对他说，“也许你会认为你诗作中某个充满魅力的场景或形象是你理性推理的结果？根本不是：它只是突然出现在你的脑海中的；突然，出乎你的意料；这形象的创造者不是你；而是存在于你之中的某个人，某个在你的内部写诗的人。而这个存在于你之中写着你的诗作的人，是我们每个人都会体验到的无所不能的意识流；如果说这意识流选择了你作为表达的小提琴，这并不是你的才能，因为在这意识流中我们所有人都是平等的。”

在画家的脑中，这些话只是一种谦虚，可在雅罗米尔看来，这正是他值得骄傲之所在；诚然，就算他不是这些诗作里的形象的作者，但正是某种神秘的力量选择了他这只执行之手；他从中感受到了某种比才能更伟大更值得他骄傲的东西：他是被选中的人，他能够因此而骄傲。

再说他从来不曾忘记在温泉疗养院里那位夫人说过的话：这个孩子会有伟大的前程。他相信这话，把这话看成是预言。未来对于他来说是遥远的不可知，其中掺杂了革命的场景（画家经常说革命是不可避免的）和诗人那种波希米亚的自由气质；他知道他会赋予这未来以伟大和光荣，这给了他一种肯定，是他为之所痛苦的诸多犹疑之外的一种肯定。

6

啊，这无尽的下午的荒漠啊！雅罗米尔总是将自己关在房间里，交替在这两面镜子前望来望去。

这怎么可能呢？到处都在说青春是一生中最丰富的时期。那么这份虚无，这份实实在在的生命的浪费又是从何而来？这空虚又是从何而来？

这词和“失败”一词同样令人不快。还有一些词也是不能在他面前提起的（至少在家里这个空虚的中心是这样），比如说*爱情*这个词或是*女孩*这个词。他是多么讨厌住在别墅底楼的那三个人啊！那里经常来客人，待到深更半夜，大家都喝得醉醺醺的，高声谈笑，其中尖锐的女声总是缠绕着雅罗米尔的灵魂，令他彻夜难眠。他的表哥只比他大两岁，可是这两岁仿佛比利牛斯山脉一般横亘在他们之间，仿佛他们是两个世纪的人；表哥已经是大学生了，他经常将漂亮姑娘带到别墅里来（而他的父母也总是微笑地默许），他很看不起雅罗米尔；姨父很少在家（他在他继承来的那两个店里工作得很卖力），可是相反，姨妈的声音总是在家里回荡；她每次看到雅罗米尔，总是重复老一套的问题：“哦，和姑娘们怎么样啦?”雅罗米尔真想啐她一脸吐沫，因为姨妈这个带着恩赐般笑容的问题简直是将他那可怜的境遇暴露在光天化日之下。也不是说他没有任何和女性接触的经验，而是这种经验实在太少了，彼此相隔很久，仿佛散布在天上的星星一般稀少。女孩这个词与渴望和失败两词一样忧伤地回荡在他的心头。

如果说他的时间很少有被和女人约会填满的时候，他的时间却可以说被他对于约会的等待填满了，而这种等待不是单单的对于未来的沉思，而是一种准备和研究。他觉得成功约会的要旨是在于懂得说话的技巧，使得双方不会坠入尴尬的沉默之中。他特地在一个专门的本子上记下值得讲述的故事；不是滑稽故事，因为滑稽故事不能提高讲述者的身价。他记下了一些自己遭遇的故事；可由于自己实在没什么故事，他就想象这些故事；在这事上他的胃口倒是蛮好；他所杜撰的那些以他自己为主人公的故事（也许是他从哪本书里看来的或听说的）并不表示他要将自己置于英雄的光环之下，他只是想通过这些故事将自己悄悄地，甚至不为人知地带出那潭空虚的死水，带入一个变化着的、充满奇遇的世界。

他还记下了一些诗歌片断（得顺便提一下，并不是他本人所欣赏的诗歌），在这些诗歌中，诗人对女性之美大加赞赏，并且仿佛是发自内心的回答。比如他在本子上记下了这么一句诗：你的脸可以用来做帽徽：眼睛，嘴巴，头发……当然，必须将这些诗句从韵律中释放出来，这样才可以对女孩子说出来，仿佛那只是一个突如其来非常自然的念头，一种精神上的，完全发自内心的赞美：你的脸，简直就是帽徽！你的眼睛，你的嘴巴，你的头发，这是我唯一能够接受的旗帜！

在约会的时候，雅罗米尔一门心思地想着他事先准备好的话，很担心自己的声音不够自然，让人觉得这些话好像是背诵下来的课文一样，担心他的语调使自己好像一个毫无天赋的业余朗诵者一般。于是到最后他也没敢说出来，可是由于这些话占去了他所有的注意力，他也没能说出别的话。约会就在沉重的静默中过去了。雅罗米尔发现了女孩眼神中的嘲讽，他立刻带着失败感离开了。

回到家里，他坐在桌前，满怀仇恨，愤怒而迅速地写着：你的目光就像小便一样从你的眼睛中流淌出来，我瞄准你愚蠢想法的惊惧的阴茎。你大腿间的一片沼泽中跳出大堆的蟾蜍……

他写啊写啊，接着他心满意足地念着，念了好几遍，觉得这充满奇思怪想的诗句恶毒得美妙绝伦。

我是一个诗人，我是一个伟大的诗人，他对自己说，接着他把这个想法记在自己的日记里：我是一个伟大的诗人，我拥有魔鬼一般的想象力，我能感受到别人所不能感受到的东西……

就在这时，妈妈回来了，走进她自己的房间……

雅罗米尔走近镜子，呆呆地盯着镜中这张可耻而令人厌恶的脸。他看了那么长时间，最后终于在镜中看到了一种特殊的，被选中的光芒。

而在隔壁的房间里，妈妈正踮起脚尖，从墙上取下镶着金色相框的丈夫的照片。

7

她刚得知丈夫在战前就和一个犹太姑娘有来往；而德国人占领波希米亚地区以后，犹太人被迫在外衣上挂上耻辱性的黄星，他也依然没有抛弃她，他继续去看她，尽自己所能帮助她。

接着，姑娘被送往特累琴的犹太人聚居区，他做了一件失去理智的事情：在捷克警察的帮助下，他成功地进入被严密控制的特累琴，与情人相会了几分钟。第一次的成功使得他再次潜入特累琴，这次他却被捕了，和自己的情人一样，再也没能回来。

妈妈顶在头上的无形的骨灰终于和照片一起被搁置在了大橱后面。她不必再整天挺着脑袋了，再也没有任何东西能支撑她重新挺起脑袋，因为这伟大的美德已经属于别人：

她仍然能听到那个犹太老妇——正是她丈夫情人的这个亲戚向她讲述了一切——对她说的话："这是我所认识的最勇敢的人。"还有："这世上只我一个人了。我一家都死在集中营里。"

犹太老妇坐在她对面，光荣而痛苦，而妈妈此时所体会到的痛苦却毫无光荣可言；她觉得这痛苦令她悲惨地弯下了腰。

8

啊，这些干草切割机模糊地吞吐着烟雾
也许是在抽着她内心的烟草

他写道，他是要表达被田野吞没的年轻姑娘的身体。

他的诗中经常会出现死亡。但是妈妈搞错了（她仍然是他诗歌的第一个读者），她以为之所以这样是因为儿子的早熟，是因为他沉迷于生命的悲剧性。

雅罗米尔诗歌中所出现的死亡与真实的死亡鲜有相同之处。死亡只有在通过衰老的裂缝渐渐开始侵入人体的时候才会变得真实起来。但是对于雅罗米尔来说，这种真实的死亡还遥不可及；死亡对他来说是抽象的；不是一种事实，而是一种冥想。

但他在这种冥想中找寻的又是什么呢？

他找寻的是一种无边的伟岸。他的生命已经是无可挽回的渺小，他身边所有的一切都是那么微不足道，那么灰暗。但死亡是绝对的；它是不可分割的，不可化解的。

年轻女人的出现是不值一提的（抚摸，或是许多毫无意义的词），但她的缺席却具有无穷的伟大的意义；想象着一个年轻女人被田野吞没，他突然发现了一种痛苦的高贵和爱情的伟大。

但是他在死亡之梦中找寻的不仅仅是绝对，他找寻的还是一种幸福。

他想象着慢慢融入土地的身体，他觉得这一幕爱情的场面无比高贵，身体变成了大地，慢慢地，充满了欲望。

尘世在不断地伤害他；他总是在女人面前脸红，他很害羞，到处看见的都是嘲笑。可是在他的死亡之梦中，他找到了安宁，那里的生活缓慢、寂静而幸福。是的，死亡，在雅罗米尔的想象中，那是一种生命性的死亡：非常奇怪，它就像那个人不需要进入尘世的时刻，因为他有一个完全属于自己的世界，在他的上方，就像是保护他的一个穹顶，是母亲腹内的诺亚方舟。

在这对他而言仿佛一种无尽的幸福的死亡中，他梦想着自己和所爱的女人结为一体。在他的一首诗中，两个情人紧紧相拥以至于彼此嵌入对方的身体，只能作为一具身体而存在，于是，由于无法移动，变成化石，成为永恒，再也不用经受时间的考验。

在另外的诗中，他想象着两个情人在一起待了那么久的时间，他们的身上覆满泡沫，甚至最终他们自己也变成了泡沫；接着有个人出于偶然踏在了这堆泡沫上，于是（这是一个泡沫盛行的时代）他们升上天空，幸福得难以言喻，仿佛只有升天是幸福的。

9

你们以为过去的一旦过去就永远结束不可动摇了吗？啊，不，过去的外衣是用闪光塔夫绸做成的，每次回首往事，我们都会为它蒙上另一层色彩。就在前不久，她还因自己为画家背叛丈夫而自责不已，可现在她十分恼火，因为她发现自己竟然为了丈夫而背叛了唯一的爱情。

她是多么懦弱啊！她的工程师有一段伟大而浪漫的爱情，而她却听从于那个只留了日常生活的空壳给她的人。而她却对画家与她之间那段汹涌而来的爱情奇遇充满了胆怯和悔恨，以至于她根本没能有时间去体验。她现在看得很清楚了：她摒弃了生活赐予她心灵唯一的一次伟大机会。

她开始固执而疯狂地思念起画家来。而尤其特别地在于，她的回忆不是把她带回到她与画家有过无数肉体之爱的布拉格的画室，而是带回到那个小温泉疗养院带着淡淡水粉色彩的风景中，小河，小船，还有文艺复兴时期的拱廊。她是在那几个星期的乡村生活中找寻到自己的心灵圣殿的，那时爱情尚未诞生，而仅仅处于萌芽状态。她真想去找到画家，求他和她一起再回到那里，重新开始他们的爱情，在这淡淡的水粉画背景下重新再来，自由，快乐，无拘无束。

有一天，她来到了画家的公寓，已经登上了最后一级台阶。但是她没有按门铃，因为她听到从里面传出了女人的声音。

接着，她在他的房子前面踱了一百来步，直到看见他出来；他仍然和过去一样，穿着皮大衣，他揽着一个非常年轻的女人，陪她走到电车站。他回来的时候，她迎上前去。他认出了她，非常惊讶地和她打招呼。她也装出惊讶的样子，仿佛也是意料之外的相逢一样。他请她上楼。她的心再一次狂跳起来；她知道只要一点暗示的接触她就会融化在他的臂弯里。

他给了她一杯红酒，还让她看自己新画的油画；他友善地微笑着，就像过去那样；他没碰过她一下，然后他也把她送到了电车站。

10

有天课间休息的时候，所有的学生都涌到黑板前面，他觉得机会来了，趁人不注意走近班里的一个姑娘，那个姑娘正独自一人坐在凳子上；他喜欢她已经很久了，彼此之间也经常相互凝视；他在她身边坐下。过一会儿，那些调皮的同班同学发现了他们，于是决定抓紧这个机会和他们开个玩笑；他们离开教室，并且把他们身后的门锁上了。

当他的周围挤满同学时，他总是觉得自然并且自在，但是一旦他和一个同班姑娘单独相处时，他觉得自己仿佛置身于一个灯光照耀下的舞台。他决定用某些睿智的评论来消除自己的尴尬（终于，除了事先准备好的话，他已经学会讲点别的什么了）。他说同学们的这个举动可以说是个最坏的例子；现在的形势对于那些干这事的人来说可以说是非常不利（他们现在应该是带着一种无法满足的好奇心等在走廊里），而对于这事所针对的对象来说倒是有利的（他俩正如他们所愿单独相处）。姑娘表示赞同并说应该利用这个机会。吻在空中搁置了，他只是凑近了姑娘。但是他的唇遥不可及；他只是说，不停地说，并没有拥吻她。

铃响了，这也就意味着老师不一会儿就会到，他会命令凑在门前的那伙学生打开教室的门。这个想法令他们激动不已。雅罗米尔可以肯定报复同学的最好办法就是有一个让他们艳羡不已的吻。他的手指掠过姑娘的唇，说这抹了艳丽口红的唇一定会在他的脸上留下显眼的痕迹。姑娘又一次表示同意，说很遗憾他们没能拥吻，正在他们说话的当儿，从门后传来了老师愤怒的声音。

雅罗米尔说真遗憾，老师和同学们都没能看到他脸上的吻痕，他想再一次地凑近姑娘，然而她的唇又一次地像山峰一样遥不可及。

“是的，应当让他们羡慕我们。”姑娘说，她从书包里掏出口红和手绢，先涂红了手绢，然后在雅罗米尔的脸上乱抹了一气。

门开了，狂怒的老师冲进了教室，后面跟着一班学生。雅罗米尔和姑娘站起身，就像老师进教室时应该做的那样，他们独自站在空荡荡的桌椅间，面对着喧闹的观众，这些观众正个个目瞪口呆地盯着雅罗米尔满是奇妙的红印的脸。他展现在众人的目光中，骄傲而幸福。

11

办公室里有个同事对她大献殷勤。他已经结婚了，总是想说服她，让她邀请他上她家去。

她想要知道雅罗米尔对她的性自由是怎么想的。她谨慎地、遮遮掩掩地谈起在战争中失去丈夫的女人，还有她们重新开始新生活的困难。

“什么叫做新生活呢？”雅罗米尔尖锐地反驳道，“你是说和另一个男人的生活吗？”

“当然，这是问题的一个方面。生活在继续，雅罗米尔，生活有它自身的要求……”

女人对于死去的英雄的忠贞是雅罗米尔神圣童话的一部分；它可以让他放心，告诉他爱情的绝对并非诗人的杜撰，它是真实存在的，是它使生活变得价有所值。

“一个体验过伟大爱情的女人又怎么能悠闲地躺在另一个男人的床上呢？”提到不忠的寡妇，他愤怒地喊道。“如果她们脑中有一个正在受折磨，被杀害的男人，她们又如何能做出这样的事情？哪怕仅仅是触摸另一个男人？她们怎么能让牺牲者再受一次酷刑，让他们再死一次？”

往事穿着闪光塔夫绸的外衣。妈妈拒绝了那个令人喜欢的同事，于是往事再一次以新的面貌出现在她面前：

因为她并没有为了丈夫而背叛画家，她是为雅罗米尔放弃的，因为她要为他保持家庭的平静！如果说今天她仍然为自己的裸体感到恐惧，这也是因为雅罗米尔把她的腹部弄得如此丑陋。并且也正是为了他，她失去了丈夫的爱，是她一定要生下这个孩子，不惜一切代价，固执地要生下他！

从一开始，这孩子就剥夺了她的一切。

12

还有一次（现在他有过不少真正的吻了），他和一个跳舞时认识的姑娘在斯特罗莫夫卡公园寂静的小道上散步。他们有一阵没说话了，他们的脚步声在寂静中回荡，他们共同的脚步突然间向他们揭示了他们仍然没能敢确定地冠之以名称的事实：他们在一起散步，而他们之所以在一起散步是因为他们相爱；他们在寂静中回响的脚步声向他们揭穿了这个事实，而他们的脚步越来越慢，慢得恰如其分，姑娘把头靠在了雅罗米尔的肩上。

这一刻真是美极了，但是就在品尝这份甜美之前，雅罗米尔觉得自己有了冲动，而且这冲动让人一眼就能看穿。他害怕了。他只在祈求一件事，那就是他那让人一眼看穿的冲动尽快消失，越快越好，可是他越想他的愿望就越难实现。他害怕姑娘低下头，看到这个出卖他身体的信号。他试图把她的目光引向高处，他和她谈起枝叶间的小鸟，还有云彩。

散步充满了幸福感（第一次有个女人将头靠在他的肩上，他从这个姿势里看到了应该是持续到生命尽头的依靠），可同时也充满了羞耻感。他害怕自己的身体会重复这种不幸的冒失行为。思考很长时间以后，他从母亲的衣橱里拿了一条又长又宽的缎带，在接下来的约会之前，他都把那东西绑好在裤子里，哪怕激动起来，它也只能被束在两腿之间。

13

我们之所以在数十段插曲中选取这段，是为了告诉大家，雅罗米尔至此为止所体验到的最大幸福，就是一个姑娘将头靠在了他的肩上。

姑娘的脑袋对他而言比姑娘的身体更有意义。对于身体，他可以说几乎还不了解（美丽的双腿究竟是怎么回事？美丽的曲线究竟像什么？），但是他了解脸蛋，在他的眼里，脸蛋本身就能决定一个女人的美丽与否。

我们不是想说他对身体无动于衷。一想到女性的裸体他就感到晕眩。但是让我们悉心注意这其中微妙的差别：

他所欲求的不是女人裸露的身体，他欲求的是在裸体的光芒照耀下的姑娘的脸蛋。

他不是要占有姑娘的身体；他要的是占有姑娘的脸蛋，而这张脸蛋将身体赠予他，作为爱情的证明。

这身体已经超出他的经验，确切来说，正是因为这一点，他为它写下无尽的诗篇。迄今为止，女人的性器官又有几次未曾出现在他的诗歌里呢？但是通过一种奇妙的效果和诗化的魔术（因为没有经验所具有的魔术），雅罗米尔将这用于生殖和交媾的器官幻化成了游戏梦想的主题。

比如，在他的一首诗中，他说这是在女性身体中嘀嗒作响的小钟。

在另一首诗中，他又说女性的性器官是看不见的造物之家。

还有一首诗中，他听凭自己想象着这个出口，他想象着一粒孩子的弹子一直从这出口中滑落下来，滑啊滑啊，简直就只能是一种坠落，从女人身体内部不停地坠落。

还有一首诗中，姑娘的两条腿成了交汇的两条河流；他想象着在这河流会合之处有一座神秘的山峰，他为这山峰起了个有圣经色彩的名字：赛因峰。

多么美啊，在女人的身体间游荡，未知的，从来没有看过的身体，不真实的身体，没有气味，没有黑头粉刺，没有瑕疵，没有疾病的身体，想象中的身体，作为游戏与梦想场所的身体！

用对孩子讲仙女和神话故事的口吻谈论女人的胸部和腹部是多么美妙啊；是的，雅罗米尔生活在温情的国度中，这是一个拥有人造的童年的国度。我之所以用“人造的”这个词，是因为真正的童年没有一点天堂的意味，根本就没什么温情可言。

温情只有当我们已届成年，满怀恐惧地回想起种种我们在童年时不可能意识到的童年的好处时才能存在。

温情，是成年带给我们的恐惧。

温情，是想建立一个人造的空间的企图，在这个人造的空间里，将他人当孩子来对待。

温情，也是对爱情生理反应的恐惧，是使爱情逃离成人世界（在成人世界里，爱情是阴险的，是强制性的，负有沉重的肉体和责任）、把女人看作一个孩子的企图。

舌心在温柔地跳动，他在一首诗中写道。他告诉自己，她的舌头，她的小指头，她的乳房，她的肚脐都是自治的存在，它们互相之间在用一种察觉不到的声音交谈着；他觉得女人的身体是由成千上万的生灵组成的，爱这身体，就是倾听这些生灵，是倾听两只乳房用一种神秘的语言彼此交谈。

14

往事折磨着她。但是有一天她向身后望去，却看到一片天堂乐园，那里有她和才出生的雅罗米尔，她纠正了自己的判断：不，这不是真的，雅罗米尔并没有夺走她的一切；恰恰相反，他给予她的比任何一个人给予她的都多。他给了她一段没有谎言浸润的生活。没有一个从集中营里逃出来的女人能反驳她说，这种幸福是虚伪并且虚幻的。这片天堂乐园是她唯一的真实。

于是往事（就像转万花筒那样）有一天在她看来又完全不同了：雅罗米尔从来不曾夺走过她弥足珍贵的东西，他只是揭去了某种东西的金色面具，而那东西只不过是错误和谎言。他还没出生时就帮她意识到，她的丈夫并不爱她，而十三年后，又是他将她从疯狂的爱情中解救出来，并且那段爱情最终带给她的也只能是新的悲伤。

她觉得和雅罗米尔共同度过的他童年的那段日子对他俩而言是一种承诺和神圣的条约。但是她越来越经常地感觉到儿子在背叛这个条约。她和他说话的时候，她发现他根本不在听，他的脑中充满了想法，可他一丁点儿也不想说给她听。她观察到他在她面前感到羞耻，他开始满怀妒意地藏起自己的小秘密，身体和精神上的，他用纱把它们包裹起来，她看不清这层纱里的东西。

她为此感到痛苦和愤怒。在他童年时他们共同签署的条约里，不是规定他永远要信任她，在她面前永远也不感到羞耻吗？

她希望他们共同体验的那段真实的日子永远持续下去。就像他小的时候那样，每天早上她都告诉他需要带些什么，并且，通过给他挑选内衣，一整天她都会出现在他的衣服内。当她发现这对于儿子来说渐渐成为一种不快时，她便故意斥责他内衣上的斑斑点点，以此作为报复。她非常乐意滞留在他的房内，看他穿衣脱衣，借以惩罚他蛮横无理的羞耻心。

“雅罗米尔，快过来见见客人，”有天她在家里请客时对雅罗米尔说，“上帝啊，你看上去像什么啊！”看到他精心弄乱的头发她愤怒至极。她去找了把梳子，一边和客人谈话一边揽过他的脑袋给他梳头。而伟大的诗人，具有魔鬼般想象力的诗人，与里尔克一样，乖乖地坐着听任她给他梳头，满脸通红，狂怒不已；他只有一件事可做，就是显露出那种残酷的微笑（他练了很长时间的那种），让脸上的线条变得严峻起来。

妈妈后退几步欣赏她给梳的发型，然后转过身去对客人说：“上帝啊，这孩子怎么能做出这么难看的鬼脸！”

而雅罗米尔总是把自己归在那类激烈的想要彻底改变世界的人里面。

15

他到的时候讨论正值高潮；大家正在谈论什么是进步，进步究竟存在与否。是他高中同学请他来的，他看了看四周，发现这个马克思主义者的小圈子里的年轻人和所有布拉格中学里见到的年轻人没什么两样。当然，这些人比捷克语老师组织讨论时要认真多了，但是这里也有在闲谈的人；他们当中有个人手里就拿着一枝百合，嗅个不停，其他人看了不禁嗤嗤发笑，于是那个在自己家组织会议的棕发家伙没收了他的花。

接着他竖起了耳朵，因为有一个与会者说艺术上没有进步；“我们不能说，”他解释道，“莎士比亚比当代的剧作家要落后。”雅罗米尔很想介入谈话，但是他犹豫着要不要在这帮他不熟悉的人面前讲话；他害怕所有人都看着他越来越红的脸，还有他神经质地抖个不停的手。但是他那么想加入这个小组，他知道要这样就不得不说话。

为了得到勇气，他想起画家，想起他的权威，他从来没有怀疑过这一点，而他正是这权威的朋友和弟子。这个念头给了他介入谈话的力量，他重复说起从画室里听来的那些想法。他用的是不是自己的想法似乎不那么重要了，问题的关键是他不是用自己的声音在表达这些想法。他很惊讶地听到从自己嘴巴中发出的声音和画家的是那么相像，甚至在这声音的带动下，他的手也情不自禁地在空中挥舞起来，做起画家的手势。

他说艺术上的进步通常是不易发觉的：现代艺术的趋势彻底颠覆了艺术本身数千年的发展；它终于将艺术从宣传政治和模仿真实的束缚中解放出来，我们甚至可以说正是现代艺术开启了真正的艺术史。

这时，很多与会者都想参与进来发表意见，但是雅罗米尔不许他们说话。开始的时候他觉得从他的嘴巴里听到画家的演说让他感觉很不自在，这是画家的话语，画家演说的节奏，但是接下来他就从这借取中找到了自信和保护；他躲在这张面具后面，就像躲在盾牌后；他不再觉得害羞和尴尬；他满意地看到他的这些话语在这里回荡着，他继续下去：

他引证马克思的观点，说人类现在仍然处于史前时代，真正的历史是从无产阶级革命开始的，而无产阶级革命是从需要到自由的过渡。这与这个决定性的时刻是相符的，在艺术史上，正是安德烈·布勒东和其他的超现实主义艺术家发现了自治的写作以及伴随着这种写作的人类的潜意识。这种发现与俄国的社会主义革命几乎同时发生，这就具有非同一般的意义，因为解放想象力对人类就意味着废除经济剥削进入自由王国的飞跃。

这时，那个棕发家伙插进话来，他赞同雅罗米尔的观点，为进步原则而辩护，但是他觉得将超现实主义和无产阶级革命放在一起还有待讨论。他表达了一种相反的观点，他认为现代艺术是衰颓的艺术，而与无产阶级革命相对应的是社会主义现实主义。我们树为楷模的不应该是安德烈·布勒东，而是伊里·沃克尔[①]，捷克社会主义诗歌的奠基人。雅罗米尔可不是第一次听到这样的观点，画家曾和他谈起过，对此不屑一顾。这回轮到雅罗米尔用嘲讽的口吻谈起社会主义现实主义根本没能为艺术带来新东西，和资产阶级的那一套垃圾相像之极。棕发家伙对此反驳说，即便现代艺术能帮助人们为新世界而斗争，那也不是超现实主义所能做到的，因为无产阶级大众根本弄不懂。

棕发家伙进行了美妙的论证，他并没有抬高声音，因此谈话从来不曾转化为争吵，即便被众人注视得飘飘然的雅罗米尔用了让人恼火的讽刺；再说没有人下过结论性的判断，不时又有其他人介入讨论，雅罗米尔想要捍卫的想法很快就被新的话题淹没了。

但这真的如此重要吗？进步究竟存在与否，超现实主义究竟是资产阶级性质还是革命性质的？难道是雅罗米尔对还是其他人对就那么重要吗？重要的是他终于加入了他们。他和他们争论，但是他觉得自己对他们有一种炽热的激情。他甚至不听他们说话，

---

① Jiri Wolker（1900—1924），捷克诗人。

只想一个问题，即他是幸福的：他终于发现了这样的团体，在这个团体里，人不仅仅是妈妈的儿子或班上的学生，人就是他自己。他对自己说人只有完全处于他人之中时才开始成为完全的自己。

接着那个棕发家伙站起身来，所有的人都明白此时该站起身朝大门走去了，因为他，他们的老师，用相当含糊的口吻在暗示他们，他还有相当重要的工作要做，他们不得不离开。但是就在他们靠近门口的时候，在前厅，一个戴眼镜的姑娘走近了雅罗米尔。也许在整个会议中雅罗米尔都没有注意到她；再说她也确实没有什么引人注目的地方，甚至可以说她非常平庸；不丑，只是容易让人忽略；她未化妆，头发自然地垂在额前，也没经发型师摆弄过，而身上穿的衣服也仅仅是不能光着身子只好随便穿上的那种。

“我对您说的东西很感兴趣。很想和您接着讨论……”

16

就在离棕发家伙住处不远的地方有一个广场；他们走进广场，谈了很多；雅罗米尔得知姑娘是个大学生，比他大两岁（这条信息让他觉得非常骄傲）；他们沿着广场弯弯曲曲的小路走着，姑娘发表着充满智慧的言谈，雅罗米尔也发表着充满智慧的言谈，两个人都迫不及待地把自己的信仰，想法，性格告诉对方（姑娘更科学性一点，雅罗米尔则偏文学性）；他们列出了自己所欣赏的那些伟人的名字，姑娘重复说她很喜欢雅罗米尔的那些奇谈怪论；她沉默一会儿，接着提到了希腊青年才俊[1]这样的词；是的，他走进房间的时候，她就有这样的感觉，一个优雅的希腊青年才俊……

雅罗米尔并不是真正理解这个词的意思，但他觉得自己被冠上一个名字是很美好的事情，不管这是个什么样的词，哪怕是另外的一个希腊词语；再说他猜到这个词是用于年轻人的，并且它所指的青春不应该是他至今为止所体验的那种笨拙而卑微的青春，而是让人充满欲望的，值得尊敬的青春。说出这个词的时候，姑娘原本看到了他的不成熟，但是突然之间，姑娘将他从某种笨拙中释放出来，给了他一种超越的感觉。这对他来说是一种怎样的安慰啊，于是他们在广场上兜到第六圈的时候，雅罗米尔完成了一个打一开始就想完成的手势，他甚至都没有时间鼓足勇气下定决心就做了：他抓住了姑娘的胳膊。

说他抓住了姑娘的胳膊并不确切，应该说他是巧妙地将手塞进了姑娘的胳膊下；他悄悄地完成这个手势，好像他不愿意让姑娘察觉似的；的确，她几乎没有什么反应，而雅罗米尔的手就这样羞涩地放在姑娘的身体上，仿佛某件身外之物，一个包，或是被忽略的一个包裹，主人早已忘记，并且随时都可能遗弃。但是很快塞在姑娘胳膊下的那只手就感觉到，它的存在已经受到注意。而他的脚步也感觉到姑娘的脚步在渐渐减慢。他知道这种减慢表明某件事情将要不可逆转地发生。通常情况下，当某种不可逆转的事情在即将发生之际，人们会加速事件的发生（也许是为了证明在事件的进程中我们还是有一点微小的决定权的）。这就是为什么雅罗米尔的手，他那几乎一动也未曾动过的手突然活跃起来，抓住了姑娘的胳膊。姑娘停下来，朝雅罗米尔脸蛋的方向抬了抬眼镜，她的书包掉在了地上。

雅罗米尔惊呆了；刚开始的时候他完全沉醉了，根本没有注意到姑娘带着书包；现在书包掉在地上，它仿佛上天的启示一样

---

① 希腊文，*éphèbe*。

出现了。而当他想到姑娘进大学以后就直接参加了马克思主义聚会，她的书包也应该散发着大学课本和厚厚的科学巨著的油墨味儿，他更加陶醉：她把整个大学扔在地上，就是为了腾出手来抓住他。

书包落地实在是太感人了，他们于是开始了心醉神迷的拥抱。他们长时间地拥吻，以至于接吻终于结束，他们简直不知该怎样继续，她重新朝着他的方向抬了抬眼镜，带着一种慌乱对他说："你也许觉得我和别的姑娘没什么两样，我不希望你认为我和别的姑娘没什么两样。"

也许这些话比刚才书包落地更加感人，雅罗米尔惊愕地发现眼前的这个姑娘爱他，从一开始起就爱上了他，奇迹般地，他也不知道是为什么。他顺便记下了（记在记忆的边缘，以便日后能认真仔细地重新阅读）女大学生还提到别的女人，好像认为他在这方面已经有很丰富的经验，爱他的女人体会到的只能是悲伤。

他回答姑娘说他不认为她和别的女人一样；姑娘捡起她的书包（现在雅罗米尔可以好好看看这书包了：书包的确又大又沉，装满了书），他们开始绕着广场散第七圈步；由于他们再次停下拥吻，他们突然间被笼罩在一束强光之下。两个警察站在他们面前，要求他们出示身份证。

两个情人窘迫地找出自己的证件；哆嗦着递给警察，也许警察正在抓卖淫嫖娼，或者根本就是为了寻开心打发执勤的无聊时光。但是无论如何，他们给这两个年轻人留下了难忘的记忆：在剩下的时间里（雅罗米尔一直把姑娘送回家），他们一直在谈论遭到偏见、道德、上一代人和愚蠢的法律迫害的爱情，谈论这个应当彻底清扫的世界的腐烂。

17

这一天很美，夜晚同样美丽，但是雅罗米尔回家的时候已经是深夜了，妈妈神经质地在别墅的各个房间里走来走去。

“我在为你发抖！你在哪里？你根本没有想到我的感受！”

雅罗米尔仍然沉浸在这伟大的一天中，于是开始用他刚才在马克思主义青年小圈子说话的腔调回答她；他模仿着画家充满自信的声音。

妈妈立刻听出了这声音；她看着儿子的脸，而这张脸发出的声音是她失去的情人的；她望着这张不属于她的脸；听到的是不属于她的声音；面前的儿子仿佛是对她的双重否定，这对于她是不可忍受的。

“你简直要让我死！你简直要让我死！”她歇斯底里地叫着冲进了隔壁的房间。

雅罗米尔怔怔地呆在原地，很害怕，他觉得自己犯了很大的错误。

（啊，小东西，你永远也摆脱不了这样的感觉。你有罪，你有罪！每次你走出家门，都会感到身后有指责的目光跟随着你，而你回来时，她会冲你大喊大叫！你在这世界上走到哪里都像一只拴着长长皮带的狗！即便你已经走得很远了，你依然能够感到脖子上的这条皮带！即便你是和女人在一起，和她们在床上，你脖子上的这条长长的皮带也依然存在，在远处的某个地方，你的母亲手执皮带的另一端，她能从皮带一跳一跳的节奏上感受到你正全心投入的淫荡动作！）

“妈妈，我求求你，别生气，妈妈，我求求你，原谅我吧！”他惶恐地跪在她的床头，擦拭着她湿漉漉的双颊。

（夏尔·波德莱尔，你要四十岁了，可是你仍然害怕你的母亲！）

妈妈迟迟不肯原谅他，就是为了让他的手指在她的面颊上能够停留更长的时间。

18

（这样的事情永远也不会发生在克萨维尔身上，因为克萨维尔没有母亲，也没有父亲，而没有双亲是自由的首要条件。

但是千万别理解错了，失去双亲则完全不同。热拉尔·德·奈瓦尔[①]的母亲在他还是婴儿的时候就去世了，然而他终生都在那双迷人的眼睛所散发出的梦幻般目光的照耀之下。

自由并不始于双亲被弃或埋葬之处，而是始于他们不存在之处：

在此，人来到这个世界上却不知是谁把他带来。

在此，人由一个被扔入森林的蛋来到世间。

在此，人被上天啐到地上，全无感恩之心踏入这尘世。）

---

① Gérard de Nerval（1808—1855），法国诗人、画家。

19

在雅罗米尔与女大学生恋爱的第一个星期，他真正地进入尘世之中；他知道他是个美男子，他很英俊，很聪明，满脑袋奇思妙想；他知道戴眼镜的姑娘爱他，他离开她的时候，她感到害怕（她说过，就在那天晚上他们在她门前分手的那一刻，她看着他离开，脚步轻捷，她说她看到了他真正的表面：一个渐渐远离、逃离、消失的男人的表面……）。他终于找到了这么长时间以来他在两面镜子中找寻了很久的自己的形象。

第一个星期，他们天天见面：有四个晚上他们去散步，逛遍了差不多整个城市，他们去了一次剧院（他们在包厢里拥吻，根本没看演了些什么），去看了两次电影。第七天，他们再次散步：天很冷，外面都结冰了，雅罗米尔只穿了一件很薄的外衣，在衬衫和外套之间也没有背心（因为妈妈强迫他穿的灰色羊毛背心在他看来简直是退休的外省人穿的），他既没戴礼帽也没戴便帽（因为眼镜姑娘曾经在第二天夸过他以前相当讨厌、难以打理的头发，说他的头发和他一样桀骜不驯），而且由于他的长袜松紧带松了，老是顺着他的腿肚子滑下来，缩进他的鞋子里，实际上他脚上也只有一双低帮鞋和灰色短袜（这样他正好避免了袜子与裤子色调的不协调，因为它实在不符合优雅的要求）。

他们在七点钟敲响的时候碰面，开始了郊区冰天雪地中的散步，雪在脚下吱嘎作响，他们可以随时停下来接吻。让雅罗米尔着迷的是姑娘身体的顺从。一直到与大学生接触之前，他接近女性身体的过程仿佛一段长长的旅程，他渐渐地达到不同的阶段：让姑娘同意和他拥吻需要时间，他能把手放在她的胸脯上也需要时间，而当他能触摸姑娘的臀部时，他觉得已经走得很远了——远得不能再远。可是这一次，从第一刻起，就发生了意料不到的事情：女大学生就在他怀里，绝对顺从，毫无防备，做好了一切准备，他能抚摸他要抚摸的一切地方。他把这看成爱的重要证明，可同时他也感到尴尬，因为他对于这突如其来的自由不知怎么办是好。

而这一天（第七天）姑娘暗示他说，她的父母经常不在家，说她很高兴邀请雅罗米尔到她家去。突然讲了这些话之后是长时间的沉默；两个人都知道在一套只有他俩的房子里意味着什么（要知道眼镜姑娘正在雅罗米尔的怀里，她不拒绝他的任何行为）；他们沉默着过了很久，姑娘用坦然的声音说："我认为在爱情上没有阴谋可言。只要我们相爱，什么都可以交给对方。"

雅罗米尔衷心赞成这宣言，因为对于他来说也是同样，爱情意味着一切；但是他不知道该说些什么；作为回答，他停下脚步，凝视着姑娘动人的双眸（他忘了在这黑漆漆的夜里姑娘的眼睛是否感人根本很难看出来），然后他抱紧她，长时间地吻她。

一刻钟的沉默之后，姑娘又重新拾起刚才的话题，还说他是她邀请上她家的第一个男人；她说，在她班上有很多男生，但她只是把他们当成同学来看；说他们最终都已经习惯她的这种态度了，还开玩笑地给她起了个*石头贞女*的绰号。

雅罗米尔非常高兴地得知他即将成为她第一个情人，但是他也不禁有点胆怯：他经常听人谈论做爱，也知道和处女做爱往往是很困难的。他此时无法集中思想听女大学生的滔滔不绝，因为他已经不在场；他在想那伟大的一天，肉欲和痛苦，从那天开始（马克思关于史前和人类历史的思想仍然给他启迪）他将真正开始生命的*历史*。

他们没有讲很多话，但是他们穿越大街小巷散了很长时间步；夜越深天气越冷，雅罗米尔的衣服又穿得不够，他感到自己浑身冰凉。他提议到什么地方坐坐，但是他们离市中心太远了，周围根本没有咖啡馆。以至于等他回到家里已经被冻到骨头里去了（在分手前他尽了一切努力才不至于让她听见自己牙齿打颤的声音），第二天一早醒来，他喉咙疼。妈妈给他量了体温，发现他在发烧。

20

雅罗米尔卧病在床，但是他的灵魂一直在等待伟大的那一天。一想到那样的一天即将来临，一方面他感到有种抽象的幸福，而另一方面却也感到了具体的烦恼。因为雅罗米尔绝对无法想象和一个女人睡觉在一切细节上究竟意味着什么；他只知道这会要求有所准备，要求技巧和知识；他知道在肉体之爱的鬼脸下隐藏着怀孕的幽灵，他还知道（这一点是他们同学间谈了又谈的话题）可以事先有所准备防止危险的发生。在荒蛮时代男人（就像骑士在战前穿上铠甲一样）会在他们的爱之脚上套上透明的丝袜。从理论上雅罗米尔已经具备相当丰富的知识了。但是从哪里弄这种袜子呢？他不好意思到药店去买！而且他究竟应该怎么做才能够不露声色地套上它呢？袜子在他看来十分可笑，他可不能忍受姑娘知道它的存在！可以在家里事先套好吗？还是等到在姑娘面前脱光的时候再套？

这些问题都没有答案。雅罗米尔没有任何可供试验（练习）的袜子，但是他决定无论如何都要搞到一些进行练习。他觉得速度和灵活在这方面起到了决定性的作用，不可能不通过练习就获得技巧。

但是别的事情也一样折磨着他：做爱究竟意味着什么？那时人会有怎样一种感觉？身体会有怎样的感觉？快感真的会让人尖叫无法控制自己吗？可是尖叫不会显得可笑吗？而这事究竟会持续多长时间？啊，上帝，着手于这样的事情可以不进行任何准备吗？

一直到那时为止，雅罗米尔从来没有手淫过。他觉得这是一件很猥琐的事情，任何一个真正的男人都应当避免；他觉得自己是要投入伟大的爱情的，而不是手淫。只是，不进行一番准备又如何进入伟大的爱情呢？雅罗米尔知道手淫正是这个不可或缺的准备，于是终止了自己原则性的敌意：它不再是肉体之爱的代用品，而是为了达到肉体之爱所必须经过的阶段；它不再是招认自己空虚，而是为了达到丰富所必须铭刻的尺度。

于是他头一次（此时他正发着三十八度二的高烧）对这爱的行动进行了模仿，令他感到惊奇的是，这个过程很短，也没有快活得大叫起来。他感到既失望又放心：他在后来的几天内重复了好几遍这试验，没有学到什么新东西；但是他告诉自己，他已经受了充分的锻炼，可以毫无畏惧地迎战他所爱的姑娘了。

他在床上已经躺了三天，喉咙上敷着药，可是这天一大早，外婆就冲进他的房间，对他说：“雅罗米尔！楼下一片混乱！”“发生什么事情了？”他问道。外婆解释说楼下姨妈一家听广播里讲发生了革命。雅罗米尔跳起来，跑进隔壁的房间，打开收音机，听到了克莱门特·哥特瓦尔德[①]的声音。

他很快明白发生了什么事，因为这几天（虽然正如我们解释的那样，他此时此刻有更重要的心事）他也听说几个非共产党员部长威胁政府的共产党总统哥特瓦尔德，让他自己提交辞呈。而现在他听到的正是哥特瓦尔德在老市政府的广场上向集会群众揭露那些要将共产党驱逐出政府的叛徒，说他们要阻止人民在社会主义的道路上继续前进；哥特瓦尔德号召人民强迫那些部长辞职，并在全国各地建立起共产党领导下的新的革命政权组织。

老旧的收音机里，哥特瓦尔德的声音和群众的喧闹声混杂在一起，彻底点燃了雅罗米尔心头的火焰，令他兴奋不已。他穿着睡衣，脖子上缠着毛巾，在外婆的房间里高声喊道："终于到来了！这一切必须到来！终于！"

外婆根本无法判断雅罗米尔的热情是否合理。"你真的觉得好吗？"她焦虑地问道。"是的，外婆，很好，这一切非常好！"他抱了抱外婆；然后他开始神经质地在房里走来走去；他觉得聚集在布拉格老广场的群众在向上天宣告这一天的来临，而这样的一天，在漫长的世纪之路上势必像一颗星星一样闪着耀眼的光辉；他很气愤，因为在这样一个伟大的日子里，他竟然和外婆一起待

---

① Klement Gottwald（1896—1953），捷克共产党领导人。

在家里，而不是在广场上和群众在一起。但是他还没能想清楚这个问题门就开了，姨父闪了进来，怒气冲冲，满脸通红，高声嚷道："你们听见了吗？恶棍！这些恶棍！这简直是纳粹暴乱！"

雅罗米尔看着他平素就很讨厌的姨父——他也同样讨厌姨妈和自命不凡的表哥——告诉自己战胜他的时刻到来了。他们正好面对面地站着：姨父的背后是门，而雅罗米尔的背后是收音机，他觉得自己就通过这种方式和成千上万的人民群众紧密相连，于是此时他和姨父的对话就像是成千上万的人与一个人的对话："这不是暴乱，这是革命。"他说。

"让你和你的革命见鬼去吧，"姨父说，"有军队、警察，还有超越市场的强大政权在身后，革命当然容易了。"

听到姨父充满自信、仿佛跟一个大笨蛋在说话的声音，雅罗米尔不禁怒火中烧："军队和警察正是为了阻止一小撮混蛋像以前那样地压迫人民。"

"小傻瓜，"姨父说，"共产党已经占据了大部分的政权，他们现在发动暴乱正是为了将所有的政权占为己有。我早就知道你只能是个小蠢货。"

"我，我也早知道你只能是个剥削分子，工人阶级迟早有一天要扭断你的脖子。"

雅罗米尔是在恼羞成怒的情况下说这话的，总之可以说是未经思考的；但是我们有必要在这里停一下：他刚才用的是我们经常能在共产党的报纸杂志上看到或是从共产党演讲家的嘴里听到的话，一直到此时为止，他都讨厌这样的话，就像他讨厌所有一成不变的话一样。他以前总认为自己首先是个诗人，因此，尽管是在发表革命的演说，他也不愿丢弃自己的语言。而现在他却说：工人阶级迟早有一天要扭断你的脖子。

是的，这是一件奇怪的事情：在极其激动的时刻（因此也是个人自发的反应，并且那个自我真实地表露出来的时刻），雅罗米尔选择和别人一样做个平庸的人。他不仅仅是这样做了，而且从中得到了极度的满足；他觉得自己从属于那个具有成千上万脑袋的人群，成为正在行进着的千头龙的一个脑袋，他觉得这一切很伟大。他突然觉得自己充满了力量，能够公开地嘲笑面前的这个男人，而这个男人，就在昨天，他在其面前还羞怯得面红耳赤。如果说他之所以快乐是因为这句话（工人阶级迟早有一天要扭断你的脖子）有一种粗暴的简单，也正是因为这句话将他纳入了那些成千上万尤其简单的人所组成的队伍，这些人嘲笑细微的差别，他们所有智慧的精华都在于这蛮横无理的简单。

雅罗米尔（穿着睡衣，脖子上缠着毛巾）站着，两腿分开，背后的收音机刚刚传出一阵巨大的掌声，他觉得这轰鸣进入了他的身体，让他变得伟大，于是他面对姨父站着，仿佛一棵不可撼动的大树，一块朗朗发笑的岩石。

而姨父，那个把伏尔泰当成伏特发明者的姨父走近他，扇了他一记耳光。

雅罗米尔感到脸颊上火辣辣地疼。他知道自己受了侮辱，而正因为他觉得自己像一棵大树或一块岩石一般伟大（身后的收音机里成千上万的声音仍旧在回响着），他真想冲向姨父，也扇他一记耳光。但是由于他需要时间反应，他的姨父已经转半个圈离开了。

雅罗米尔叫道："我一定要还给他！混蛋！我一定要还给他！"他说着向门口走去。但是外婆抓住了他睡衣的袖子，求他安静下来，于是雅罗米尔只好重复着混蛋，混蛋，混蛋。他重新躺回床上，那张一小时以前他才抛弃了想象中情人的床。他无法再去想她。他一门心思想的只是他姨父，那记耳光，不停地责备自己，反复地对自己说他没能像个真正的男人那样立即做出反应；他如此苦涩地责备着自己，竟至哭了起来，愤怒的眼泪浸湿了枕头。

傍晚，妈妈回来了，她惊惧地说她办公室的领导已经被辞退了，说他是个受人尊敬的人，她还说所有非党员都害怕自己会被捕。

雅罗米尔在床上撑起身子，开始满怀激情地加入讨论。他向妈妈解释说现在所发生的是革命，而革命只会持续很短的时间，在这期间应当借助暴力，这正是为了加速一个新社会的来临，在新社会里，暴力将被彻底禁止。妈妈只好表示理解。

妈妈也是满怀激情地投入了讨论，但雅罗米尔最终还是在反驳她的意见。他说由富人来统治这个社会是愚蠢的，就像现在这个由企业家和商人组成的社会，他巧妙地提醒妈妈，在她自己的家庭里，她正是这些人的牺牲者；他提醒她，她的姐姐是多么盛气凌人，她的姐夫又是多么缺乏教养。

她被震撼了，雅罗米尔很高兴看到自己论证的成功；他觉得自己已经对几个小时前的那记耳光有所报复；但是一想到耳光，他重新感到了愤怒，他说："你知道的，妈妈，我也想加入共产党。"

他在母亲的目光中读到了反对，但是仍然用肯定的语气坚持着；他说他很惭愧没能早些加入共产党，说唯一阻碍他的，正是他从小长大的这个环境，是这个环境将他与他早就应该加入的组织分隔开来。

"你也许对在这里出生，对我是你的母亲感到很遗憾？"

妈妈说这话的时候，一副被冒犯的样子，雅罗米尔立即解释说她误解了；说在他看来妈妈实际上根本与她的姐姐姐夫完全不同，和富人的世界完全不同。

但是妈妈对他说："如果你爱我，就别这样做！你知道你姨父让我的日子变得多么痛苦。如果你加入共产党，一切就更加难以忍受。理智些，我求求你了。"

这泪流满面的悲伤让雅罗米尔的喉咙一阵阵发紧。他不仅没把刚才挨的那记耳光还给姨父，现在他又挨了第二记。他把脸转向另一边，听凭妈妈走出房间。接着他又开始哭泣。

21

六点钟，大学生系着围裙，将他带入收拾得很干净的厨房。晚饭没什么特别的，炒鸡蛋和切成小丁的香肠，但这是头一回，一个女人（除了妈妈和外婆）为雅罗米尔准备晚饭，他带着一个受到情人精心照料的男人的满足吃着。

然后他们到了隔壁的房间。房间里有一张桃花心木的圆桌，桌子上铺着钩织的桌布，桌布上放着一个仿佛秤砣一般厚重的水晶玻璃花瓶；墙上挂着极其难看的画，房间的一角有一个沙发，沙发上堆着数不清的垫子。一切都是为这个夜晚精心准备的，他只需沉入松软的枕头里就行了；但奇怪的是，大学生却在圆桌前一张硬邦邦的椅子上坐了下来，于是他在她的对面坐下；接着，他们谈论了很长时间，东谈谈西谈谈，就坐在硬邦邦的椅子上，雅罗米尔开始觉得自己的喉咙一阵阵发紧。

他知道他必须在十一点以前回去；他当然也曾请求过妈妈允许他彻夜不归（他假托是班级同学组织晚会），但是他遭到了坚决的反对，简直有点神经质，他根本不敢再坚持下去，只好冀望从六点到十一点的这五个小时足够他完成爱的初夜。

只是大学生一直在不停地说，不停地说，五个小时的时间很快地缩短了；她谈到了自己的家庭，谈到她因为不幸爱情而曾经企图自杀的哥哥：“这给我留下了很深的记忆。我不能像其他女孩一样。我不能把爱情看得那么轻。”她说。雅罗米尔感到这些话将在她允诺给他的这严肃的肉体之爱上铭刻下深深的烙印。他从椅子里站起身，凑近姑娘，用深沉的声音对她说：“我理解你，是的，我理解你。”说完后他将她从椅子上拽起来，拉着她走到沙发前，让她坐下。

然后，他们拥吻、抚摸，到处乱摸。这个过程持续了很长时间，雅罗米尔觉得该是给姑娘脱衣服的时刻了，可是由于他从来没有做过类似的事情，他不知从何开始。首先，他不知道是否应该关灯。从他所听说的有关这类事情的叙述来看，是应该关灯的。而且在他外衣的口袋里还有一个小袋子，里面装着那种透明短袜，如果他想秘密谨慎地套上它，他绝对需要黑暗。但是在抚摸的过程中他没办法站起身来走到开关那里，再说这在他看来有点不太合适（千万别忘了他是个有教养的人），因为他是客人，最好应该由女主人自己去关灯。最后，他终于羞怯地开了口：“我们是不是应该把灯关了？”

但是姑娘反驳道：“不，不，我求求你。”雅罗米尔于是在想这是不是意味着姑娘不需要黑暗，因此也就是说她不想做爱，或者姑娘想做爱却不愿在黑暗中做爱。他当然可以提出这个问题，但是他不好意思把自己所想的高声说出来。

接着他想起来他必须在十一点钟之前回家，于是他努力战胜了自己的羞怯；他解开了平生第一颗女性衣服的纽扣。这是一件白色短上衣，他解开第一颗纽扣，战战兢兢地等着姑娘说点什么，她却什么也没有说。他接着解开其余的纽扣，将衣服从裙子中拎出来，然后彻底地脱掉它。

现在她躺在垫子上，身上是裙子和胸罩，奇怪的是，就在一秒钟之前，她还几乎可以说是充满激情地拥吻雅罗米尔，可一旦他给她脱了上衣，她却像是惊呆了一样；一动也不动；她微微挺起胸膛，仿佛要迎向枪林弹雨准备牺牲。

现在只有一件事情可做，继续脱衣服：他找到裙子侧面的拉链，拉了开来；但是单纯的男孩没能想到还有一颗将裙子牢牢系在腰上的搭扣；他固执而唐突地把裙子往下扯；而姑娘仍然挺着胸脯迎向无形的刑场，甚至没有察觉他的困难。

啊，让我跳过雅罗米尔受的这一刻钟罪吧！他终于把大学生的衣服全部脱了下来。他看见她顺从地躺在垫子上，期待着计划了很久的这个时刻，他知道现在的问题就是轮到他脱衣服了。但是吊灯的光实在太明亮了，雅罗米尔不好意思脱衣服。于是他想到了一个可以拯救他的办法：他发现就在客厅旁边有一间卧室（一间老式的卧室，并排放着两张小床）；那里没有开灯；他可以在那里的黑暗中脱衣服，甚至可以藏在被子里脱。

“为什么不去卧室呢？”他羞涩地问。

“去卧室？为什么？为什么你需要去卧室？”姑娘笑着说。

很难说清楚她为什么会笑。这是一个毫无理由的笑，尴尬的笑，未经思考的笑。但是雅罗米尔为此受到了伤害；他害怕自己说了什么蠢话，好像他提议去卧室表露出他在这方面可笑的无知。他很窘迫；待在陌生的房子里，在吊灯暴露的灯光下，而他不能关灯，他还和一个嘲笑他的女人在一起。

他立刻就明白过来今天晚上他们不可能做爱了；他很生气，一言不发地坐在沙发上；他很遗憾，但是同时也松了口气；他不需要再考虑要不要关灯，怎么脱衣服；他很高兴，这一切都不是他的过错，谁叫她笑得那么蠢！

“你怎么了？”她问。

“没什么。”雅罗米尔说，他知道如果把自己的矛盾之处讲给姑娘听，他一定显得更加可笑。于是他努力控制住自己的情绪，将她从沙发上拉起来，大大方方地打量着她（他想控制局势，他觉得审视别人的人总能控制被审视的人）；然后他说：“你很美。”

姑娘原本一直在等待，一动不动，此时站起身来却觉得解放了：她又变得健谈而且自信。被人审视一点也不令她尴尬（也许她认为被审视的人可以控制审视别人的人），她问他：“我是不穿衣服漂亮呢还是穿衣服漂亮？”

有很多古老的女性问题，男人一生中或早或迟都会遇上，其实我们的教育机构应该帮助年轻人在这方面做好准备。可是雅罗米尔和我们大家一样，上的学校很糟糕，他不知该如何回答；他努力想猜出姑娘想听怎样的回答，但是他很尴尬；平常大多数时候姑娘都是穿衣服的，所以他也许应该觉得姑娘还是穿衣服好看；只是由于裸体是身体的真实，雅罗米尔又觉得如果他回答说姑娘不穿衣服更漂亮，姑娘也许会高兴的。

“你穿不穿衣服都漂亮。”他说，但是大学生一点也不满意他的回答。她在屋子里蹦来蹦去，充分将自己呈现在小伙子面前，强迫他直接回答：“我想知道怎么样最讨你喜欢。”

如此具体的问题应该比较好回答了。由于别人只看到过她穿衣服的样子，他想如果他回答她，穿衣服没有不穿衣服好看会显得缺乏分寸；但由于她是在问他个人的意见，他可以大胆地回答她说，从个人的角度而言，他更喜欢她裸体的样子，这样可以更明确地说明他喜欢她原本的样子，喜欢她本人，所有一切附加在她身上的东西他都不在意。

很显然，他判断得不错，因为大学生听到他认为她不穿衣服比穿衣服漂亮，显得非常高兴。一直到他离开的时候她都没有重新穿上衣服，她给了他很多吻，在他离开的时候（十一点差一刻，妈妈会满意的），在门口，她对他轻声说：“今天，你已经告诉我，你爱我，你真好，你是真的爱我。是的，这样就最好。让我们把那个时刻保留到将来的某一天。”

22

差不多就在这个时期，他开始写一首长诗。这是一首叙事诗，讲述一个突然间发现自己老了的男人；他处在对他而言命运之车已经没有前方到站的时刻；他遭到了抛弃和遗忘；在他的周围

墙被重新粉刷，家具被搬运一空
房间里的一切全变了

于是他匆匆逃离自己的家，回到曾经留下过深刻记忆的地方：

屋后二楼左手深处的角落有扇门
在黑暗中屋主的名字已经辨认不清
“二十年的分分秒秒都欢迎我的到来吧！”

一个老女人来给他开了门，一脸的不耐烦，带着无精打采的冷漠，一看就知道是很长时间的寂寞造成的。快点，快点，她咬住失血的嘴唇，想恢复一点唇上的生机；快点，她用他熟悉的手

势理了理稀疏并且似乎很久都未洗过的头发，她指手画脚的样子透着尴尬，因为她想将墙上贴的过去情人的照片统统收起来。但是她很快觉得待在房间里很好，表面的一切都无所谓了；她说：

二十年已经过去，你又回来了
好像是我生命中最后一件重要的事情
我什么也看不到
如果我想越过你的肩膀远望未来

是的，在这间房里感觉很好；所有的一切都不再重要，皱纹，褴褛的衣衫，发黄的牙齿，稀疏的头发，苍白的嘴唇，下垂的腹部。

当然当然我不会再动我已经准备好了
当然在你这里美丽已无足轻重在你这里青春已无足轻重

他拖着疲倦的脚步走过房间（他用手套擦去陌生人在桌上留下的痕迹），他知道她有过不少情人，很多的情人，这些情人

耗尽了她皮肤的光彩
即便在黑暗里她也不再美丽
成了一枚在指间磨损殆尽的硬币

一首老歌此时在他心中回荡着，一首已经被人遗忘的老歌，上帝啊，这首歌是怎么唱的？

你走远了，在沙滩上渐渐走远
你的影子消失了
你走了，你走了，只剩下
除了中心还是中心，只能是中心

她也知道她的青春已荡然无存，但是：

现在，我日渐衰老的时刻
我的疲惫我的消沉这如此重要而纯粹的过程
只属于你

满是皱纹的身体彼此之间满怀激情地拥抱在一起，他叫她“我的小姑娘”，她叫他“我的小东西”，然后他们开始哭泣。

他们之间无需中介
不需要词语不需要手势不需要用来遮掩的任何东西
不需要用来掩盖彼此惨境的任何东西

因为他们用嘴唇吮吸的正是彼此的悲惨，他们贪婪地吞咽着彼此的悲惨。他们抚摸着悲惨的身体，他们已经听到彼此的皮肤下面，死亡的机器在缓缓地轰鸣。他们知道此时他们已经把自己完全彻底地献给对方；知道这是他们最后的爱，也是他们最伟大的爱，因为最后的爱是最伟大的。男人在想：

这是没有出口的爱情墙一般的爱情

女人在想：

也许从时间上来说死亡仍然遥远但是表面上已经如此接近
如此接近对于我们而言如此相同我们都深陷在沙发里
这就是要达到的目的，双腿如此幸福因为它们无需再迈一步
双手如此自信因为它们无需再追求任何抚摸
只需等我们嘴中的唾液变成露珠

妈妈念到这首奇怪的诗歌时，和往常一样，她仍然惊讶于儿子的早熟，是啊，在他这样的年龄竟然可以理解到这一切；她不知道诗中的人物和真实的衰老一点关系也没有。

不，这首诗里根本不是在讲一个老男人和一个老女人；如果我们问雅罗米尔诗中的人物年龄多大，他也许会犹豫地告诉你是

在四十岁到八十岁之间；他对衰老一无所知，衰老对他而言仍然遥远抽象；关于衰老他只知道这是人生的一个阶段，到了这个阶段，成熟的年龄已经过去；命运之路已经结束；人不再为“未来”这个陌生人担惊受怕；而在此时的爱情应该是唯一并且肯定的。

因为雅罗米尔非常害怕；他正在朝着年轻女人的身体一步步地走过去，如同踩在荆棘之上；他渴求这身体，可同时又感到害怕；正因为如此，在他的爱情诗歌中他竭力避免对于身体的具体描写，他在童年的想象中寻找庇护；他将身体从现实中剥离出来，女人的性在他的笔下如同一个机械玩具；而这一次，他又到完全相反的一端去寻找庇护：那就是衰老；衰老时身体不再危险与骄傲；身体只能是悲惨而可怜的；而这耗损的身体或多或少能让他与青春身体的骄傲和解，因为青春的身体迟早有一天是要老的。

他的诗充满了自然主义的丑陋描写；雅罗米尔没有忘记发黄的牙齿，也没有忘记眼屎，还有下垂的腹部，但是在这些粗俗的细节描写之后，还有他让爱情永恒的感人欲望，让爱情永恒，不可摧毁，可以代替肉体上的拥抱，不再受时间的束缚，成为除了中心还是中心，只能是中心，他想让爱战胜肉体的力量，这恶毒的肉体，世界在肉体面前延展开来仿佛雄狮居住的陌生领地。

他写掺进了人造童年的情诗，写假想中的死亡，写假想中的衰老。这是他树起的三面蓝旗，他就在这三面蓝旗下颤抖地走向成熟女人最真实的身体。

23

她到他家来的时候（妈妈和外婆离开布拉格两天），他尽量熬住不开灯，尽管天慢慢地黑了。吃完晚饭，他们进了雅罗米尔的房间。十点钟左右的时候（平时妈妈也总是在这个时间喊他上床），他说了一句事先在脑子里准备了成千上万遍、以便显得随意自然的话："我们睡吧。"

她表示同意，雅罗米尔揭开了被子。是的，一切都像他预料的那样，进展顺利。姑娘在房间的一角自己脱衣服，雅罗米尔在另一角脱了衣服（他脱得要快得多），迅速套上睡衣（在睡衣的口袋里他放了一个装有袜子的小袋），然后钻进被子（他知道睡衣不太合体，因为太大了，他穿上则显得非常小），他望着浑身一丝不挂的姑娘，看着姑娘赤裸身体向他走来（啊！她仿佛比上一次还要美丽），在他身边躺下。

她贴紧他，开始疯狂地抱他吻他；过了一会儿雅罗米尔觉得是打开小袋的时候了。于是他把手悄悄地放进睡衣口袋。"你干什么？"姑娘问。"没什么。"他答道，赶紧把准备抓住小袋子的手放在姑娘的胸脯上。接着他想他应该请她原谅，去卫生间一趟，这样好悄悄地自己做准备。但就在他思考的当儿（姑娘一直在吻他），他发现开始时明显的肉体冲动消失了。这发现令他陷入新的窘境，因为他知道在这样的情况下，打开小袋子也用不上。因此，他试图充满激情地抚摸姑娘，满心惶恐地期待着肉体冲动重新回来。但是没有用，他的身体，在她的密切注视之下，仿佛受了惊一般；不仅没有变大，反而越缩越小。

抚摸和亲吻此时已经带不来快乐和满足；这都不过是一把保护伞，伞下的小伙子备受煎熬，徒然地呼唤自己的身体，希望它能服从自己。这是永远结束不了的抚摸和亲吻，是永远结束不了的酷刑，在绝对缄默之中的酷刑，因为雅罗米尔不知道应该说些什么，他觉得说什么都会出卖他的耻辱；姑娘也没说话，因为她已经开始察觉这耻辱，只是仍然不能肯定究竟是雅罗米尔的耻辱还是她的；无论如何，发生了一点她始料不及的事情，她还不知道应该用什么样的词来表述这样的事情。

但是接着，这可怕的虚假的拥抱和亲吻不再那么激烈了，姑娘也没力气再继续下去，两个人于是躺在各自一边的枕头上，努力想要睡着。很难说他们究竟睡着没有，过了多少时间才睡着，可即便他们没有睡着，也都装着睡着的样子，这样可以逃避面对对方的存在。

第二天早晨起床的时候，雅罗米尔简直不敢看姑娘的身体；这身体美得令他痛苦，正因为不属于他，才更显得美丽。他们进了厨房，一起准备早饭，尽量自然地交谈。

但大学生还是说他了：“你不爱我。”

雅罗米尔想向她保证说他是爱她的，但是她不让他说：“不，你不要想说服我。这一切比你自己说的要有力得多，这个晚上我们都已经很清楚了。你不是很爱我。通过这个晚上，你自己也清楚了，你不是很爱我。”

开始，雅罗米尔还想和姑娘解释，告诉她昨天晚上发生的事情与他爱她的程度无关，但是最终他什么也没有说。姑娘的话实际上为他提供了一个他始料未及的掩饰耻辱的机会。接受姑娘关于他不爱她的指责比接受身体无能要容易得多。他于是什么也没有说，低下了脑袋。当姑娘再次重复对他的指控时，他用一种极端模糊、很没有说服力的声调说：“不，不是的，我爱你。”

“你撒谎，”她说，“你的生活里肯定还有别的女人。”

这个解释更好，雅罗米尔低着脑袋，忧伤地耸了耸肩膀，仿佛承认她的指责有一部分是对的。

“这毫无意义，如果不是真的爱情这一切就毫无意义，”大学生闷闷不乐地说，“我早就和你说过我不可能把这些事情当儿戏。一想到你是用我来代替别的女人我就受不了。”

刚才度过的那个晚上是很残忍的，对于雅罗米尔来说只有一个解决办法：重新开始，洗刷耻辱。于是他不得不回答：“不，你这样说不公平。我爱你。我非常爱你。但是有些事情我没有对你说实话。我的生活里的确有另一个女人。这个女人爱我，我令她感到非常痛苦。这会儿我的心里有阴影，我抛不开，毫无办法。请你理解我，我求求你。如果因为这个你就不再见我，这是不公平的，因为我只爱你，只爱你。”

“我没有说以后不再见你，我只是说我不能忍受你另有女人，即便这只是一个阴影。也请你理解我，对于我来说爱情是绝对的。在爱情的问题上我不妥协。”

雅罗米尔望着眼镜姑娘的脸庞，一想到即将失去她，他的心就揪住了；他觉得她离他已经很近了，她是可以理解他的。但即便是这样，他也不愿向她倾吐一切，他宁愿被称为一个痛苦的、被致命的阴影占据的、值得同情的男人。他反驳道：

“在爱情的问题上，绝对难道不是意味着理解我们所爱的人，理解他所有的一切，包括他身上的阴影吗？”

这话说得很好，大学生仿佛正在思考。雅罗米尔觉得他并没有失去一切。

24

他从来没有把自己的诗给她看过；画家曾经答应他，争取把他的诗发表在一家先锋派刊物上，他还等着有朝一日可以拿着铅印的字母去震一震姑娘。但是现在，他迫切需要这些诗来挽救他。他认为大学生读到这些诗句时（他最寄予希望的是那首关于两个老人的诗），会理解他，会非常感动。他错了；她却认为她应当给自己年轻的朋友一些批评性的意见，于是只简短地谈了自己的看法，令他非常寒心。

一旦发现了自己的个性，从此以后他那满怀热情的自我欣赏之镜会变成什么呢？所有的镜子中反射出来的都只是丑陋的鬼脸，是他的不成熟，这真让人难以忍受。于是他想起一个享有欧洲先锋诗人桂冠的著名诗人，据说他还在布拉格招了不少绯闻，虽说他不认识他，也从来没有见过他，他还是对诗人有一种盲目的信任，就像一个头脑简单的信徒对教会里的要人有一种盲目的信任一样。他把自己的诗寄给他，并附了一封卑微的、乞求的信。接下来的日子里，他盼着他的回信，一封友好而例行公事般的回信，这个梦想如同安慰一般，可以平复他和大学生日渐稀少、日渐忧伤的约会（她借口说学校考试日期临近，她时间很少）给他带来的痛苦。

于是他又回到了过去的那个时期（其实那也就是在不久以前），无论和哪个女人怎样交谈都十分困难，他都必须在家里准备一番；每次约会，他又会提前好几天就在家里预演，这些漫长的夜晚里，他都沉浸在和大学生想象中的对话里。在这些从来未曾赋予实践的独白中，大学生在那天，在雅罗米尔房间吃早饭时所怀疑的那个女人的轮廓越来越清晰了；她赋予雅罗米尔曾经沧海的光环，她引起了嫉妒，并且成为他身体失败的借口。

不幸的是，这个女人只出现在他这些从未表达的独白中，因为她从雅罗米尔和大学生真正的对话中迅捷而谨慎地消失了；大学生在谈到她的存在时，不再像刚开始时一样显出那么出乎意料的关注。这多令人失望啊！雅罗米尔的所有暗示，他那些精心计算过的失言，还有能让人以为是在想另一个女人的突然停顿就这样过去了，根本没有引起她一丁点的注意。

相反，她花了很长时间和他谈（而且是非常高兴地，唉！）大学里的情况，她非常生动地向他描述她的同学们，仿佛同学远比他要真实得多。他们又重新变回相识前的那两个人：一个羞怯的小伙子和一个*石头贞女*，彼此间的交谈充满知性。只是有时（雅罗米尔非常在乎这些时刻，不愿意放走任何机会）她会突然住口或突然迸出一句话，忧伤而感慨，雅罗米尔很想接下去，但是每次都没能成功，因为姑娘的忧伤只是自己的忧伤，根本没打算与雅罗米尔的忧伤合拍。

这忧伤究竟从何而来呢？谁知道？也许她是在遗憾日渐消失的爱情；也许在想哪个她渴求的其他什么人，谁知道呢？一天，这个忧伤的时刻是如此黯然（他们从电影院出来，在一条幽暗而寂寞的路上散步），她一边走一边把头靠在他的肩膀上。

上帝啊！他已经经历过这样的时刻了！那天晚上，在斯特罗莫夫卡公园和舞蹈班上那个女孩一起散步时就是这样！就是这样一个脑袋的动作，在那个晚上令他产生肉体冲动的动作今天也产生了同样的效果：他冲动了！他冲动了，巨大的、不加掩饰地冲动了！但是这次他丝毫没有感到羞耻，相反，正相反，这一次他是多么希望姑娘发现他冲动了！

但姑娘忧伤地将脑袋靠在他的肩上，天知道透过眼镜她在朝什么方向看。

雅罗米尔的冲动坚持着，胜利地，骄傲地持续了很长时间，一眼就能看到，他也真的希望这一切会被看到，会被欣赏！他真想抓住姑娘的手放在他身上，但在他看来这也仅仅是一个荒唐的、不切实际的念头。他觉得他们可以停下来拥吻，这样姑娘就会感觉到他身体的冲动。

但是大学生发现他的脚步越来越慢，明白过来他是想停下来吻她时，她说："不，不，我只想像现在这样，我只想像现在这样……”她说得如此忧伤，他只能顺从不能反对。而另外的那个，两腿之间的那个就好像一个敌人，一个小丑，一个滑稽的人，在他面前跳舞，嘲笑他。他继续向前走，肩膀上是一个忧伤而陌生的脑袋，两腿间是个陌生而嘲讽的小丑。

25

他的悲伤和对安慰的渴求（那个著名的诗人始终没有给他任何回复）允许他做出任何唐突的事情，因为有一天他招呼也没打一声就去了画家那里。才进门，他就从讲话声中发现画家那里有不少人，他想立刻道歉告辞；但是画家热情地请他进门，把他带到画室里介绍给自己的客人：三个男人和两个女人。

在陌生人的目光注视下，雅罗米尔觉得自己的脸颊变得绯红，可同时又有点飘飘然；画家介绍说他的诗写得很棒，而且从他说话的口吻来看，让人觉得客人们似乎早就应该听说过他似的。这是一种非常舒服的感觉。他在椅子上坐了下来，环顾周围的人时，他非常高兴地发现在座的两个女人比他的大学生要漂亮。瞧她们是多么优雅自然地跷着腿，将香烟掐灭在烟灰缸里，多么优雅自然地在这奇谈怪论中插进智慧的见解和淫荡的词语！雅罗米尔觉得自己好像乘着电梯升到美丽的山峰间，那个眼镜姑娘令人痛苦的声音已经完全听不见了。

有个女人转向他，颇为亲切地问他写的是哪类诗歌。“就是一般的诗歌。”他说，尴尬地耸耸肩膀。“非常杰出的诗歌。”画家补充道，而雅罗米尔低下了脑袋；另一个女人看着他，用女低音的声音说道：“他在这里，在我们中间，倒让我想起方丹拉图尔[①]一幅画中的兰波，兰波在魏尔伦和魏尔伦的同伴中间。一个孩子在一群男人中间。大家都说十八岁的兰波看起来只有十三岁。而您，”她转向雅罗米尔说，“您看上去也完全是个孩子。”

（我不得不说，这个女人冲雅罗米尔弯下身子的样子是那么温柔残酷，就像彼时冲兰波弯下身子的伊桑巴尔[②]老师的姐姐们，著名的捉虱人，每次他从他那漫漫的冒险之旅归来，他都会去她们家，然后她们为他清洗，给他捉虱子。）

“亲爱的朋友，”画家说，“然而不需要多少时间，他就不再是个孩子，当然也还没有完全成为一个男人。”

“童男时期是最富诗意的。”第一个女人说。

“可是当你读到这个年轻的童男，这个不成熟、不完美的童男写出的那些诗句，”画家微笑着说，“你会为其中惊人的成熟和完美目瞪口呆的！”

“他说得非常对。”一个男人表示同意，看来他读过雅罗米尔的诗，对画家的赞赏也颇有同感。

“您不发表吗？”女低音问雅罗米尔。

“我怀疑在这么一个崇尚正面英雄和斯大林半身像的时代是不

---

① Henri Fantin-Latour（1836—1904），法国画家。

② Georges Isambard（1848—1916），兰波的老师和朋友。

是很利于诗歌的发展。”画家说。

正面英雄又让他们的话题回到雅罗米尔以前的正路上。雅罗米尔也很熟悉这些问题，能够自然地加入讨论，但是大家在说什么他一句也没听见。刚才大家所说的话在他耳际不停地回响着，说他只有十三岁，说他还是个孩子，是个童男。当然，他知道这里没有一个人故意要冒犯他，画家也是真心实意地喜欢他的诗歌，但这只能让事情变得更糟：此时诗歌已经无足轻重了。他愿意千万次地放弃他诗歌中的成熟来换取他自己的成熟。他愿意用他所有的诗歌交换一次性交。

谈话非常热闹，雅罗米尔想离开。但是他感到如此压抑，以至于他都无法开口宣布自己想离开。他害怕听到自己的声音；他害怕自己的声音会发抖，会变粗，再一次将他的孩童般的不成熟昭示天下。他真愿意隐身遁形，踮起脚尖躲得远远的，消失，迷糊，沉睡，睡很长很长时间，十年后再醒来，那时他的脸也许已经老了，布满了成熟男性的皱纹。

女低音再次转向他：“为什么你如此沉默，我的孩子？”

他嗫嚅地说他更愿意听而不是说（尽管他根本不在听），他觉得自己无法逃离女大学生判处他的刑罚，而将他打回已经烙在身上的童贞的宣判（上帝啊，只要看看他，所有人都会知道他还没有过女人！）再次得到了肯定。

他知道所有人都在看他，这是多么残酷的时刻，他能意识到自己的面孔，并且不无恐惧地感到在这张脸上的，是他妈妈的微笑！他非常肯定，这塑在唇间的精致、苦涩的微笑，他无法摆脱。他觉得妈妈附在他的脸上，就像包住蚕宝宝的茧，妈妈不愿承认他拥有属于自己外表的权利。

而他就在那里，在成人中间，戴着妈妈的面具，这张面具将他和妈妈的怀抱紧紧拴在一起，将他拉向妈妈，让他远离这个他想进入的世界，可是这个世界里的人待他非常亲切，只是在某种程度上还有点陌生的亲切，因为他不是他们中的一员。这实在让人难以忍受，雅罗米尔集聚起所有的力量想要撼动、摆脱母亲的面具；他努力在听他们的谈话。

谈话的核心问题是时下艺术家最热烈关注的一个问题。在波希米亚，现代艺术一直在呼唤共产主义革命；但是革命来临了，当现代艺术宣布无条件加入能为众人所理解的大众现实主义时，革命却抛弃了现代艺术，因为觉得现代艺术是资产阶级腐朽的可怕象征。"这正是我们进退维谷的处境，"画家的一个客人说，"背叛伴随我们成长的现代艺术还是我们所呼唤的革命？"

"这个问题问得不好，"画家说，"让学院艺术从坟墓中复生，并且制造成千上万座政治家半身像的革命不仅仅背叛了现代艺术，更是背叛了革命本身。这样的革命不是要改造世界，正相反：它是要保留历史上最反动的精神，盲从的精神，规范的精神，武断的精神，宗教信仰的精神和清规戒律的精神。我们没有进退维谷。

如果我们是真正的革命者，我们就不能接受这种对革命的背叛。”

雅罗米尔想要顺着画家的逻辑继续发挥下去应该说是毫无困难的，但是他讨厌在这里扮演一个感人的学生的角色，一个受到众人赞赏的顺从的小男孩。他充满了反抗的欲望，于是转向画家说：

“您一直在提兰波：必须绝对现代。我完全同意。但是所谓的绝对现代，那不是我们在五年的时间里预计到的东西，恰恰相反，它是让我们感到震惊的东西。绝对现代不是持续了四分之一世纪的超现实主义，而是眼下正在我们眼皮底下发生的革命。很简单，您不理解这一事实恰恰可以证明它是全新的。”

他们打断了他：“现代艺术正是反资产阶级，反资产阶级世界的运动。”

“是的，”雅罗米尔说，“如果说在否定当代世界这一点上它是非常符合逻辑的话，它恰恰应该准备好自己退出历史舞台。它应该知道（甚至应该希望）革命建立另一种崭新的艺术，一种能够表现自己形象的艺术。”

“那么您是赞同，”女低音说，“我们彻底捣毁波德莱尔的诗歌，禁止一切现代文学，将国家博物馆的立体派绘画都送进地窖啰？”

“革命是非常激烈的行为，”雅罗米尔说，“这大家都知道，超现实主义也很清楚老东西应当被粗暴地赶下舞台，只是它没有想到自己也在这群老东西之列。”

由于感到自己被侮辱了，愤怒之下，雅罗米尔充分表达着自己的想法，仿佛是在和自己清算一样，准确而恶毒。只是有一点让他感到很难堪，打他一张口，他就听见从自己口中冒出的画家那奇怪而不容置疑的声调，他也无法阻止自己的右手在空中不断挥舞重复画家的手势。实际上，一切非常奇怪，这是画家与画家之间的讨论，大人画家和小孩画家，画家和画家反抗的影子。雅罗米尔清楚这一点，正因为这样他更感到自己在遭受侮辱，他用的词于是越来越难听，他想报复，是画家把他囚禁在他的手势和音调中。

有两次，画家还耐下心来向雅罗米尔解释，但是接下来他就不再说什么了。他只是看着他，神色严峻，不再亲切，雅罗米尔知道自己再也不能踏进这间画室了。所有的人都缄口不言，然后女低音开口说（这一次，她没再冲他弯下身子，就像当时伊桑巴尔的姐姐们弯下身子给兰波捉虱子那样，恰恰相反，她似乎悲伤而惊讶地避开了他）：“我没有读过您写的诗，但是从我所听到的来看，我相信一定很难和您刚才激烈捍卫的制度相吻合。”

雅罗米尔回忆起他刚写的一首关于两个老人的爱情的诗歌；他意识到他如此喜欢的那首诗是永远不会发表的，因为这是一个充斥口号和宣传的时代，而现在他否定了这一切，就是否定了他最心爱的东西，否定了他唯一的资源，丧失了这资源，他就彻底孤立了。

但是还有比他的诗歌更宝贵的东西；一样他迄今为止尚未拥有的东西，一样仍然遥远可他却很向往的东西——那就是男子汉气；他知道只要有行动、有勇气他就一定能获得它；而如果这勇气意味着承受被抛弃，被所有人，包括被他爱的女人，画家和自己的诗歌抛弃的勇气，那么就只好如此了：他要拥有这勇气。于是他说：

“是的，我知道革命根本不需要这些诗歌。我很遗憾，因为我喜欢它们。但不幸的是我的遗憾不能否认它们是无用的这一事实。”

大家再一次沉默了，接着一个男人说：“这真可怕。”他实实在在抖了一下，就像背后吹来一阵凉风似的。雅罗米尔也感觉到了自己的话惊骇了这里所有的人，他们就这样眼睁睁地看着他们所喜欢的一切，他们赖以生存的理由活生生地消失了。

很悲伤，但也很美丽：雅罗米尔突然之间感到自己不再是个孩子了。

26

妈妈读了雅罗米尔放在桌上的诗句，他就这么放在桌上，什么也没有说，妈妈希望能从这字里行间读出儿子的生活。但愿这些诗句能用明晰的语言进行阐述！诗歌的真诚总是虚假的；诗歌里充满了谜团和暗示；妈妈知道儿子脑袋里装满了女人，但是她不知道他和这些女人之间发生了什么事情。

她终于打开了雅罗米尔的抽屉，想翻出他的日记。她跪在地上读儿子的日记，充满激情地翻了一页又一页；日记陈述得很简洁，但她还是能够从中总结出儿子在恋爱；日记中的她是用一个字母来表示的，一个大写字母，妈妈没法和生活中的真实人物对上号；但他却满怀激情地记录了不少细节，可是妈妈觉得很恶心，比如说哪一天他们第一次接吻，哪一天他第一次抚摸她的乳房，又是哪一天他第一次抚摸她的屁股。

接着，她翻到一页，日期是用红色记的，日期旁边还点缀了一堆惊叹号；在日期旁有这样一段文字：明天！明天！啊，我的老雅罗米尔，头顶都秃了的老雅罗米尔，当多年以后你再重新读到这本日记，千万要想起，正是从这一天起开始了你真正的生命的历史！

她迅速思考了一下，想起来那正是她和外婆离开布拉格的日子；她还想起来，那天她回来后，发现浴室里她最珍爱的一瓶香水被打开了；她问过雅罗米尔香水是怎么回事，他尴尬地回答她说："我就是玩玩……"噢，她多愚蠢啊！她那天只是想到小的时候，雅罗米尔说过他长大后要做个香水调配师，这段回忆让她感动。于是她只对他说了一句："你不觉得你现在再玩这些游戏有点太大了吗？"但是现在，一切都很清楚了：那天有个女人进过这间浴室，这个女人和雅罗米尔在别墅里共度夜晚，而且雅罗米尔正是在那天丧失了童贞。

她想象着儿子赤身裸体的样子；想象着儿子光着身子在一个女人身边，她想象着这个女人身体散发出她的香水的味道，想象着这个女人竟然和她的味道是一样的；这一切真叫她恶心。她重新沉浸在日记里，发现自这个标有很多感叹号的日期后，日记就结束了。瞧，对于一个男人来说，第一次和女人睡完觉后，一切就结束了，她不无苦涩地想着，觉得儿子是个无耻之徒。

后来的几天，她一直回避他。接着她就发现儿子瘦了，脸色苍白；原因一定是他做爱次数过多，对这一点她毫不怀疑。

又过了几天，她却发现儿子的无精打采中不仅仅是疲惫，还有忧伤。她有点想妥协了，并且又找到了希望：她对自己说情人总是给男人带来伤害，只有母亲能给他们带来安慰；她还对自己说情人可以有无数个，而母亲却只有一个。我必须为他而战斗，我必须为他而战斗，她不断地对自己说，从那一刻起，她又开始关心他，就像一头警觉而充满爱心的母老虎。

27

他成功地通过高中毕业考试时，事情已然如此。他不无忧伤地告别了同班八年的同学，而这正式得到认可的成熟只是在他面前展开了一片无边无际的沙漠。接着，有一天，他得知（非常偶然地，他正好碰到去棕发家伙家聚会时认识的一个小伙子）眼镜大学生已经堕入大学里一个同班同学的情网。

他还在和她约会；她对他说几天后她就放假了；他记下了她的地址；他没有告诉她，他已经知道了点什么；他害怕说了这些东西之后会促使他们更快分手；他很高兴她没有完全抛弃他，尽管她已经有了别人；他很高兴她还时不时地让他抱抱她，至少她还把他当朋友看；他非常非常迷恋她，他已经准备好放弃自己所有的骄傲；她是他眼前那片沙漠中唯一的生灵；他紧紧抓住这一线希望，希望他们勉强维持下来的爱情有朝一日能够重新点燃。

大学生走了，给他留下炎热的夏季，仿佛令人窒息的长长的隧道。一封信（如泣如诉、充满哀求的）掉在这隧道里，没有激起任何回音。雅罗米尔想到了房间里墙上钉着的电话听筒；唉，这个听筒突然间具有了某种意义，一只没有连线的听筒，一封没有回音的信，和一个不在听他的人的对话……

穿着轻盈长裙的女人在街边飘过，别人家开着的窗户中传来流行音乐，有轨电车上挤满了背包里塞满浴巾和泳衣的人，游船沿着伏尔塔瓦河一直往南，往森林的方向开去……

雅罗米尔被抛弃了，只有妈妈的眼睛一直忠实地在观察他，和他在一起；但是雅罗米尔觉得这双眼睛实在难以忍受，因为眼睛将他的被弃昭示天下，而他却希望没有人看见，希望把这份被弃藏起来。他无法忍受，不管是妈妈的目光还是妈妈的询问。他逃出家门，每天很迟才回来，这样好立刻上床。

我曾经说过雅罗米尔是不太适合手淫的，他等待的是伟大的爱。但在这几个星期，他却绝望而疯狂地手淫，好像他是为了通过这个肮脏而富侮辱性的动作惩罚自己。因此他整天头疼，但是他对此感到幸福，因为头疼让他无暇注视街上穿着轻盈长裙的美丽女人，这头疼减轻了流行音乐里不知羞耻的赤裸裸的欲望；并且，在这可怕的头疼的折磨下，他可以比较容易地度过漫长的白天。

他始终没有收到大学生的信。哪怕能收到一封别的什么信也好，不管是什么！哪怕有个人可以同意走进他的空虚！哪怕那个他寄去诗歌的著名诗人终于同意回复他片言只语！噢，他如果能写上几句热情洋溢的话该多好啊！（是的，我们说过他愿意用自己所有的诗歌来换取被当成男人来看待，但我们还得加上这样一句：

既然已经无法被当成男人来看待，唯一能够安慰他的就是：至少可以被当成诗人来看待。）

他想再一次引起著名诗人的注意。但不是通过信，而是通过一个充满诗意的行动。有一天，他带了把刀出门。他在电话亭附近转了很长时间，肯定附近没人之后，他进了电话亭，切断电话听筒的连线。他每天切一只电话听筒，二十天后（这段期间他也始终没有收到姑娘或诗人的回信）他便有了二十只断线的电话听筒。他把听筒统统放进一只盒子，用绳和纸包扎好，写上著名诗人的名字和地址，准备给他寄去。他深为感动地将包裹带进了邮局。

正当他离开柜台时，有个人拍了拍他的肩头。他转过身，认出了以前镇上小学的同班同学：看门人的儿子。他很高兴能看到他（在这什么也没发生的空茫之中，哪怕一丁点儿事情都是值得伸手欢迎的！）；他充满感激地与他攀谈起来，而当他得知他就住在邮局附近，他几乎是强迫性地让同学请他上家里去。

看门人的儿子不再和父母一起住在学校，他自己有一套单室公寓。“我妻子出门了。”他和雅罗米尔一起进门时解释道。雅罗米尔丝毫不怀疑他的同学已经结婚。“是的，结婚一年了。”看门人的儿子说，他如此自信并且自然地说出这句话，雅罗米尔突然产生了一种羡慕。

接着，他们在他的单室公寓中坐了下来，雅罗米尔发现靠墙放着张小床，小床上还有个婴儿；他对自己说同学已经做了父亲，而他自己还停留在手淫阶段。

看门人的儿子从大橱柜里拿出一瓶烈酒，倒了两杯，雅罗米尔又想到自己的房间里永远也不会有酒，因为妈妈会为此提上成千上万的问题。

“你现在干什么？”雅罗米尔问道。

“我在警察局工作。”看门人的儿子说，雅罗米尔回想起那一天，他颈子上裹着纱布，站在收音机前，收音机里传出群众呼喊口号的喧闹声。警察是共产党最有力的支柱，他的同班同学那些天一定是和喧闹的群众站在一起，可是雅罗米尔却和外婆一起待在家里。

是的，看门人的儿子那些天的确在街上，他骄傲同时又很谨慎地谈起那些天的情况，雅罗米尔觉得自己有必要让他明白他俩是被相同的使命联系在一起的；他对他谈起了那个棕发家伙家的聚会。“那个犹太人？”看门人儿子面无表情地说，“当心他！这是个古怪家伙！”

看门人的儿子一直在回避他，他似乎总是比他高出一级，而雅罗米尔很想提高自己的程度，他用悲伤的声音说：“我不知道你是否听说了，我父亲死在集中营里。从那时起，我就明白必须彻底改变这个世界，我知道自己的位置在哪里。”

看门人的儿子终于露出理解的表情，他表示同意；接着他们交谈了很长时间，当谈起未来时，雅罗米尔突然肯定地说：“我想从政。”他自己也很吃惊说出了这样的话；好像这些话是在他思考之前就冒出来的；好像是这些话替他决定了自己的命运。“你知道，我妈妈想让我学艺术史或法语，或是类似的什么东西，但是我都不感兴趣。那些都不是生活。真正的生活，是你现在做的事情，是你那样的生活。”

从看门人的儿子家出来时，他对自己说刚才他经历了决定性的顿悟。几个小时前他到邮局发出了一个装有二十个听筒的包裹，他认为这是一种奇特的呼唤，他把包裹寄给著名诗人是为了得到他的回信。他这样做是出于他徒然等待他的片言只语，是出于他想听到大诗人的声音，二十个听筒就是他这方面的馈赠。

但就在不久以前和老同学交谈后（他可以肯定这绝非偶然！），这诗意的举动有了完全相反的意义：这不再是馈赠或者请求的呼唤；根本就不是；他骄傲地将自己徒劳的等待全部还给了他；断线的听筒就像是摆脱了崇拜的脑袋，雅罗米尔将这些脑袋充满讽刺地寄给诗人，就像是土耳其的苏丹将十字军俘虏的头寄给基督教军队首领。

现在他什么都明白了：他的一生就是在被遗弃的电话亭里，在没有连线，根本无法接通任何人的听筒前的漫长等待。现在，他面前只有一个解决办法：就是从被遗弃的电话亭中出来，尽快出来！

28

“你怎么了，雅罗米尔？”这充满同情的问话中所包含的关爱令他热泪盈眶；他无法逃避，妈妈继续道，“你是我的孩子，不管怎么说。我从心底了解你。我知道你的一切，尽管你不愿告诉我。”

雅罗米尔转过头，他感到羞耻。妈妈一直在说：“别把我当成你的妈妈，就把我当成你一个年长的朋友好了。如果你告诉我，你会感到轻松的。我知道你非常痛苦。”她温和地补充说，“我知道是因为一个女人。”

“是的，妈妈，我很忧伤，”雅罗米尔同意地说，因为他被关在这互相理解的温暖氛围中，他无处逃避，“但我实在难以启齿……”

“我理解。再说，我也不是要你现在就说。我只是想让你知道，只要你愿意，你可以向我倾吐一切。听着，今天天气好极了。我决定和朋友一起坐船去郊游。我带你去。你得散散心。”

雅罗米尔一点也不想去，但是他没有不去的方便借口；再说，他是如此忧伤如此疲倦，以至于没有辩解的精力了，于是他自己也不知道是怎么回事，就和四个女人一起坐上了游船的甲板。

女人都是和妈妈一个年龄的，雅罗米尔为她们提供了一个非常理想的话题；对于他已经通过高中毕业考试，她们感到非常惊讶；她们发现他很像他妈妈；她们还很惊讶他竟然决定注册读高等政治学校（她们认为这个如此敏感的男人不太合适读这个学校），很自然地，她们用一种轻佻的口吻问起他有没有女朋友；雅罗米尔真是讨厌透了她们，他沉默着，但是看到妈妈的兴致很好，为了她，他顺从地笑着。

游船靠岸了，女人和她们的小伙子上了岸，岸上人很多，大多都只穿泳衣，她们找到了一处可以日光浴的地方；她们当中只有两个人事先穿了泳衣，第三个脱了衣服，露出白皙的身子，只穿短裤和胸罩暴露在光天化日之下（她对自己只穿内衣一点也不感到羞耻，也许是因为自己太丑无需羞耻），而妈妈说她只打算晒晒她的脸，于是她转向太阳，闭上了眼睛。接着，四个女人一致同意说小伙子应该脱了衣服晒太阳或游泳；再说妈妈事先就是这么想的，她给雅罗米尔带了游泳裤。

附近的咖啡馆传来流行音乐的声音，雅罗米尔又沉浸在失恋的忧伤中；晒得黝黑的男男女女从附近走过，都只穿着泳衣，雅罗米尔觉得他们都在看他；他被裹在他们的目光之中，仿佛在受火焰的炙烤一般；他希望没人注意到他是和四个上了年纪的女人在一起，但他的努力显然又是徒劳；女人七嘴八舌地围着他，就好像一个母亲长了四个饶舌的脑袋；她们坚持让他脱了衣服游泳。

他反对说："我连换衣服的地方都没有。"

"傻瓜，没人会看你的，你只要围条浴巾就行了。"那个穿着玫瑰红胸罩和内裤的胖女人说。

"他怕羞。"妈妈笑着说，其他所有的女人也都和她一起笑了。

"我们应该尊重他，他怕羞，"妈妈说，"来，你就在浴巾后面换衣服好了，没人会看你的。"她伸开双臂，展开一条白色的大浴巾，这保护伞可以为他遮挡海滩上所有的目光。

他往后退去，妈妈拿浴巾跟着他。他一直在往后退，而她一直跟着他，看上去就好像一只长着白色翅膀的大鸟在追逐逃跑的猎物。

雅罗米尔后退，再后退，接着他掉头跑了起来。

其他三个女人吃惊地看着这一幕，妈妈一直展着她那白色的大浴巾，而他钻进了赤裸的年轻身体的丛林中，直至他彻底消失，消失在她们的视野之外。

第四部

诗人在奔跑

1

诗人挣脱母亲怀抱而奔跑的时刻应该到来了。

就在最近他仍然很乖，走在两个人一排的队伍中：前面一列是他的两个妹妹，伊莎贝尔和维塔丽，他在她们身后，和弟弟弗雷德里克在一起，最后是他们的母亲，就像船长一样，领着孩子们，每个星期都如此这般地穿过夏尔维尔。

他十六岁的时候第一次挣脱母亲的怀抱。在巴黎，他遭到警察的逮捕，他的老师伊桑巴尔和他的姐姐们（是的，就是俯身为他捉头发里虱子的姐姐们）让他在他们的屋檐下暂避了几个星期，接着，令人窒息的冷冰冰的母爱再次将他重新包围，这一次是从两记耳光开始的。

但是阿尔蒂尔·兰波再一次挣脱了，并且在以后的日子里，他总是在试图挣脱；他在奔跑，脖子上仍然留着颈圈的痕迹，他的诗歌都是在奔跑中完成的。

2

这是在一八七〇年的夏尔维尔，远处传来普法战争的隆隆炮声。这对于逃跑来说可谓最佳形势，因为战争的喧哗总能给诗人一种淡淡的忧愁。

他那矮矮胖胖的身体和罗圈腿裹在轻骑兵的制服里。十八岁，莱蒙托夫成为一名士兵，就是为了逃避他的祖母和令他窒息的母爱。他用诗人灵魂的钥匙——羽毛笔——换了作为开启世界之门的钥匙的枪支。因为当我们把子弹射进一个人的胸膛的时候，我们就好像进入了这个人的胸膛；而他人的胸膛就意味着世界。

自挣脱母亲怀抱的那一刻起，雅罗米尔就未曾停止奔跑，而在他的脚步声中，似乎也夹杂着类似隆隆炮声的什么东西。这不是手榴弹的爆炸声，而是政治动乱的喧闹声。在那个时代，士兵只是一种装饰，政客取代了士兵的位置。雅罗米尔不再写诗了，他勤勉地上好大学里每一堂政治课。

3

革命和青春是一对伴侣。革命能给予成人什么呢？对一些人来说是不幸，对另一些人来说则是狂热。但是这种狂热的价值不大，因为这狂热只和生活最为悲惨的那一半人有关，而且革命在能给人们带来好处的同时，也将带来彷徨，令人精疲力竭的动荡和习惯的彻底颠覆。

青春的运气好一些：青春不会被错误压倒，于是革命能够全盘接受它，将它置于自己的保护之下。革命时代的彷徨对于青春来说是一种好处，因为全速进入彷徨的是父辈的世界。噢！能在成人世界城墙坍塌之际跨入成人的行列是件多么美好的事情啊！

在捷克的高等教育中，一九四八年革命后的头两年里，共产党员教授只占极少的一部分。为了巩固在大学里所开辟的一片天地，革命将权力交给了大学生。雅罗米尔积极参与了青年联合会的活动，他还参与了系里考试委员会的审核。他向学校的政治委员会提交了一份报告，在报告中指出这位或那位教授在考试中的种种行为，他们所提的问题和他们所为之辩护的观点。此时与其说是被考者在忍受考试，还不如说是考官在忍受考试。

4

但在向委员会提交报告的时候，倒是轮到雅罗米尔承受考试的痛苦了。他必须回答那些神情严峻的年轻人所提出的问题，并且希望自己的回答能博得他们的欢心：事关年轻人的教育问题，妥协就成了罪恶。现行的教育中不能保留那些思想陈旧的教师：未来应该是全新的，否则就没有未来。我们更不能相信那些一天就能改变思想观念的老师：未来应该是百分之百纯洁的，否则就会被玷污。

现在雅罗米尔已经成了严厉的战士，他的报告会影响到成人的命运，我们还能说他在逃跑吗？他是不是似乎已经达到目的了呢？

根本没有。

他六岁的时候，母亲把他和比他大一岁的孩子放在一起上学；自此之后他一直都比别人小一岁。当他作报告说某个教授有资产阶级思想的时候，他想到的不是那个教授，而是惶恐地看着那些年轻人的眼睛，他在凝视他们眼中的那个自己，就像他在家中的镜子里观察自己的发型和微笑一样；现在，他在他们的眼中审视自己话语中所呈现出的那一份坚定、浑厚和严峻。

他总是身处镜子的包围之中，他的视野无法超越镜墙。

因为成熟是看不见的；如果成熟不是彻底的，那么就根本谈不上成熟。就像彼时他在镜子中仍然是个孩子一样，如今他在考试委员会面前作关于教授的报告也不过是他奔跑的一种变奏。

5

他每时每刻都想躲开她，可越想越做不到；他和她一起吃早饭和晚饭，和她说晚安早安。早上，他从妈妈的手中接过网兜；妈妈可没有想到这个象征性的顺从与教授们的观念捍卫者的身份颇不相符，她让他去买东西。

请看：他还在那条街上，我们在上一部开篇处已经看到，就在这条街上，他对一个迎面向他走来的陌生女人满脸通红。已经好几年过去了，可他一直还是会脸红，就在妈妈叫他去买东西的小店，他害怕看到那个穿白色外衣的姑娘。

这个每天被囚禁在收款台后狭小空间里度过八小时的姑娘非常讨他喜欢。她那温柔的轮廓，缓慢的动作，囚犯般的神态，所有的一切都仿佛与他有种命定的亲近。他也知道为什么：这个姑娘很像他家那个未婚夫被枪毙的保姆：悲伤而美丽的脸庞。而姑娘被囚禁的那个小小的收银台就像他看见保姆洗澡的那个浴缸。

6

他坐在他的书桌前倾着身子，一想到考试他就害怕；大学和中学一样，考试让他害怕，因为他有把只有A的成绩单拿给妈妈看的习惯，他不想让她感到痛苦。

但这缺少空气的布拉格的小房间是多么让人难以忍受啊！尤其是外面的空气中到处回荡着的革命歌声，还有那些手执铁锤的强壮男人的身影，也似乎自窗户拥了进来！

现在是一九二二年，俄国大革命已经发生将近五年的时间了，可他还得坐在书桌前因为担心考试而发抖！这是什么样的刑罚啊！

他终于推开课本（夜已经很深了），他想到了他正在写的一首诗：这是一首关于工人扬的诗，扬梦想着美丽的生活，他要通过完成这个梦想来彻底地结束这个梦想；他手执铁锤，身边是挽着他的情人，就这样，他走在同志们当中，他要去革命。

而右侧的大学生（啊，当然了，这是伊里·沃尔克）看见了桌子上的血；很多血，因为

杀戮伟大梦想的时候

总是会流很多的血

但是他不怕血，因为他知道自己要成为一个男人，就不应该怕血。

7

商店六点关门，他得去街角守着，这样就能看到那个姑娘离开收银台，从商店里走出来。她总是六点过后不久就出来，他知道，而且他知道每次她都和商店里另一个做营业员的姑娘一起出来。

那个营业员没她好看，在雅罗米尔看来简直可以称得上丑：她和收银的姑娘完全相反：收银员是棕发，而营业员是红发；收银员很丰满，而营业员很瘦；收银员总是不大说话，而营业员话很多；收银员有一种神秘的亲近感，而营业员则令人反感。

他经常去他的瞭望台，希望有一天两个姑娘会分别出来，这样他就能和棕发姑娘搭上话。但是他从来没有得到过机会。一天，他跟着她俩；她们穿过几条马路，进了附近的一座大楼；他在门口待了差不多一个小时，但是两个姑娘都没出来。

8

她从外省来布拉格看望他，听他给她念诗。她很平静；她知道她的儿子一直是属于她的；别的女人或是世界都不能把他从她身边夺走；相反，女人或是世界能够进入他诗歌所构筑的神奇的圈子，可这是一个她为儿子打好底稿的圈子，在这个圈子里，是她在秘密地统治着。

他正在念一首回忆外祖母的诗歌，她的母亲：

因为我要去战斗了
外祖母
为了这世界的美丽

沃尔克夫人很平静。她的儿子可以在自己的诗歌里战斗，在诗歌里手执铁锤，让情人挽着他的胳膊；这个不会让她不舒服；因为在他的诗歌里，他保留了母亲和外祖母，保留了家庭晚餐和所有她反复灌输给他的美德。就让这世界看着他手执铁锤游行去吧！不，她不愿意失去他，但她很清楚她没有什么好害怕的：在世界面前炫耀自己和走入这个世界根本不是一回事。

9

只有真正的诗人才知道他自己是多么不愿意做一个诗人，他是多么想逃离这个四面是镜的房间，那里的寂静震耳欲聋。

从冥想的王国中被驱逐

我在人群中找寻庇护

我想咒骂

想用它换了我的歌

但是当弗朗齐歇克·哈拉斯[①]写下这些诗句的时候，他并不在人群中，不在公共场所；他写诗的那个房间静悄悄的，只他一人俯身在他的桌子上。

他根本没有从冥想的王国中被驱逐出来。他在诗歌中所谈到的人群恰恰是他冥想的王国。

他也没有将他的歌换成咒骂，恰恰相反，到头来总是他的咒骂淹没在他的歌声中。

唉！难道我们真的没有办法逃离四面是镜的房间吗？

① Frantisek Halas（1905—1952），捷克诗人。

10

但是我

　我

　　克制住自己

　　　我咒骂

唱出我自己那支歌的

　喉咙

弗拉基米尔·马雅可夫斯基写道，雅罗米尔懂得他写的意思。诗歌语言给了他一种与母亲衣橱里缎带相同的效果。他已经有好几个月没有写诗了，他不愿意写。他在逃跑。当然，他为妈妈去买东西，但是他把自己书桌的抽屉上了锁。他把墙上所有那些现代绘画的复制品取了下来。

那么在那些画的位置上他放了什么呢？会不会是卡尔·马克思的照片呢？

根本不是。他在墙上空白的位置挂上了他父亲的照片。这照片父亲拍于一九三八年，那是父亲应征入伍的悲惨年月，照片上的父亲穿着军官制服。

雅罗米尔喜欢这张照片，照片上的这个人他知之甚少，甚至他的轮廓已经在他的记忆中模糊。可是他越来越怀念这个人，这个踢过足球，当过兵，进过集中营的男人。他是那么想念他。

11

大学的阶梯教室里人头攒动，几个诗人坐在讲台上。一个穿蓝色衬衫（就像青年联合会员一样，他们清一色地穿着蓝色衬衫）、头发乱而浓密的男人站在讲台前说话：

诗歌的作用只有在革命时期才显得空前伟大；诗歌在革命中发出自己的声音，而作为交换革命将诗歌从孤独中释放出来；今天诗人知道有人在倾听，尤其是青年一代在倾听他的声音，因为：“青春、诗歌和革命是一回事，是完全相同的一回事！”

第一个诗人站起来，朗诵了一首诗，诗歌讲述一个姑娘离开她的男朋友，她男朋友就在与她相邻的铣床上工作，男朋友是个游手好闲的人，从来达不到自己的生产目标；但他不愿意女朋友离开自己，于是他开始勤勉地工作，直至工人突击手红旗插上他的铣床。他朗诵完了之后，其他的诗人也轮流站起来朗诵了自己的诗歌，关于和平、列宁、斯大林，关于牺牲了的反法西斯战士，以及关于敢于向准则挑战的工人的诗歌。

12

年轻人从来不会怀疑青春赋予他们的巨大权力，但是刚才站起来朗诵诗歌的诗人（他大概六十来岁）知道这一点。

年轻，他用和谐的嗓音说道，就是和世界的年轻一代站在一边，而世界的青春就是社会主义。年轻，就是沉浸于未来，就是不要向后看。

换句话说：根据这个六十来岁诗人所阐述的概念，年轻一词指的不是生命的年龄阶段，而是超越年龄所建立起的一种价值，与年龄无关。这个用押韵的诗句所阐述的想法至少有两个目的：首先，它赞美年轻的群众；再者，它将诗人从满是皱纹的年龄中奇妙地释放出来，并保证他（因为可以肯定的是，他一定站在社会主义一边，并且从不向后看）在这群年轻的姑娘小伙之间有自己一席之地。

雅罗米尔站在大厅里，和广大听众站在一起，但是因为他站在另一边，他仿佛不属于他们这个圈子。他冷冷地听着这些诗句，就像听他日后汇报给审查委员会的教授的话。最让他感兴趣的，是那个刚刚离开自己座位的著名诗人（对那个六十来岁诗人表示感谢的掌声刚刚停下），他正向讲台走去。（是的，这就是那个在不久以前收到装有二十个电话听筒的包裹的诗人。）

13

亲爱的大师，我们正处在爱情的年代；我十七岁。希望与幻想的年龄，就像大家所说的那样……如果说我给您看一些诗句，这是因为我爱所有的诗人，所有优秀的高蹈派诗人……请不要对这些诗句表示不满：……只要您愿意，亲爱的大师，只要在高蹈派诗人里给这些诗句一点点位置，我将多么幸福，多么充满希望……我不出名；可是这有什么关系呢？诗人都是兄弟。这些诗句坚信；它们充满爱恋，它们在希望：这就够了。亲爱的大师，来，靠近我：将我抬起来一点：我很年轻；请把手伸给我……

不管怎么说他是在撒谎；他十五岁零七个月；他还没能逃离夏尔维尔，逃离他的母亲。但是这封信将铭刻在他的记忆里，作为耻辱，作为虚弱与奴性的证明。而他最终将对他进行报复，这个亲爱的大师，这个老蠢蛋，这个秃头的泰奥多尔·德·邦维尔[①]！一年后，他残酷地嘲笑他的所有著作，他的诗中所充斥的风信子和颓废的百合，他又将寄去辛辣讽刺的信，就像一记挂了号的耳光。

但是现在，亲爱的大师还没有怀疑这潜在的仇恨，诗歌仅仅讲述了一座被法西斯分子摧毁、然后又在废墟上重建的俄国城市；一座他配以超现实主义神奇花环的城市；年轻的俄罗斯姑娘的乳房在街道间飘浮，仿佛彩色气球；天空下悬着一盏油灯，照耀着这座苍白的城市，而就在这城市之上飞着一架架直升机，仿佛天使。

① Théodore de Banville（1823—1891），法国诗人。

14

为诗人的个人魅力所吸引，听众鼓起了掌。但在这糊里糊涂的大多数人身边，总有一小撮善于思考的人，这些人很清楚革命大众不能像一个可怜的乞丐一样等待着讲台同意赐予他的东西；相反，如果说今天仍然有乞丐，这就是问题；它们乞求被社会主义天堂接受；但是守卫这天堂的年轻人在这个问题上应该尤其严厉，因为：要么是全新的未来，要么就没有未来；要么是纯洁的未来，要么这未来彻底地被玷污了。

“他想让我们吞下什么样的蠢话！”雅罗米尔叫道，其他人立刻站在他这一边。“他想把社会主义和超现实主义混为一谈！他想把猫和马混为一谈！他想把未来和过去混为一谈！”

诗人很清楚大厅里发生了什么事情，但是他对此感到骄傲，他不想让步。他自年轻时就习惯了撼动资产阶级的思想，以一对多的场面一点也不让他感到尴尬。他的脸红了，决定再念最后一首诗，不是他开始所选择的那一首：这首诗充满了惊人的隐喻和放纵淫荡的场面；当他朗诵完的时候，响起一片喧闹和尖叫。

大学生吹着口哨，在他们面前站着一个老男人，他到这里来就是因为他爱他们；在他们暴躁的反抗中，他看到了自己青春的阳光。他认为他对他们的友好态度赋予他这样的权利，他可以把自己的真实想法告诉他们。这是一九六八年的巴黎。但是可悲啊，这些大学生根本不可能在他的皱纹中看到自己青春的阳光，而这个老学者也惊讶地发现他所喜爱的人正尖厉地吹他的口哨。

15

诗人举起手平息了这喧哗声。他冲他们叫嚷说，他们就像是修道院的嬷嬷，像满嘴教义的神甫，像循规蹈矩的警察；他们之所以反对他的诗，是因为他们讨厌自由。

老学者听着口哨声，不禁想到自己年轻时候也是这样，身边总是围着一群人，而他也是同样想吹口哨就吹口哨，但跟随他的人群已经消散了很久，而现在，他独自一人。

诗人叫嚷说自由是诗歌的责任，说隐喻本身就值得我们为它战斗。他叫嚷说如果说他将猫和马混为一谈，将现代艺术和社会主义混为一谈，如果说这是堂吉诃德的想法，那么他正是要做这样的堂吉诃德，因为社会主义对于他而言就是自由和欢娱的世纪，他要抛弃其他的社会主义。

老学者在观察这群喧闹的年轻人，他突然明白在这大厅之中他是唯一拥有自由的人，因为他已经上了年纪；只有当一个人上了年纪，他才可能对身边的人，对公众，对未来无所顾忌。他只和即将来临的死神朝夕相伴，而死神既没有眼睛也没有耳朵，他用不着讨好死神；他可以说他喜欢说的东西，做他喜欢做的事情。

而他们在吹口哨，争相发言回击他。轮到雅罗米尔起身，他的眼前一阵发黑，而人群就在他的身后；他说只有革命是现代的，情色令人堕落，晦涩难懂的诗歌意象也只能是诗歌的腐朽，对人民群众而言只能是格格不入的东西。“什么才是现代的？”他问著名的诗人，“您那些晦涩难懂的诗歌，还是建立新世界的我们？”紧接着他又立刻回答了自己的问题：“唯一绝对现代的，只能是建设社会主义的人民。”他的话音刚落，阶梯教室里便回荡起雷鸣般的掌声。

掌声仍在回响，老学者沿索邦大学的走廊离去，边走边读四面墙上的句子：*现实一点，让不可能成为可能。*远处：*人类的解放要么是彻底的，要么就根本谈不上人类的解放。*再远处还有一句：*尤其不要愧疚。*

16

大教室的长凳被推到墙边，地上散放着刷子，颜料桶，还有长条横幅，有几个高等政治学校的大学生正在准备五一游行的标语，雅罗米尔受命起草这些标语，他站在他们身后翻着自己的记事簿。

但是怎么了！我们弄错了年代吗？雅罗米尔报给同学听的口号正是那个饱受嘲笑的老学者在暴动的索邦大学的墙上读到的口号。一点也没错，我们没有搞错年代，雅罗米尔现在让同学写在长条横幅上的口号正是二十年后巴黎大学生涂在索邦大学、南泰尔大学和桑西耶大学墙上的句子。

按照雅罗米尔报的，横幅上写着：梦想就是现实；另一条横幅写着：现实一点，让不可能成为可能；旁边的那条：我们颁布命令进入永久幸福的状态；稍远处的横幅上写着：教堂够了（他尤其喜欢这条口号，它只由两个词构成，却抛弃了两千年的历史）。还有这一条：对于自由的敌人没有自由可言；还有：梦想权力！还有：打倒温情！还有：政治革命，家庭革命，爱情革命！

大学生在刷写字母，雅罗米尔从一条标语走到另一条标语，仿佛是语言的元帅。他很高兴自己还有用，很高兴自己对语言的敏感能找到一点实际的用处。他知道诗歌已经死亡（艺术死了，索邦大学的一面墙上如是宣称），但是诗歌死亡正是为了从坟墓中站起身来，成为宣传的艺术，横幅口号和墙上的艺术（因为诗歌就在街上，先贤祠的一面墙上如是宣称）。

17

"您读过《红色权力报》[①]吗？报纸头版为五一节列出了一百条口号。这是党中央宣传部确立的一百条口号。您难道找不到一条适合您的吗？"

雅罗米尔面前是区党委的一个圆滚滚的小伙子，他以大学党支部书记的身份来参与一九四九年五一节庆祝活动，是活动的组织者。

"梦想是现实。这一条，是最粗俗的理想主义。教堂够了。这一条我完全同意您的看法，同志。但是目前，这和党的宗教政策矛盾。打倒温情。我们怎么能对别人用这样威胁的字眼！梦想权力，这像什么？爱情革命。您能告诉我这条口号的意思吗？您是想将自由的爱情与资产阶级的婚姻相对立还是想将一夫一妻制和资产阶级的男女杂处相对立？"

雅罗米尔肯定地说革命应该改变生活的各个方面，包括家庭和爱情；否则就谈不上是革命。

"这是可能的，"圆滚滚的小伙子表示同意，"但是我们能够用更好的方式来表达这一点：拥护社会主义政治，拥护社会主义家庭！您瞧，这就是《红色权力报》上的一条口号。您没必要绞尽脑汁！”

---

① *Rudé pravo*，捷克共产党机关报。

18

生活在别处，在索邦大学的墙上，大学生曾经这样写道。是的，他很清楚，这正是为什么他要离开伦敦去爱尔兰，因为爱尔兰人民正在奋起反抗。他叫珀西·比西·雪莱，二十岁，是个诗人，他随身带了几百份传单和宣言，这是他进入真实生活的通行证。

因为真实的生活在别处。大学生掘开马路的路面，掀翻汽车，设置路障；他们闯入这个世界的方式是那么美丽与喧闹，在催泪弹和火焰的照耀陪伴下。相比之下兰波的命运是多么痛苦，他只能梦想巴黎公社的路障，可自从他回到夏尔维尔，他就没再去过巴黎。但是在一九六八年，成千上万的兰波都在设置自己的路障，在路障后的他们坚决不同意与这个世界的旧主人进行任何妥协。人类的解放要么是彻底的，要么就根本谈不上人类的解放。

但是就在距离一公里远的地方，在塞纳河的另一边，这个世界的旧主人仍然在按照自己的方式生活，拉丁区的喧闹在他们看来是那么遥远。梦想是现实，大学生在墙上写道，但仿佛事实正相反：这所谓的现实（路障，砍断的树木，红旗），才是梦想。

19

但在此刻，我们永远也无法知道究竟现实是梦想还是梦想是现实；那些举着标语牌在大学门口排队站着的大学生是自愿的，但是他们也很清楚，如果他们不去，他们就可能会有敌人。在布拉格，一九四九年对于捷克大学生而言正是这样一个奇怪的过渡时刻，此时梦想不再仅仅是梦想；他们欢腾的叫声仍然是发自内心的，但已经有被迫的成分在里面。

游行队伍穿过大街小巷，雅罗米尔也走在他们一侧；他不仅负责书面的横幅标语，还负责组织同学喊口号；他不再去创造那些煽动性的美丽标语，而是满足于在记事簿上记下党中央宣传部推荐的那些口号。他大声地喊着，就像朝圣途中的神甫，他的同学跟在他后面重复。

20

游行队伍来到了圣瓦茨拉夫广场，聚集在讲坛前，一些临时乐队出现在街角，穿着蓝色衬衣的年轻人开始跳舞，在这里所有的人都是兄弟，前一刻是否相识并不重要，但是珀西·雪莱很痛苦，诗人雪莱很孤独。

他到都柏林有好几个星期了，他发了几百份宣言，警察已经非常熟悉他，但是他却没能联系上一个爱尔兰人。生活一直在他不在的地方。

如果只有路障和炮声就好了！雅罗米尔觉得这神圣的游行队伍只是真正革命大游行的短暂模仿，缺乏密度，转瞬即逝。

于是他现在想的是那个被囚禁在收银台里的姑娘，想得要命，一种可怕而忧伤的欲望；他想象自己用铁锤砸开商店的玻璃，拨开那些购买食品的家庭妇女，打开收银台，在看热闹的众人惊愕的目光下劫走获得自由的棕发姑娘。

他还想象着他们肩并肩地走在黑黝黝的马路上，出于爱紧紧地贴在一起。突然，在他们身边转圈的舞蹈不再是舞蹈了，重新又变成路障，我们是在一八四八年，一八七〇年和一九四五年，在巴黎，华沙，布达佩斯，布拉格和维也纳，再一次，这是永恒的人群在穿越历史，从一个路障跳到另一个路障，而他和他们一起跳，握着他心爱的女人的手……

21

他感受到了手掌里的姑娘的手，姑娘的手很热，可突然之间，他看到了他。他迎面向他走来，身边有一个女人；她不像大多数在电车轨道间跳舞的姑娘那样，穿着蓝衬衫，她优雅得如同时装表演台上的仙女。

强壮的男人漫不经心地看着四周，每时每刻他都在向别人致意；就在他离雅罗米尔几步远的时候，他们的目光碰在一起，而雅罗米尔在一刹那间有点混乱（他像其他那些认出名人并向之致意的人一样），他微微点了点头，那个男人也向他致意，只是目光散乱（向不认识的人致意就是如此），而那个陪伴在他身边的女人也向他颔首致意，一副高高在上的神态。

啊，这个女人真美啊！而且她绝对真实！但到此时为止一直紧紧纠缠着雅罗米尔的收银台和浴缸里的姑娘开始在这真实的身体的炫目光辉下淡出、消失。

他在人行道上停住脚步，在这近乎侮辱的孤独之中，他转过头，向他们投去仇恨的目光；是的，是他，*亲爱的大师*，那个收到二十个电话听筒的人。

22

夜幕慢慢地笼罩了城市，雅罗米尔想碰见她。他跟踪了好几个背影看起来和她颇为相似的女人。他觉得像这样徒劳地追寻一个已经消失在人群中的女人很美好。接着他决定到几百米远的一幢楼旁边，有一天他看见她从里面出来过。他几乎不会有机会碰见她，但是他不想在妈妈睡觉前回家。（家对于他只有在夜晚方可忍受，那时妈妈睡觉了，爸爸的照片苏醒了。）

他在郊区一条被遗忘的小路上来来回回地走着，五一节欢乐的鲜花和红旗还没能插到这里。临街的窗里，一盏盏灯亮了起来。地下室也有一扇窗透出了光线，比人行道还要低。他看见了他认识的那个姑娘！

哦，不，不是那个棕发的收银员。是她的同事，瘦瘦的红发姑娘；她靠近窗户想要放下窗帘。

他简直无法忍受这失望，他觉得别人看见他了；他满脸通红，和那天他将眼睛贴在门锁上偷看美丽忧伤的保姆洗澡一样：

他逃跑了。

23

这是一九四九年五月二日晚上六点；营业员们匆匆地从商店里走出来，这时发生了一件出乎意料的事情：红发姑娘一个人走了出来。

他想藏到街角去，可已经太晚。红发姑娘看见了他，向他走来："您知道吗，先生，晚上透过窗户窥视别人是不合适的？"

他脸红了，想尽快结束谈话；他害怕红发姑娘在这里，如果过会儿棕发姑娘从店里出来了，他又将失去这个机会。但是红发姑娘非常健谈，一点也没有和雅罗米尔说再见的意思；她甚至建议他陪她回家（"陪姑娘回家比透过窗户窥视姑娘要礼貌得多。"她说）。

雅罗米尔绝望地望着商店的大门。"您的同事呢？"他终于开口问道。

"您真是昏头了。她已经走了好几天了。"

他们一起走到红发姑娘住的那幢楼，雅罗米尔这才知道两个姑娘来自农村，合租一间房；但是那个棕发姑娘又离开了布拉格，因为她快结婚了。

他们在姑娘的房子前停下来，姑娘说：“您不想上我那里坐一会儿吗？”

他有点震惊和混乱，但还是进了她的小房间。接下来，他还不知道是怎么回事，他们就拥抱在一起，然后接吻，再过一会儿，他们坐到了床上。

一切是如此迅速简单！还没来得及思考他已经完成了一桩艰巨而决定性的任务，红发姑娘将他的手放在她两腿之间，他体验到一种前所未有的快乐，因为他的身体的反应和所有人一样，再正常不过了。

24

“你棒极了，你棒极了。”红发姑娘在他耳边轻声道，他躺在她身边，脑袋深陷在枕头里；他体验到了一种极其奇妙的快感；沉默了一会儿以后，他听到姑娘问他：“在我之前你有多少女人？”

他耸耸肩膀，露出非常捉摸不定的微笑。

“你不愿意承认？”

“猜猜看。”

“我想应该是在五个到十个之间。”她好像很在行似的说。

他感到十分骄傲和安慰；他觉得自己刚刚不仅仅是在和她做爱，而且是在和她归在他头上的五个到十个女人做爱。她不仅仅将他从他的童贞中释放出来，而且一下子将他在男人的年龄之路上带得很远。

他充满感激地望着她，他对她的裸体充满了激情。以前他怎么没觉得她是那么有魅力呢？她的胸部不是也有无可争议的乳房吗？还有腹部中间的三角地带，不也是无可争议的美丽吗？

“你想要我很久了吗？”她问他。

“是的，我一直想要你，你知道的。”

“是的，我知道。你来店里的时候我已经注意到了。我知道你在门口等我。”

“是的。”

“你不敢和我说话，因为我从来不是独自一人。但是我知道总有一天你会和我在这里的。因为我也一样，我想要你。”

25

他看着姑娘，没听见她后来在说什么；是的，是这样的：这段时间以来，他孤独得要命，绝望地参加各种会议和游行，他跑啊跑啊，可是他的成人生活已经在这里等待着他了；就在这间地下室，墙上潮迹斑斑，他的成人生活就在这里耐心地等待他，还有这个十分平常的姑娘，是她将他和这尘世联系在一起——以完全物质性的方式。

我越做爱，就越想革命，我越革命，就越想做爱，我们可以在索邦大学的墙上念到这句话，雅罗米尔第二次进入了红发姑娘的身体。成熟是彻底的，要不然就没有成熟可言。这一次，他美妙地做着爱，持续了很长时间。

而珀西·比西·雪莱，那个和雅罗米尔一样长了一张女孩般面孔、也显得比自己真实年龄还要年轻的雪莱，在都柏林奔跑，穿过大街小巷，他跑啊跑啊，因为他知道生活在别处。兰波同样不停地跑着，在斯图加特，在米兰，在马赛，在亚丁，然后是在哈拉尔，然后是在回马赛的路上，可是他只剩下一条腿，他已经很难奔跑了。

他再次离开姑娘的身体，当他再次与她并肩躺着的时候，他觉得这番歇息不是在两次做爱以后，而是在奔跑了几个月以后。

第五部

诗人嫉妒了

1

就在雅罗米尔奔跑的当儿，世界发生了变化；那个把伏尔泰当成伏特发明者的姨父被控犯下莫须有的诈骗罪（就像那时成千上万的商人一样），他的两个商店被充公了（从此以后属国家所有），本人被判了几年刑；他的儿子和妻子被视为阶级敌人，也被逐出布拉格。他们冷冰冰地、一言不发地离开了别墅，决心永远也不原谅妈妈，因为她的儿子竟然站在家庭敌人的那一边。

市政府把楼下那一层分配给新的房客，他们搬进了别墅。他们原本住在可怜的地下室里，觉得有人住得如此宽敞如此舒适真是太不公平了；他们认为搬到这里来不仅仅是为了居住，更是为了修正长存的历史不公正。他们没一丁点儿商量就占据了花园，还要求妈妈立即将外墙涂层修复，因为他们的孩子在外面玩的时候可能会被掉下来的墙皮砸伤。

外婆老了；她丧失了记忆，有一天（几乎无人注意），她化作了火葬场的一缕轻烟。

这也就不奇怪了，妈妈越来越难以忍受儿子对她的躲避；他学习那些令她不快的功课，而且再也不给她看他的诗歌，而她却已经习惯定期阅读他的作品。她刚准备打开他的抽屉，却发现抽屉竟然锁上了；这就像一记耳光；雅罗米尔竟然怀疑她在翻他的东西！但是她用雅罗米尔不知道的备用钥匙打开抽屉时，却发现他的日记本没什么新内容，而且也没有新的诗歌。接着她在墙上看到了丈夫穿制服的照片，她想起那个时候，她特地放了一尊阿波罗的雕像，就是为了消除丈夫在她体内的果实上留下痕迹。啊！她有必要为了已故的丈夫而和儿子争吵吗？

在上一部的结尾，我们让雅罗米尔上了红发姑娘的床，而在这之后大约过了一个星期，妈妈又一次打开了儿子的书桌抽屉。她在他的日记本里发现了几段她看不懂的简短笔记，但是她看到了更加重要的东西：儿子的新诗歌。她觉得阿波罗的竖琴又一次战胜了丈夫的制服，不禁暗自高兴。

读了这些诗歌后，她更加高兴了，因为她真的很喜欢这些诗歌（其实是第一次！）；诗句很押韵（在她的内心深处，妈妈一直认为不押韵的诗歌不是真正的诗歌），而且非常容易理解，充满美丽的词语；不再有老人，不再有在泥土中腐烂的尸体，悬垂的肚子和眼角的脓疮；诗歌里有的是花名，蓝天，白云，而且出现了很多次（这对于雅罗米尔来说可是第一次！）“妈妈”这个词。

接着雅罗米尔回来了；当她听见他上楼的脚步声，不禁想起了所有这些年来所承受的苦难，她无法自控地哭泣起来。

“你怎么了，妈妈，上帝啊，你究竟怎么了？”他问道，她觉得在他的声音里有一种她已经许久未曾感受到的温柔。

“没什么，雅罗米尔，没什么。”她回答说，同时却在儿子的关怀下越哭越凶。再一次她流下了多种意义不同的眼泪：悲伤的眼泪，因为她被抛弃了；责备的眼泪，因为她的儿子忽略她；希望的眼泪，因为他也许（根据那些音调优美的诗句来看）会重新回到她的身边；愤怒的眼泪，因为儿子就站在那里，甚至都不知道应该轻抚她的头发；狡猾的眼泪，因为这样可以感动儿子，让他一直陪着她。

一阵尴尬之后，他终于握住妈妈的手；真美好；妈妈停止哭泣，开始滔滔不绝地说了起来，眼泪比刚才的还要多；她说起令她痛苦的一切：她的寡居，她的孤独；那些一心想逼她离开自己家的房客，对她永远关上大门的姐姐（“而这恰恰是因为你，雅罗米尔！”），还有最重要的：她在孤独之中唯一拥有的人竟然对她置之不理。

“但这不是真的，我没有不理你！”

她不愿意这么轻易地接受这保证，苦涩地笑了笑；他怎么没有对她置之不理；他回来得很晚，成天待在外面不和她说一句话，而且和他说话的时候，她很清楚他根本就不在听，脑子里想着其他事情。是的，他对她就像对待一个陌生人。

“但不是这样的，妈妈，你应该清楚！”

她再次苦涩地笑了。他怎么没有像对待陌生人一样对她？她必须出示证据！她必须和他讲清楚伤害她的这些事情！但她始终尊重儿子的私人生活；他还是个孩子的时候就是这样的，他和所有人争执，因为她觉得他应该拥有属于自己的单独房间；而现在，怎么样的侮辱啊！雅罗米尔简直不能想象当她看见（她是在擦拭他房间的家具时偶然发现的）他竟然锁上了书桌抽屉是怎样的感觉！难道他真的以为她会像一个喜欢打探别人消息的看门人一样在他的房间乱翻吗？

“但是妈妈，你误会了！我根本不用这个抽屉！如果说我把抽屉锁上了，那完全出于偶然！”

妈妈知道儿子在撒谎，但是这没关系；比谎言更重要的是这假装妥协的谦卑的声音。“我相信你，雅罗米尔。”她说，她握住他的手。

接着，她用眼角的余光看见自己脸上残存的泪痕，她进了洗手间，看到镜中的自己，她不禁感到可怕；她的脸庞是那么憔悴，显得很难看；还有她下了班还一直穿着的灰裙子。她很快用冷水洗了脸，换上一条玫瑰红的便裙，然后走进厨房，拿了瓶红酒回来。她又滔滔不绝地说开了，说他俩之间应当重新建立信任，因为除了对方之外，他们在这世界上都没有亲人。在这个问题上她谈了很久，雅罗米尔定定地看着她，在她看来，他的目光充满友善和赞同。于是她继续说下去，她说雅罗米尔现在已经是一个大学生了，他当然会有自己的秘密，她会尊重的；她只是希望雅罗米尔的女朋友不会破坏他们之间的关系。

雅罗米尔耐心地听着，十分理解。如果说这段时间他一直在逃避妈妈，那只是因为他的悲伤需要孤独的环境，他不想和别人说话。但是自从他上了红发姑娘那充满阳光的身体之岸后，他便向往起光明与和平来；与母亲之间的紧张关系令他感到很不舒服。除了感情上的动机，在这个问题上他还有更为实际的原因：红发姑娘有自己独立居住的房子，而雅罗米尔是住在妈妈家里，如果他想有自己的私人生活，则必须取决于姑娘的独立生活。这份不平等令他难过，他很高兴妈妈终于坐到他身边，穿着红色便裙，面前放着一杯红酒，他觉得这是一个年轻的、讨人喜欢的女人，他可以和她在关于自己权利的问题上愉快地达成一致。

他对她说他没什么好隐瞒的（妈妈觉得自己喉咙一阵发紧），开始对她谈起红发姑娘。当然，他没有告诉妈妈说她应该认识那个姑娘，在她经常去买东西的商店肯定见到过她，但他还是坦白地告诉妈妈说姑娘十八岁，说她不是大学生，而是一个非常朴实（在讲到这点时他用了咄咄逼人的口吻）、靠自己双手劳动生存的姑娘。

妈妈喝干了杯中的酒，觉得事情发展得很好。儿子刚才用语言进行描述的这个姑娘平息了她的焦虑：这个姑娘很年轻（太好了，她起初所想象的上了年纪、行为倒错的女人形象终于消散了），没有受过很高的教育（妈妈就不需要担心她的影响力），再加上雅罗米尔几乎用一种令人怀疑的方式强调姑娘很朴实、很善良，她从中得出结论，那就是姑娘一定长得不算很漂亮（她带着一种暗自的满足判断儿子对她的迷恋不会持续很久）。

雅罗米尔感到妈妈并不是很反对红发姑娘这个人，他因此感到很幸福：他想象着和妈妈以及红发姑娘坐在一起，一个是他童年的天使，另一个是让他成为成熟男人的天使；这场景在他看来就像和平一样美好；他的自我与这尘世之间的和平；在两个天使羽翼之下的和平。

这样，妈妈和儿子在很长时间之后又重新体验到彼此之间的亲密。他们谈了很多，但即便这样雅罗米尔也没有忘记他那点颇为实际的初衷：能够完全拥有自己的房间，能够把女朋友带回家来，只要他愿意，只要他觉得合适，他们可以在房间里想待多久就待多久；因为雅罗米尔知道，一个人只有完全自由地拥有一个封闭的空间，在这个空间里他可以做任何他想做的事情，没有任何人会看到他，没有任何人会监视他，这才算是真正进入成人生活了。关于这一点他也和妈妈谈了（当然他说得比较谨慎迂回）；如果他在家里能感觉到自己是主人，他的感觉会更好的。

但是在红酒后面，妈妈仍然保持着她那母老虎般的警醒："你究竟想说什么，雅罗米尔，你觉得你不是这个家的主人吗？"

雅罗米尔回答说他在家里感到很愉快，但是他希望自己有权利把想带的姑娘带回家，他希望能像在红发姑娘的那间小房子里一样有独立的感觉。

妈妈明白雅罗米尔提供给她一个好机会；她也一样不乏追求者，可是她都不得不拒绝了，因为她怕儿子不愿意。难道她不能趁儿子买进他自由的同时挣得一点自己的自由？

但一想到雅罗米尔要带女人到他童年的卧室，她就有一种克服不了的恶心感：“你得知道，母亲和女房东之间还是有差别的。”她恼火地说，她知道这么一说，已经坚决地将自己作为女人重新生活的权利推在门外。可她知道，她对儿子肉欲生活的厌恶要远远比她自己肉体的正常欲望强烈得多。

雅罗米尔对母亲的心绪一无所知，他还顽固地想要达到自己的目的，还坚持列举一些毫无用处的理由，投入这场已经失去胜利可能的战争。过一会儿，他发现妈妈的脸上淌下了泪水。他害怕冒犯童年的天使，于是闭上嘴。在母亲的泪水之镜里，他对于独立的追求显得是那么傲慢无礼、厚颜无耻，甚至是淫荡的厚颜无耻。

妈妈很绝望：她发现分隔她和儿子的深渊在重新形成。她什么也没能得到，她再一次输得精光！她匆匆地思考了一下，在想如何才能不至于完全切断她和儿子之间这根珍贵的理解之线；她抓住他的手，泪流满面地对他说：

“啊，雅罗米尔，别生气！看见你变成这样，我真是痛苦得要命。这段时间以来你变得厉害。”

“我怎么变了？我一点没有改变，妈妈。”

“不，你变了。最让我痛苦的就是你不再写诗了。你写的诗是那么美，而你现在不写了，这才是让我痛苦的事情。”

雅罗米尔刚想回答，但是她不让他有说话的机会：“相信你的母亲。在这点上我还略知一二；你非常有天赋；这是你的使命；你可不能背叛：你是诗人，雅罗米尔，你是诗人，看到你忘记了这一点我非常痛苦。”

雅罗米尔听了妈妈的话着实激动不已。真的，童年的天使比任何人都要了解他！当初想到自己不再写诗，他不也是痛苦万分吗？

“妈妈，我重新开始写诗了，我还写的！我马上拿给你看！”

“这不是真的，雅罗米尔，”妈妈忧伤地摇着脑袋反驳说，“别让我犯错误，我知道你不再写了。”

“不是的，我写！我写的！”雅罗米尔喊道，然后他冲进自己的房间，打开抽屉，把那些诗拿过来。

妈妈又看到了几个小时以前，她蹲在雅罗米尔书桌前念过的那些诗：

“啊，雅罗米尔，这些诗歌真美。你有了很大的进步，很大的进步。你是诗人，我多么幸福啊……”

2

仿佛一切都在表明雅罗米尔对于新事物的巨大欲望（新事物的宗教）只不过是一个童男对尚未经历、难以想象的性交的巨大欲望，是投射于抽象之中的性交的欲望；他第一次上了红发姑娘的身体之岸，他有一种很奇怪的想法，那就是他终于明白绝对的现代意味着什么；绝对的现代就是躺在红发姑娘的身体之岸上。

他是那么幸福，充满了激情，所以他想念诗给她听；他想到了所有牢记在心的诗歌（他自己的或是别人的），但是他明白（虽然不无惊愕）任何一首都不会讨红发姑娘的喜欢，他觉得，诗歌要想绝对现代，就必须是红发姑娘，这个属于人民大众的姑娘能够理解和欣赏的。

就像是突然之间灵光一现：实际上，为什么要扼住自己的歌喉呢？为什么要为了革命抛弃诗歌呢？现在他已经上了真实生活的彼岸（所谓的真实，在他看来就是与人民大众联系在一起所产生的那种密度，肉体之爱和革命口号），他只需全心投入这份生活、成为这份生活的小提琴。

他觉得脑子里都是诗歌，并且试图写出一首红发姑娘能喜欢的诗。可这不简单；一直到此时为止他写的都是无韵诗，于是他现在写常规性的诗句倒碰到了技术困难，因为可以肯定的是，红发姑娘一定认为只有押了韵才能算是诗。再说，取得胜利的革命也是这样认为的，我们不妨回忆一下，在那个时期，没有发表过一首所谓的自由诗；完全现代的诗歌被抛弃了，它成了腐朽的资产阶级的成果，而自由诗歌是诗歌腐朽的最明显的表征。

胜利的革命对于韵律的偏爱，是否只是一种偶然的迷恋呢？或许不能这样说。韵和律具有一种神奇的权力：无定形的世界被包裹在一首韵律齐全的诗里，突然之间就变得清澈、有规律可循、明晰而美丽。如果在一首诗里，死亡（mort）一词正处在恰当的位置，和前面的号角（*cor*）一词正好押韵，死亡这个词就成了这个秩序世界里富有旋律的因素。即便诗歌的主题是抗议死亡的，死亡也自然而然得到辩护，至少可以作为美丽的抗议的主题而存在。尸骨、玫瑰、棺材、伤口，诗里的这一切都变成了芭蕾舞，诗人和读者就是这出芭蕾的舞者。舞者当然不能不赞成这出舞蹈。通过诗歌，诗人表达了他与生命的一致，而韵与律是表达这份一致的最为粗暴的方式。而刚刚才取得胜利的革命不正需要这么一种对新秩序的粗暴的肯定，因此也就需要韵律齐备的诗歌吗？

“和我一起发狂！”维杰斯拉夫·奈兹瓦尔冲他的读者叫道。还有波德莱尔：“应当永远沉醉……酒、诗歌或是美德，随你们的便……”抒情就是一种沉醉，人总是为了更好地和这个世界搅和在一起而沉醉。革命不需要研究和观察，它需要我们和它结为一体；正是在这个意义上它是抒情的，并且必须是抒情的。

显然，革命的诗歌和雅罗米尔以往所写的诗歌完全不同；他陶醉地看着他那个自我的平和的遭遇和美丽的偏离；但是现在，他倒空了他的灵魂，就像是腾出仓库让位给世界上最喧闹的军乐队一样；他用只有他一人理解的少数人的美换取了所有人都能理解的大多数人的美。

他想为现代艺术（带着叛教的骄傲）所不屑的旧的审美平反昭雪：夕阳西下，玫瑰，草坪上的露珠，星星，黄昏，远处传来的旋律，妈妈和乡愁；啊，贴近而易解，这个世界多美啊！雅罗米尔又回去了，惊讶不已却充满激情，就像一个神童在多年以后又回到了他曾经抛弃的家园。

啊，简单，彻底的简单，仿佛流行歌曲一样简单，像童年的儿歌，像小溪，像瘦小的红发姑娘！

回到永恒之美的源头，爱上*远方*、*银色*、*彩虹*、*爱*这样的词，还有*啊*！这个遭受如此诋毁的词！

雅罗米尔对某些动词非常着迷：最重要的是表达简单的向前动作的词：*跑*，*去*，尤其是*航行*和*飞翔*。在一首他为纪念列宁诞辰而写的诗里，他将一截苹果树的树枝扔进水中（他很喜欢这样的手势，因为他觉得这就和人民群众以前将花环投入水中的古老习俗联系在了一起），好让流水将树枝带往列宁的国家；其实没有一条河流是从波希米亚流向俄国的，但诗歌是个魔幻的场所，连河流都可以改变流程。在一首诗中他写道：*世界总有一天会自由，一如飘溢满山遍野的山榉树间的松树香味*。在另一首诗中，他谈到了茉莉花的香味，如此强烈，简直成了空气中无形的薄纱；他想象着自己登上了这香味的天桥，走了很远很远，一直到马赛，在那里，工人（就像《红色权力报》中写的那样）正在罢工，他要和那里的工人成为同志和兄弟。

这正是为什么，最富诗意的移动工具，*翅膀*，在他的诗中出现了数不清的次数：一首诗中所谈到的夜晚充满*翅膀静静的扑腾声*；欲望，忧伤，甚至是仇恨，当然还有时间，所有的一切都有翅膀。

这些词语中隐藏着*无尽的拥抱*的欲望，就好像席勒所描写的那样：*大家拥抱吧，千万人民，把吻送给全世界*！无尽的拥抱不仅包括空间，也包括时间；穿越的目的不仅是为了到达工人正在罢工的马赛，而且是为了到达*未来*，这个远方的奇迹般的小岛。

以前，对于雅罗米尔而言，未来是特别神秘的；所有的未知都藏于其中；这就是他对未来既好奇又害怕的原因；未来是肯定的反义词，是自我的反义词（因此，在担惊受怕的时候，雅罗米尔梦想着老年人的那种爱情，因为他们没有未来）。但是革命给了未来完全相反的意义：未来不再神秘；革命者非常清楚那将是怎么回事；他可以通过小册子、书、讲座以及政治宣传演讲知道未来是什么，它不再让人感到害怕，相反，它为此刻的犹豫提供了一种肯定；这就是为什么革命者往往躲在它的怀里，就好像孩子躲在妈妈身边一样。

雅罗米尔写了一首关于坚定的共产党员的诗，夜深时分，共产党员在委员会办公室的沙发上睡着了，就在令人深思的会议刚结束，黎明即将来临的时刻（一个斗争着的共产党员的形象只能通过开会来表现）；窗下叮叮当当的电车声在他的梦里成了钟鸣声，全世界的钟声都响了，在宣告战争终于结束，整个地球都属于劳动者所有。他知道神奇的跳跃将他带到未来；他在某个乡村，一个女人开着拖拉机向他驶来（在所有的招贴画上，未来的女人总是在拖拉机上的），她认出他，却发现他已经变得面目全非，他被工作完全压垮了，这个男人牺牲自己正是为了她能够幸福地耕地（而且是边唱歌边耕地）。她跳下拖拉机，对他说欢迎他的到来，她说："你在这里就是到了自己家，这里就是你的世界……"她还想补偿他（上帝啊，这样一个年轻女人怎么样才能补偿一个被使命压垮的老战士呢？）；正在此时电车喇叭开始在大街上轰鸣，而在委员会办公室狭窄的沙发上休息的男人醒了……

他已经写了不少新诗歌，但他都不满意；因为直到现在，只有他和妈妈读过这些诗歌。他把所有新诗歌都寄给了《红色权力报》编辑部，而且他每天早晨都买《红色权力报》；终于有一天，他在第三版的右上角看见了他的五首四行诗，诗的下方用黑体字印着他的名字。就在这天，他把《红色权力报》放在红发姑娘的手里，让她把报纸珍藏好；姑娘翻来覆去看了很久也没有发现报纸有什么特别之处（习惯上她从来不看诗歌，因此也就不会看诗歌下方的名字），最后雅罗米尔只好将诗指给她看。她说：

“我不知道你是诗人。”她崇拜地看着他。

雅罗米尔告诉她，他写诗的历史已经很长，他还拿出了其他诗歌的手稿。

红发姑娘读了诗，雅罗米尔告诉她就在不久以前他停止了写诗，可是认识她以后他重新开始写诗了，他遇到她就像遇到了诗歌女神。

“真的吗？”姑娘问道，当雅罗米尔作出肯定的回答时，她将他抱在怀里，吻他。

“最奇妙的地方在于，”雅罗米尔继续道，“你不仅仅是我现在写的这些诗的女王，而且还是我以前写的那些诗的女王。我第一次见到你，就觉得我以前写的诗焕发出新的生命，变成了女人。”

他贪婪地望着她那张好奇而怀疑的面孔，开始和她说，几年以前他曾经写过一首很长的散文诗，是一个传奇故事，关于一个叫克萨维尔的年轻人的。写？不完全是这样。更确切地说他那时是在想象克萨维尔的奇遇，他希望有一天能真的写下来。

克萨维尔和其他人的生活方式完全不同；睡眠就是他的生活；克萨维尔沉睡、做梦；他在一个梦中沉睡，接着他会做下一个梦，于是他重新在另一个梦中沉睡，然后再做一个梦；从后面的梦醒来他又回到以前的梦里；他就这样从一个梦到另一个梦，于是相继体验许多不同的人生；他居住在不同的人生中，从一个跳到另一个。像克萨维尔那样生活不是很奇妙吗？不会被囚禁于一种单调的人生中？当然，肯定还是要死的，但却能有多种不同的人生？

“是啊，那会很好……”红发姑娘说。

雅罗米尔还对她说那天他在商店里看到她，就被她迷住了，这正是克萨维尔最钟爱的所在：一个脆弱的女人，红发，脸上很多雀斑……

“我很丑！”红发姑娘说。

“不！我喜欢你脸上的雀斑，还有你的红头发！我喜欢这些是因为它们可以代表我的内心，我的祖国，我古老的梦想！”

红发姑娘吻着雅罗米尔的唇，雅罗米尔又继续道：“你想想看，这个故事可以这样开始：克萨维尔喜欢在小镇烟雾腾腾的街道上散步；他走过一扇地下室的窗户，停下来，他在想也许这扇窗户后面住着一个美丽的女人。有一天，这窗里的灯光亮了，他看见里面有一个温柔、弱小的红发姑娘。他无法抗拒，打开已经透了一条缝的窗户，跳了进去。”

“但是你却跑了！”红发姑娘笑道。

“是的，我是跑开了，”雅罗米尔表示同意，“因为我害怕做相同的梦！你知道突然处在以前梦到过的情景里是怎样一种感觉吗？非常可怕，于是只想逃跑！”

“是的。”红发姑娘幸福地点点头。

“接下去说，为了见到那个女人，克萨维尔跳进窗户里，但是女人的丈夫回来了，克萨维尔把他关进了榉木衣橱。丈夫到现在为止还被关在里面，变成了一具骷髅。克萨维尔把女人带到远方，就像我一样，我会带你走的。”

“你是我的克萨维尔。”红发姑娘充满感激地在雅罗米尔耳边喃喃道，她临时发明了很多克萨维尔的变音，成了克萨萨，克萨维奥，克萨宝贝，她用这些昵称呼唤着他，并且一直在吻他，吻了很长很长时间。

3

在雅罗米尔去红发姑娘地下室的众多造访中，有一次我们尤其不能漏过，那一天，姑娘穿了一条连衣裙，连衣裙前面从领子到裙摆有一排白扣子。雅罗米尔开始一个一个地解，姑娘爆发出一阵大笑，因为这些扣子不过是装饰而已。

“等等，我还是自己脱吧。”她边说边抬起手臂，以便够到背后的拉链。

雅罗米尔对于自己显得如此笨拙非常恼火，当他终于明白拉链的诀窍时，他决定很快修正自己的失败。

“不，不，我自己脱好了，就让我自己脱吧！”姑娘说，她笑着稍稍往后退了一点。

他不想再坚持，因为他害怕自己显得过于可笑，但同时对于姑娘坚持要自己脱衣服感到很不舒服，在他想来，做爱过程中的脱衣行为与平常脱衣行为的不同之处正在于此，那就是做爱过程中的脱衣是由情人来完成的。

这个想法并非他从实际经验中得来的，而是文学以及那些暗示性的语句教给他的：他知道如何脱女人的衣服；或是他熟练地脱下她的外衣。他无法想象，还有肉体之爱会不经过解纽扣、拉拉链、脱毛衣那样混乱而不耐烦的动作。

他反对道："你又不是看医生，怎么自己脱衣服。"但姑娘已经脱掉了连衣裙，只剩下内衣。

"看医生？为什么这么说？"

"是的，你给我的感觉好像在看医生一样。"

"当然，"姑娘说，"就像在医生那儿。"

她脱去胸罩，站在他面前，挺着两个小小的乳房："我这里疼，医生，这里，靠近心脏的地方。"

雅罗米尔不明白地看着她，她继续用请求原谅的口吻对他说："我得请您原谅，医生，您一定是习惯让病人躺下来检查。"然后她躺在床上，说："请好好看看，我的心脏究竟怎么啦？"

雅罗米尔别无选择，只好投入这场游戏；他向姑娘探下身子，耳朵贴着她的心脏；他的耳郭触在她柔软的乳房上，听到了正常的心跳。他想，在那神秘的关闭的门后，医生听诊时也一定是这样触摸红发姑娘的乳房的。他抬起头，看着赤身裸体的姑娘，觉得痛苦得要命，因为别的男人也和他一样能看到这样的她，那就是医生。他立刻把手放在姑娘的胸部（像雅罗米尔那样放，而不是像医生那样），尽快结束这痛苦的游戏。

红发姑娘抗议道："瞧，医生，您在做什么哪？您不许这样做！看医生可不是这样的！"雅罗米尔发怒了：他现在可算知道如果有陌生的手抚摸他的女朋友，她会有怎样的表现；他知道她会用现在这样一种轻浮的语调进行抗议，他真想揍她一顿；但是此时，他觉得欲望起来了，他扒下姑娘的短裤，进入她的身体。

这欲望是如此巨大，雅罗米尔疯狂的嫉妒很快就被冲淡了，而且姑娘气喘吁吁地叫着——这在他们做爱的时刻还是第一次——“克萨萨，克萨维奥，克萨宝贝！”

然后他静静地躺在她身边，温柔地吻她的肩膀，他的感觉很好。只是，这样的晕眩对他而言不能仅仅满足于一个美妙的时刻；一个美妙的时刻只有在可以负载美丽的永恒时方才是有意义的；如果这个美妙的时刻来自遭到玷污的永恒，那么在他看来就是谎言。因此他要保证这永恒是没有污点的，于是他用一种近乎恳求——而不是挑衅——的口气问：“但你得保证刚才那一切只是一个糟糕的玩笑，那个看医生的故事。”

“当然是了！”姑娘说。再说对于这样一个愚蠢的问题她又能如何回答呢？只是雅罗米尔对这么一句当然是了不甚满意；他继续道：

“我无法忍受除了我之外还有人摸你。我无法忍受。”他说，他抚摸着姑娘那对小得可怜的乳房，好像他的幸福完全取决于这对乳房的纯洁无瑕。

姑娘笑起来（非常无辜地）：“可是我生病时你要我怎么做呢？”

他也知道很难避免医疗检查，知道自己的态度毫无道理可言，但他同样知道如果有别的手触摸姑娘的乳房，他的世界会完全坍塌。于是他重复道：

“可我就是不能忍受，你得理解，我就是不能忍受。”

“那如果我生病呢？”

他温和地、却是带着责备的口吻说：“那你可以找个女医生。”

“那我也得有的选择！你也知道是怎么样的，”这次她非常气愤，“医生都是指定好的，所有人都一样！你难道不了解社会主义的医疗制度吗？我们没有选择，必须忍受！比如说妇科检查……”

雅罗米尔觉得自己的心脏已经停止跳动，但是他装作没什么的样子问道：“你有什么不好吗？”

“不，只是预防性的检查。预防癌症。必需的检查。”

“住嘴，我不想听。”雅罗米尔说，他用手捂住姑娘的嘴巴；他的这个动作如此之猛，以至于他自己都害怕了，因为红发姑娘很可能以为他是在打她，会因此发怒的；但姑娘的眼睛只是在可怜巴巴地望着他，于是雅罗米尔认为自己没有必要缓和这个原本无意识的手势；他彻底完成了这个动作，说：

“我要你明白如果别人碰你一下，我就永远不会碰你了。”

他的手一直捂在姑娘的嘴上；而且这是他第一次如此粗暴地对待女人，他觉得很快活；接着他将双手搁在她脖子上，好像要掐死她一样；他的手指已经感觉到她脖子的脆弱，他想他只要一用力她就会窒息的。

“要是有人碰你我就掐死你。”他说，两手一直停留在姑娘的脖子上。他觉得通过这样的接触感受到姑娘潜在的非存在是一种享受；他觉得至少是在这一刻，红发姑娘是真正属于他的，这种强大的感觉令他幸福，令他陶醉，这种感觉是如此美好，以至于他再一次开始与她做爱。

在做爱过程中，他又这样做了好几次，把手放在她脖子上，粗暴地勒紧她（他觉得如果在做爱过程中掐死情人是很美好的一件事），而且还咬了她好几次。

然后他们并排躺着，但是也许做爱的过程实在太短了，还不足以平息小伙子的愤怒；红发姑娘躺在他身边，没被他掐死，仍然生机勃勃，赤裸着身体，她就要这样去接受妇科检查。

她抚摸着他的手：“别对我那么凶。”

“我跟你说过，你的身体让别人的手碰过，这让我感到恶心。”

姑娘明白过来雅罗米尔不在开玩笑，她再三说：“我发誓，这只是个玩笑！”

“这不是玩笑！这是事实。”

“这不是事实。”

“当然是事实！这是事实，而且我知道对此我们无能为力。妇科检查是必需的，你应该去。我没有指责你这点。只是，如果有别的手碰你，这让我觉得恶心。我无能为力，但就是这样的。”

“我向你发誓我刚才讲的所有东西都不是真的。我没有生过病，除了很小的时候。我从来没有看过医生。轮到我接受妇科检查的，我在检查的名单上，但是我没有去。”

“我不相信你。”

她一直在努力说服他。

“如果他们再让你去呢？”

“别担心，这种事情都很混乱的。”

他相信了她，但是这些实际的理由并不能平复他的苦涩；这不仅仅是医疗检查的问题；问题的实质是她不属于他，他不能彻底拥有她。

“我那么爱你。”她说，但是在这一刻他没有信心；他要的是永恒；他至少想要红发姑娘那一点点微不足道的生命的永恒，他却知道他不可能拥有；他想起来他和她在一起的时候她已经不是处女了。

“我不能忍受别的人碰你，我不能忍受已经有人碰过你。”他说。

“不会有别的人碰我的。”

“但是已经有别人碰过你了。这也让我感到恶心。”

她抱他。

他推开她。

“在我之前你有几个男人？”

“只有一个。”

“别撒谎！”

“我向你发誓只有一个。”

“你爱他吗？”

她摇头。

“你怎么能和你不爱的人上床？”

“别折磨我了。”她说。

“回答我！你怎么能这么做！”

“别折磨我。我不爱他。这很残酷。”

“什么很残酷？”

“别问我那么多问题。”

“为什么你不愿意我对你提问题？”

她泪如雨下，哭着对他说那是村里一个有一定年龄的男人，是个无耻之徒，这个男人总是摆布她（“别问我问题，什么也别问”），她甚至不能想起他（“如果你爱我，就永远不要让我想起他的存在！”）。

她哭成这样，雅罗米尔终于忘记了自己的愤怒；眼泪是洗刷耻辱的最佳产品。

他终于开始抚摸她：“别哭了。”

“你是我的克萨宝贝，”她对他说，“你从窗户里进来，把他关在大橱里，他只剩下一具骷髅，然后你把我带到远方，非常远。”

他们拥抱在一起亲吻。姑娘向她保证说她也不会忍受别人的手碰她的身体，他向她保证说他爱她。他们重新开始做爱；他们温柔地做爱，身体和灵魂契合得天衣无缝。

“你是我的克萨宝贝。”她接着对他说，边说边抚摸他。

“是的，会带你走的，带到很远的地方，到那儿你就安全了。”他说，他很快就知道自己应该把她带到哪里；在和平的蓝色天幕下他有一张为她而设的帐篷，在帐篷下，小鸟飞向远方，阵阵香风涌向马赛的罢工工人；他还要带她去他的家，为他们守护这家的是他童年的天使。

“你知道，我要把你介绍给我母亲。”他对她说，两眼泪光盈盈。

4

占据别墅底层的那家女主人又怀孕了，成天骄傲地在他们面前挺着肚子；第三个孩子即将出生；有一天男主人在半路上截住雅罗米尔的母亲，对她说两个人和他们五个人住的面积一样大是很不合理的。他暗示妈妈应该把楼上的一个房间让给他们。妈妈对他说这不可能。房客说如果这样的话，那只有让市政府介入进行合理分配。妈妈就肯定地告诉他说，儿子很快就要结婚，到时候楼上会有三个甚至四个人。

于是，当几天以后雅罗米尔告诉妈妈，要把自己的女朋友介绍给她认识时，妈妈觉得这事来得正巧；房客至少可以发现妈妈说儿子就要结婚不是撒谎。

但紧接着儿子向妈妈承认说，她应该是认识他女朋友的，因为她去商店买东西时见过她，妈妈的脸上有难以掩饰的吃惊表情，看上去很不舒服。

“我希望，”他用咄咄逼人的口吻对她说，“你不介意她是个营业员，我早就告诉过你，她是劳动人民，是个朴素的女孩。”

妈妈颇费了点时间才接受这个愚蠢、令人不快也不太漂亮的女孩是她儿子女朋友的事实，但无论如何她还是控制住了自己的情绪："别恨我，但我还是很吃惊。"她说，她已经做好准备接受她儿子所说的一切。

于是姑娘上门的事情就这样发生了，持续三个小时，相当沉重。大家都很害怕，可是大家都将考验坚持到了最后。

只剩下雅罗米尔和妈妈的时候，雅罗米尔迫不及待地问："你喜欢她吗？"

"很喜欢，有什么不喜欢的？"她答道，其实她很清楚她说这话的语音语调完全表达了相反的意思。

"那么就是说你不喜欢她啦？"

"可是我已经和你说过我很喜欢她。"

"不，我听得出来，从你的声音和声调我就知道你不喜欢她。你说的和你想的不一致。"

在上门的那几个小时中，红发姑娘犯了很多错误（她先握住妈妈的手，她第一个在桌前坐下，她先举起咖啡杯），她有很多不合礼仪的地方（她打断妈妈的话），她还经常表现得很没有分寸（她问妈妈多大年纪）；当妈妈开始列举这些不太合适的地方时，她又害怕在儿子面前显得过于计较（雅罗米尔把这种礼仪上的苛求归为小资产阶级的特征），于是立即补充道："当然，这些都不是什么致命的问题。只要你多请她上家里来就行了。在我们这个地方，她会变得文雅和有教养的。"

但她一想到以后要经常看到这令人不快的身体，长着红头发，充满敌意的脸，她还是有一种无法克制的恶心感觉，她用一种安慰的口吻说：

“当然，我们也不能因为她这样就讨厌她。只要设身处地地想想她成长和工作的环境就可以理解了。我可不愿意在这样的商店里当一个营业员。所有的人都可以对你想怎么样就怎么样，你得听所有人的。如果老板想勾引女店员，她也不能拒绝。当然，在这样的地方，所谓的艳遇也不是什么了不起的事情。”

她盯着儿子的脸，看着这张脸渐渐变得绯红；嫉妒的灼热火焰占据了雅罗米尔的身体，妈妈觉得自己都能够感到那份滚烫的灼热（当然，几个小时以前，当雅罗米尔把红发姑娘正式介绍给她时，她感受到的正是同样灼热的嫉妒之火，以至于现在他们面对面地坐着，母亲和儿子，就像流着相同酸性溶液的连通器）。儿子的脸再一次变得稚气而顺从；突然间她感到面前不再是一个陌生、独立的男人，而是她最疼爱的孩子，他很痛苦，这个孩子就在不久以前还跑到她这里来寻求庇护和安慰。她的眼睛一动不动地盯着这美好灿烂的场面。

但是不一会儿，雅罗米尔就折回自己房间，她也为自己的行为感到吃惊（她已经单独待了一会儿），她开始用拳头敲自己的脑袋，低声责备自己说：“别这样，别这样，别嫉妒，别这样，别嫉妒。”

然而发生的毕竟已经发生了。蓝色薄纱的帐篷，守候着和谐帐篷的童年天使被粉碎了。母亲和儿子一样，开始了嫉妒的时期。

母亲关于“所谓的艳遇也不是什么了不起的事情”一类的话一直在雅罗米尔的脑袋里回荡。他想象着红发姑娘的同事——同一个商店里的男同事——正在和她讲肮脏的故事，还有叙述者和听众之间那种短暂但却淫秽的接触，想象着这些，他真是万分痛苦。还有商店的老板，故意蹭一下她的身体，偷偷摸一下她的乳房或打一下她的屁股，一想到这些接触也不是什么了不起的事情，他就气得发疯，因为对他而言这意味着一切。有一天他到她家里去，发现她上厕所时竟然忘了关门。他立刻对她大发脾气，因为他立刻想象到如果她在商店上厕所也这样，陌生人推门进去，会很惊讶地看到她坐在马桶上。

当他向红发姑娘倾吐他的嫉妒之情时，她还能用温柔和誓言让他安静下来，但是一旦他一个人回到童年的房间里，他就会告诉自己，谁也不能保证红发姑娘对他所说的一切是真的。然而，不正是他在逼她撒谎吗？他在体检的事情上作出如此强烈而愚蠢的反应，从此之后不就是永远禁止她把心里的真实想法告诉他了吗？

实际上，只是在他们最初的爱情幸福时光中，他们的拥吻是充满快乐和感激的，因为正是她带着一种非常自然的肯定将他带离童男的迷宫。现在，他对自己一开始的无限感激进行了残酷的分析；他无数次地回想过他第一次到她家时的情景，她的手表现得那么不知羞耻，那么完美地令他冲动起来；现在他开始用怀疑的目光审视这一切：他对自己说，这在她显然不可能是第一次，他，雅罗米尔不是第一个被她以如此方式抚摸的男人；如果第一次她就敢用这样的姿势，那么相遇后的半个小时，对她来说这个姿势就会变得十分平庸和机械。

可怕的念头！当然，他已经知道她在他之前已经有过一个男人，但是他以为只有一个，因为根据姑娘自己的陈述来看，她和那个男人之间的关系自始至终都是苦涩而痛苦的，她在这关系中只是一个被害者，别人是在毫不怜惜地欺负她；这样的想法引起了他的同情，而同情减弱了他的嫉妒之情。但如果这样不知羞耻的姿势是在那一段关系中学会的，那么这就不该是一段完全失败的感情。不管怎么说，在这样的姿势里铭刻了太多的欢娱，那么在这姿势之后就应该是一个彻底的爱情故事！

这个主题太沉重，他都没有勇气去谈，因为哪怕高声谈到她在他之前的情人就足以使他受尽折磨了。但是，他试图绕着弯儿去寻找这个姿势的源头，于是他经常在想（而且他经常翻新这个动作进行试验，红发姑娘似乎也很热衷此道），最后他终于放下心来，他对自己说伟大的爱情突然来临时，就像一道闪电，能将一个女人从压抑和羞耻中彻底解放出来，而她，正因为她纯洁和无辜，她会像轻浮女孩一样迅速地投身情人的怀抱。比这还要完美的解释是：爱情使她释放出如此强大、始料未及的灵感，以至于她的行为就像是一个行为不端、富有经验的女人。爱的守护神在转瞬之间为她弥补了经验的不足。他觉得这个推理非常美好感人；在这样的解释下，他的女朋友成了爱情圣女。

接着有一天，一个大学同学问他："快说，昨天我看见谁和你在一起？那可不是个美女！"

他立刻背弃了自己的女朋友，就像彼得背弃了基督；他说那只是他偶然碰上的一个朋友；他怀着轻蔑的神情谈起她。但正如彼得对基督始终是忠实的一样，雅罗米尔在内心深处也是忠实于他女朋友的。当然，他减少了与她一起在街上散步的次数，他非常高兴没人看到他们在一起，但是在他心里，他根本不同意他同学的想法并因此讨厌他。他很为他的女朋友感动，因为她穿着便宜的劣质衣衫，从中他不仅看到了女朋友的魅力（朴素与贫穷的魅力），而且看到了他们的爱情的魅力：他对自己说，爱上一个灿烂、完美、优雅的女人是很容易的事情：这只是美丽偶然在我们心里自然激起的微不足道的反应；但是伟大爱情所希冀建立的爱的客体，恰恰是不够完美的生灵，正因为不够完美才更加人性化。

有一次，他又向她倾吐他对她的爱（也许是在一次令人疲惫的争吵之后），她说："无论如何我不知道你是怎么看我的，那么多姑娘都比我漂亮。"

他非常愤怒，和她解释说爱情与漂亮与否毫无关系。他还说别人可能觉得她丑的地方，恰恰是他爱她的地方；他说得都有点飘飘然了，甚至开始列举起来；他说她的乳房小得可怜，乳头又大又皱，或许这样的乳房只能让人可怜而不是令人兴奋；他还说她的脸上有红色的雀斑，长着一头红发，身体太瘦，而这恰恰就是他爱她的地方。

红发姑娘哭了起来，因为她理解的只是事实（小得可怜的乳房，红色的头发），她不太理解他要表达的概念。

但雅罗米尔正相反，他沉浸在自己的想法里走了很远，姑娘的眼泪虽然是为自己不太漂亮而流的，却温暖了孤独的他，给了他灵感；他暗暗对自己说要把自己的一生给她，让她以后再不会这样哭泣了，让她相信他对她的爱情。在这伟大的激情时刻，红发姑娘的第一个情人便成了他爱她的众多丑陋的地方之一。这着实是愿望与思想的杰出完善；他知道这一点，于是开始写一首诗：

啊！和我谈谈我始终想着的那个姑娘（这句诗是作为重奏反复出现的），告诉我时光如何让她变老（他再一次想要拥有她的全部，是出于他人性的永恒），告诉我她童年是什么样的（他要的不仅仅是她的未来，还有她的过去），让我饮下她过去的眼泪（尤其是她的忧伤，她的忧伤将他从自己的忧伤中释放出来），告诉我占据她青春的爱情，他们对她的抚摸，他们让她如此憔悴，我要爱这样的她（还有走得更远的）：她的身体什么也没有，她的灵魂什么也没有，直至过去的爱情都在腐烂，而我陶醉地饮着这腐烂……

雅罗米尔非常陶醉于自己所写的东西，因为在蓝色的、广阔的和谐天幕下的帐篷之后，在所有矛盾都消失了，妈妈和儿子媳妇坐在同一张和平之桌上的那个人造的空间之后，他又找到了另一个绝对之屋，更加残忍更加真实的绝对。因为如果说纯粹与和平的绝对不存在的话，却存在着一种无限的感情的绝对，在这绝对中，就像化学药剂一样，可以溶解所有不纯粹和陌生的东西。

他陶醉在自己的这首诗中，尽管很清楚没有一张报纸会发表这首诗，因为它和这个幸福的社会主义时期没有任何相吻合的地方；但他是为自己，为红发姑娘写的这首诗。他把这首诗念给她听的时候，她感动得热泪盈眶，但她同时又感到害怕，因为诗里谈到她的丑陋，谈到别人抚摸她，谈到即将来临的衰老。

姑娘的担心一点也没有影响到雅罗米尔。相反，他希望看见她担心，并且以此为享受，他希望在这个话题上能耽搁得久一点，这样他就可以反驳她的担心。但是姑娘不想谈太长时间的诗歌，她已经开始谈别的东西了。

如果说他已经可以原谅她瘦小的乳房和抚摸她的陌生人的手，有一点却是他不能原谅的：那就是她太饶舌了。瞧瞧，他刚刚向她倾吐了他全心投入，充满激情，倾注了他所有的感情和热血的心声，而几分钟后，她竟然又兴高采烈地跟他讲起了别的事情！

是的，他已经准备好用自己的爱化解她的所有缺点，但必须满足一个条件：那就是她本身得顺从地遵从这个解决办法，她自己不能跨出这爱的浴缸，她应该永远都不出去，哪怕只是想一想都不行，她应该完全沉浸在雅罗米尔的思想和话语中，完全沉浸在他的世界里，她身体或精神的任何一点儿都不能属于别的世界。

然而不是这样，她又开始谈论别的东西，而且不仅仅如此，她在谈论她的家庭！但她的家庭是所有属于她的东西中雅罗米尔最讨厌的，因为他不知道应当怎样去反对她的家庭（这是一个无辜的家庭，而且是劳动人民的家庭），但是他想反对，因为红发姑娘正是在想着自己的家庭时偏离了他为她准备好的，放了爱的溶解剂的浴缸。

因此，他不得不再听一遍她父亲（一个被劳作压垮了身体的农民）的故事，她的兄弟姊妹（这可不是一个家庭，简直是个兔子窝！雅罗米尔想：两个姐妹四个兄弟！），尤其是其中一个哥哥（他叫扬，应该是个古怪的家伙，一九四八年以前，他是反共政府部长的司机）；不，这不仅仅是个家庭，这首先是一个令他怀有敌意的陌生世界，红发姑娘的皮肤上仍然保留着这个世界的茧，这个茧令姑娘时不时地远离他，因此姑娘不能够完全地、绝对地属于他；还有这个叫扬的哥哥，他可不单纯是她的哥哥，而是一个整整看了她十八年的男人，一个知道她几十个小秘密的男人，一个和她共用洗手间的男人（她有多少次忘了锁上洗手间的门！），一个能够经常回忆起她成长为一个女人的时期的男人，一个肯定好多次看到她裸体的男人……

你是我的，如果我愿意，你应该死在我的肢刑架上，生病、嫉妒的济慈给范妮写道，而雅罗米尔也再一次把自己关在童年的房间里通过写诗让自己平静下来。他想到了死，在这伟大的窒息中，一切都平静下来；他想到了那些硬汉子，那些伟大的革命者的死亡，他想写一首用于共产党员葬礼上吟唱的歌词。

死亡，在这个兴高采烈的时期，基本上被列为禁谈的主题。但是雅罗米尔觉得自己有能力（他已经写了不少关于死亡的美丽诗句，他在某种程度上已经成了一个死亡之美的专家）发现这个独特的视角，通过这个视角，死亡可以摆脱它原有的病态；他觉得自己有能力写关于死亡的社会主义诗歌；

他想到了一个伟大革命者的死：就像渐渐在山后隐下的太阳，战士死了……

他写了一首题为《墓志铭》的诗歌：啊！如果要死，就让我和你一起，我的爱人，让我们在烈火中，变成光和热……

5

在诗歌这片领地上，所有的话都是真理。诗人昨大说：生命就像哭泣一样无用，他今天说：生命就像笑容一样快乐，每回都是他有道理。他今天说：一切都结束了，在寂静中沉没，明天他又会说：什么都没有结束，一切都在永恒地回响，而两句话都是真的。诗人根本不需要证明；唯一的证明就取决于他的激情的程度。

抒情的天才同时就是没有经验的天才。诗人对这个世界的事情知之甚少，但从他心中迸发出来的词语却都成了美丽的组装件，最终仿佛水晶一般确定；诗人从来都不是成熟的男人，但他的诗句总具有一种预言式的成熟，在这份成熟面前诗人本人也无从进入。

啊，我水中的爱情！妈妈读到雅罗米尔的第一首诗时，她觉得（几乎羞愧地）儿子比她更早知道爱情；她没有怀疑到他透过锁孔看的是玛格达，水中的爱情对她而言仅仅是某种普遍的东西，是爱情神秘的一面，有时甚至是不可理解的，我们只能猜，就像猜预言家的话一样。

诗人的不成熟也许颇为可笑，但是也含有某种令我们惊醒的东西：在诗人的话语中有一滴从他心底跳出来的，赋予诗句以美丽的光辉的精粹。但是这一滴精粹，并不需要真正经历过再从诗人的心底提炼出来，我们觉得诗人挤压他的心灵就像厨师在色拉上挤柠檬汁那样。说真话，雅罗米尔根本没有真正担心过马赛的罢工工人，但是他写爱情诗的时候，他真正从他们这里汲取营养，他真的被感动了，他慷慨地用这份激情浇灌着他的词语，于是这些词语在他便成了有血有肉的真实。

诗人用他的诗歌描绘自己的肖像；但正如同没有肖像是忠实的，我们也可以说诗人通过他的诗歌在修正自己的面孔。

修正？是的，他让这张脸更富表现力，因为他自己的轮廓如此不确定，这一点令他痛苦；他觉得自己混乱，不起眼，微不足道；他在寻求自己的表达形式；他希望诗歌的这种肖像性描绘可以帮助他巩固自己的轮廓。

而且他要使这张脸更富戏剧性，因为他的生活是贫瘠的，缺乏惊心动魄的事件。他情感与梦想的世界在诗歌中得到了具体化，因此通常这个世界的喧嚣混乱，可以取代他在真正的生活里所缺乏的行动和奇遇。

但是为了能够披上这肖像，为了能戴上这个面具进入世界，那就必须陈列出这个面具，亦即让诗歌得以发表。雅罗米尔已经有好几首诗发表在《红色权力报》上了，但他仍然不是很满意。

在他随诗歌所附的信中，他用了非常亲近的口吻，尽管那编辑他根本不认识，因为他希望编辑能给他回信，并且与他相识。只是（这几乎可以说有点侮辱性的），尽管发表了他的诗歌，这些人似乎根本没有要结识活生生的他，将他接纳为他们当中一员的意思；编辑从来没有回复过他的信。

在他的大学同学中，他的诗歌同样没能引起他所希望的那种反响。如果说他曾经属于过那类站在讲台上、照片闪耀在画刊上的现代诗人的精英，在他同届的大学同学眼中，他也许不过是个怪物。但淹没在日报众多版面中的那几首诗还是引起了他们几分钟的注意，雅罗米尔因此在他们那些都认为自己必将走上仕途或外交生涯的同学眼里，不是一个奇特得让人觉得有意思的人，而是一个无趣的怪物。

而雅罗米尔是多么向往光荣啊！他像所有的诗人一样向往光荣：哦！光荣，哦！强大的神灵！啊，让你伟大的名字给我灵感，愿我的诗歌将你征服！维克多·雨果祈祷道。我是个诗人，一个伟大的诗人，总有一天，整个世界都会热爱我，我必须说出来，我应该在我未完成的坟墓脚下祈祷，伊里·奥尔滕想到他未来的光荣时这样自我安慰道。

这种被欣赏癖不能算是抒情诗人的天才所带来的瑕疵（就像我们有时诠释数学家或建筑师那样），它根本就是诗人天才的精华，它是抒情诗人有别于他人的特征：因为诗人就是把自己的肖像呈现在世界面前的那个人，他希望自己映照在诗句上的面孔能得到大家的欣赏和喜爱。

我的灵魂是一朵散发着特别味道的奇葩，有点神经质。我有非同一般的天赋，也许我就是天才，伊里·沃尔克在自己的日记中写道。而雅罗米尔，既然报纸编辑如此沉默令他伤心，他选择了几首诗寄往时下最被看好的文学杂志。多么幸福啊！两个星期以后，他收到了答复：杂志觉得他的诗句很有意思，让他到编辑部去一趟。他精心地为这次会面做准备，就像昔日他和女孩约会之前一样。他决定届时向编辑介绍——最为深刻地介绍——自己，他想要准确地界定自己，作为一个诗人，作为一个男人，他有哪些诗作，从哪里来，克服了怎样的困难，他的喜好，他的厌恶。最后，他拿了一支笔和一张纸，按照几个主要方面记下自己的立场、看法和成长的几个阶段。他涂黑了好几张纸，于是某一天，他敲响编辑部的门，走进去。

一个戴眼镜的瘦小男人坐在办公室里问他有何贵干。雅罗米尔报了自己的名字。编辑再一次问他有何贵干。雅罗米尔又一次（更为清晰更为响亮地）报了自己的名字。编辑说他很高兴结识雅罗米尔，但他还是想知道他究竟有何贵干。雅罗米尔说他把诗寄给编辑部，他收到了回信，请他上编辑部来一趟。编辑回答说是他的同事负责诗歌，而这会儿他正好不在。雅罗米尔说他很遗憾，因为他很想知道他的诗歌什么时候能发表。

编辑失去了耐心，他从椅子上站起身来，抓住雅罗米尔的胳膊，把他带到一个大橱前。他打开大橱，将放在一层层隔板上成卷的稿纸指给他看："亲爱的同志，我们平均每天要收到十二个新作者的诗歌。你算算一年得有多少？"

"我心算不出来。"雅罗米尔尴尬地说，因为编辑还在坚持。

"一年是四千三百八十个新诗人。你想出国吗？"

"为什么不呢？"雅罗米尔说。

"那么就继续写，"编辑说，"我可以十分肯定地告诉你，迟早有一天我们会出口诗人。别的国家出口装配工，工程师，小麦或煤炭，我们国家的宝贵资源就是抒情诗人。捷克的诗人将出去帮助建立发展中国家的诗歌。作为交换，我们可以得到椰子和香蕉。"

几天后，妈妈对雅罗米尔说镇中学看门人的儿子来找过他："他让你到警察局去找他，还让我代为转达对你的祝贺，说你的诗写得非常好。"

雅罗米尔高兴得脸都红了："他真这样说的吗？"

"是的。临走时，他就是这么说：请代为转告我的祝贺，他的诗写得很好。别忘了他托你的事情。"

"我很高兴，是的，非常高兴，"雅罗米尔特别坚定地说，"我正是为他这样的人写诗。我不是为编辑写的。木匠不是为了别的木匠做椅子，而是为了大众。"

于是有一天他跨过国家安全局大楼的门槛，他向身佩手枪的门卫通报了名字，在走廊上等他的老同学，老同学下了楼，兴高采烈地接待了他。然后他们一起到老同学的办公室，老同学重复了四遍说：“我的老朋友，在学校时，我可不知道自己和一个著名人物在一起呢。我一直在问自己，究竟是不是他呢，但是最后，我说服自己说叫这个名字的人可不是太多。”

接着他把雅罗米尔带到走廊里，在一块大黑板前停下，黑板上钉着好几张照片（照片上的警察有的牵着狗，有的拿着武器，有的拉着降落伞），两段通告，而黑板当中正是从报纸上剪下的雅罗米尔的诗歌；这张剪报被红笔精心勾勒过，仿佛成了整个黑板的中心。

“你对此有什么要说的吗？”看门人的儿子问道，雅罗米尔什么也没有说，但是他很幸福；这是他第一次看到自己的诗歌具有独立的生命，而不仅仅附属于他。

看门人的儿子挽住他胳膊，重新把他带回办公室。“你瞧，你也许没想到警察也读诗。”他笑着说。

“为什么不呢？”雅罗米尔说，想到读自己的诗歌的人不是老姑娘而是腰间挎着手枪的警察。“为什么不呢，今天的警察和资产阶级共和国的刽子手是有区别的。”

“你也许不认为可以把这两样放在一起，警察和诗歌，但这是真的。”看门人的儿子继续发挥自己的想法。

而雅罗米尔也顺着自己的逻辑讲下去：“再说，今天的警察和过去的警察不是一回事，他们不再像过去那样是些肮脏的娘娘腔的家伙了。”

看门人的儿子却一直遵循着自己的逻辑之线：“正因为我们的职业如此艰苦（你根本不能想象出艰苦的程度），我们有时才需要精致的东西。没有这样的东西，我们就无法忍受眼前不得不做的事情。”

接着他提议（因为他正好执勤完毕）到隔壁的咖啡馆里喝上两三杯啤酒。“我的老朋友，可不是每天都那么轻松的，”他手里拿着一大杯啤酒，接着原来的话题说下去，“你还记得上次我和你提到的那个犹太人吗？他如今在大牢里。那是个伪装得很好的恶棍。”

雅罗米尔当然不知道曾经领导青年马克思主义小圈子的棕发家伙已经被捕；当然，他模模糊糊地知道有人被捕入狱，但是他不知道成千上万的人都被捕了，并且其中还有共产党员，揭发他们的人饱受酷刑折磨，所以这些共产党员的所谓罪行基本上是胡编出来的；于是他只能简单地表示了自己的惊讶，可没有表达任何意见，但无论怎样他还是有点害怕和同情，因此看门人的儿子更加激烈地肯定道：“在这种事情里，不能牵扯任何感情的因素。”

想到看门人的儿子再次远离他，再次先他一步，雅罗米尔不禁有点害怕。“如果说我对他怀有同情之心，你不要感到惊讶。这很正常。但是你说得对，感情会让我们付出昂贵的代价。”

“昂贵得可怕。”看门人的儿子说。

“我们当中任何一个人都不想如此残酷。”雅罗米尔说。

“当然不想。”看门人的儿子表示同意。

“但是如果对残酷的人不够残酷，那就有可能是更大的残酷。”雅罗米尔说。

“是的。”看门人的儿子再次表示同意。

“对于自由的敌人就不能给他们自由。这很残忍，我知道，但必须这样。”

“必须这样，”看门人的儿子同意地说，“就这个问题我可以和你谈上很长时间，但是我不能，我什么也不能说。所有这些都是秘密，我的朋友。即便对我的妻子，我也从来不说我在这里干的事情。”

“我知道，”雅罗米尔说，“我能够理解。”他再一次羡慕起他的老同学来，这份具有男子汉气魄的职业，这份秘密性，还有他的妻子，而且他要在他妻子面前保守秘密，他的妻子也只能接受；他羡慕他那份*真实的生活*，在这样的生活里，残酷的美丽（还有美丽的残酷）不断在超越（他一点也不明白为什么要逮捕那个棕发家伙，他只知道一点，那就是我们必须这样做），他羡慕自己尚未进入（在和他年龄相仿的老同学面前，他又一次苦涩地明白了这一点）的真实生活。

正当雅罗米尔怀着羡慕沉思的时候，看门人的儿子凝视着他（他的双唇微微分开，露出愚蠢的笑容），开始背诵贴在黑板上的诗歌；他记得很牢，因为没有一个背错的地方。雅罗米尔不知道自己应该如何表现（老同学一直盯着他看），脸都红了（他觉得老同学幼稚的背诵颇为可笑），但是他所体验到的那种幸福的骄傲要远比窘迫来得强烈：看门人的儿子懂得并且喜爱他的诗歌！他的诗歌因此进入男人的世界，代替他，先于他，好像是他的信使，他的先头小分队！他洋洋自得，两眼含着泪水：对此他颇为害羞，低下了头。

看门人的儿子已经结束了自己的背诵，仍然盯着雅罗米尔看；接着他解释说此时他们正在布拉格郊区一座漂亮的大别墅里进行年轻警察的年度培训，他们经常会邀请一些有意思的人组织讨论。“我们也想请一些诗人，找个星期天，组织一场盛大的诗歌晚会。”

然后他们又喝了一杯啤酒，雅罗米尔说：“正是因为诗歌晚会是警察组织的，这才真正好。”

“为什么不该是警察呢？为什么不呢？”

“当然，为什么不呢？”雅罗米尔说，“警察和诗歌在一起非常和谐，比某些人想象的要和谐得多。”

“可为什么警察不能和诗歌在一起呢？”看门人的儿子说。

“为什么不能？”雅罗米尔说。

“对，为什么不能？”看门人的儿子说，他还说他希望看到雅罗米尔在被邀的诗人之列。

雅罗米尔开始不愿意，但最后还是非常情愿地接受了。唉！如果说文学还在犹豫是否伸出他那脆弱的手（娇嫩的），生活本身却向诗歌伸出了自己的手（粗鲁却坚定的）。

6

再让我们来看看雅罗米尔坐在看门人的儿子对面，手执一杯啤酒的这一瞬；在他的身后，是已经遥远的童年的封闭世界，而在他面前的，是具体体现在老同学身上的行动的世界，一个他惧怕，但却绝望地向往着的世界。

这幅画面表现的是不成熟的基本情景；抒情正是为了面对这窘境的一种企图：一个被逐出童年保护圈的男人渴望进入尘世，可同时，由于害怕，他用自己的诗句在构筑一个人造的，可以取代凡俗的世界。他让他的诗歌围绕着他运转，就像卫星围绕着太阳运转一样；在这个小小的世界里，他成为中心，一切都很熟悉，他有在家的感觉，就像婴儿待在母亲肚子里一样，因为这里的一切都是灵魂这唯一物质构成的。在这里，他能完成他在外部世界里觉得很困难的事情；在这里，他可以和大学生沃尔克一样，与无产阶级人民群众一起前进、革命，他可以像童男兰波一样，鞭笞他的小情人，因为这人民群众，这些小情人不是由陌生世界的敌对物质构成的，而是由他自己的梦构成的，因此这人民群众和小情人就是他本身，不会截断他为自己建立的世界的统一性。

您也许读过伊里·奥尔滕的那首美丽诗歌，描写幸福地待在母亲身体里的胎儿，他觉得他的出生是一种残酷的死亡，充满光和骇人的脸庞的死亡，他想掉转头，往后，往后，一直回到母亲身体里，往后，进入那温柔的香气里。

不成熟的男人会一直怀念那个世界的安全和统一，因为那是他一个人在母亲身体里完成的，于是当他面对充满相对性的成人世界时，他感到害怕，他就像一滴水一般被淹没在相异性的浩瀚大海中。因此年轻人往往是一元论的热衷者，是绝对的信使；因此诗人会制造一个用诗歌组成的私人世界；因此年轻的革命者要求建立一个只由一种思想统治的激进的新世界；因此他们不接受妥协，不论是在爱情上还是在政治上；叛逆的大学生要求自己全力以赴地穿越历史，要么全力以赴，要么就什么也不要，而二十岁的维克多·雨果，看到自己的未婚妻阿黛勒·富歇走过泥泞的人行道时撩起裙子，露出脚踝，气得简直要发疯。我觉得羞耻心比裙子要珍贵得多，他在一封信中严厉地指责她：小心记住我在信里说的这一切，如果你不希望看到我扇别人耳光的话，假如有无礼的人敢在那样的时刻冲你转过身，看你！

成人的世界如果看到这样悲恸的指责，一定会报之以大笑。诗人会因情人脚踝的背叛和大家的笑声受到伤害，于是诗歌与尘世的戏剧便上演了。

成人的世界很清楚绝对只是一种欺骗，人类没有任何东西是伟大或者永恒的，兄弟姐妹睡在一间房里是很正常的；但是雅罗米尔却为此饱受折磨！红发姑娘向他宣布，说她哥哥要到布拉格来，会在她那里住一个星期；她让他这段时间别到她那里去。这可实在让他无法忍受，他强烈反对说，他可不能为了那个家伙（他带着一种蔑视的骄傲称他为家伙），整整一个星期都不去看他的女朋友！

“你有什么好指责我的呢？”红发姑娘反驳道，“我比你还年轻，可我们总是在我这里见面。我们从来不能到你家去！”

雅罗米尔知道红发姑娘说得有道理，因此他感到更加苦涩了；他再一次明白这是他缺乏独立所招致的侮辱，他气昏了头，于是当天就向妈妈宣布（坚定而史无前例地）他要把女朋友带回家来约会，因为他不能让她独自一人和别人待在一起。

这两个人是多么相像，母亲和儿子！两个人都是那么迷恋统一、和谐的一元天堂；他想重新找回母亲身体里那种“温柔的香气”，而她还想成为（仍然并且永远）这“温柔的香气”。儿子渐渐长大成人，她就想紧紧地包裹着他，成为他贴身的苍穹；她自觉将他所有观点纳为自己的观点；她接受现代艺术，追求共产主义，她相信儿子是很光荣的，她对那些今天说这个明天又说那个的教授的虚伪相当气愤；她想永远在他身边，成为他的天，她希望和他永远是同质的。

但是像她这么一个崇尚和谐统一的人，又如何能够接受来自另一个女人的异质呢？

雅罗米尔从他母亲的脸上读出了拒绝，但他不能让步。是的，他很想回到“温柔的香气”里，但很久以来，他不再在母亲那里寻求这香气；而且正是母亲妨碍了他对失去的母亲的追寻。

她知道儿子不会让步，于是她同意了；雅罗米尔第一次单独和红发姑娘在自己的房间里，如果两个人不是那么紧张的话，一切会非常好的；妈妈当然是到电影院去了，但是她仍然和他们在一起；他们觉得她在听他们说话；他们比平常说话时的声音要低很多；雅罗米尔想把红发姑娘抱在怀里的时候，他发现她身体冰凉，知道最好不要坚持；于是他们尴尬地聊了一会儿，还不时地看着挂钟的指针，知道母亲回来的时间越来越近了；从雅罗米尔的房间里出来不可能不经过妈妈的房间，而红发姑娘无论如何都不愿意看到她；因此她在妈妈回来半小时之前就走了，留下情绪恶劣的雅罗米尔一个人待在房里。

他没有泄气，这次失败只有更坚定他的决心。他知道，他在家里的位置是不可忍受的；他不是住在自己家，而是生活在妈妈家。这发现在他心里激起了顽固的反抗：他再次邀请女朋友上家里来，而这一次，他非常健谈，兴高采烈，他是想通过这种方法来战胜上次令他俩无所适从的恐惧。他甚至在桌上放了瓶酒，由于两个人平常不大喝酒，他们很快便兴奋起来，终于忘记了无所不在的母亲的阴影。

整整一个星期，她回来得都很迟，就像雅罗米尔希望的那样，甚至比他希望的还要迟。甚至他没有要求她的日子，她也不在家。这并非出于好意，更不是经过明智思考后所做出的让步；这是一种示威。通过晚归，她想显示出儿子现在的行为仿佛就是家里的主人，她只有逆来顺受，在她自己的家里，她辛苦工作了一天，却没有权利回来坐在椅子上或待在自己房间里看看书。

非常不幸的是，就在这些漫长的下午和夜晚，她离开了家，却没有一个男人可以容她造访，因为以前曾经对她大献殷勤的同事早就厌倦了自己徒劳的坚持；于是她只好去看电影，去剧院，她试着（不过效果甚微）重新联系上几个早已忘得差不多的女朋友，她有一种反常的快感，一个失去父母和丈夫的女人，被儿子从自己家里赶出来。她坐在黑暗的大厅里，远处的银幕上，两个陌生人正在拥吻，泪水顺着她的脸颊流了下来。

一天，她比平常回去得稍微早了点，正准备摆出一张受伤的脸给儿子看，而且想好无论他怎么样跟她打招呼，她都不理他。可就在走进自己的房间，要关上门的一瞬间，血一下涌到她的脑袋上；就在离她房间几米远的地方，从雅罗米尔的房间里传来儿子急促的呼吸声，而掺杂在这呼吸声中的，还有女性的尖叫。

她被钉在原地，可是同时她知道她不能就这样无动于衷地待着，听着这爱的呻吟，因为她觉得自己就在他们身边，看着他们（而在她的脑袋里，她真的看到了他们，清晰可辨），这是绝对不能忍受的。她气得发狂，正因为她立刻明白了她对此无能为力才更加气愤，因为她既不能跺脚，叫喊，砸家具，也不能冲进雅罗米尔的房间，揍他们，她除了一动不动地待在原地听他们的动静以外，别无他法。

就在此时，本来就没有剩下多少理智的她，再加上愤怒的刺激，突然灵光一现，产生一个近似疯狂的念头：隔壁的房间里，红发姑娘又一次呻吟上了，妈妈于是用一种充满焦灼和害怕的声音问道：

“雅罗米尔，上帝啊，你朋友怎么了？”

隔壁房间的喘息声陡然停下来，妈妈赶紧跑到药橱那里；拿了一小瓶药，跑到雅罗米尔房门口；她握住门把手，门锁上了。“上帝啊，你们真叫我害怕，究竟发生了什么事？这位小姐怎么了？”

雅罗米尔的怀里，红发姑娘身体抖得像片叶子，雅罗米尔说：“没什么……”

“你朋友是不是痉挛啊？”

“是，差不多……”

“开门，我给她拿了药。”妈妈再次说道，并且握住了锁住的门把手。

“等等。”儿子说，一边迅速起身。

“痉挛疼得要命。”妈妈说。

“等一下。”雅罗米尔说，他匆匆忙忙套上裤子和衬衫；并且把被子扔给姑娘。

“是肝病发作了，是吗？”妈妈隔着门问。

“是的。”雅罗米尔说，他把门开了一小条缝，接过妈妈手上的药瓶。

“你让我进来好了。”妈妈说。她疯狂推着往前挤；她没有被雅罗米尔打发走，而是进了房间；她一眼就看到扔在椅子上的胸罩和其他女性内衣；接着她看到了姑娘；她蜷缩在被子下，脸色真的十分苍白，好像真生病了似的。

现在，妈妈仍然不能让步；她在姑娘身边坐下：“您究竟怎么啦？我一到家就听见了您的呻吟声，我可怜的孩子……”她从药瓶里倒出二十滴左右的液体，倒在一块糖上：“不过，我很清楚痉挛是怎么回事，吃下它，你立刻会好的……”她把糖块举到姑娘嘴边，姑娘顺从地冲着糖块张开嘴，就像彼时冲雅罗米尔伸出双唇一样。

刚才，在儿子的房间里，她还沉浸在极度愤怒之中，而现在，她只剩下了兴奋：她看着姑娘顺从地张开嘴巴，真想一把扯掉姑娘身上的被子，让姑娘赤身裸体地暴露在她眼皮底下；她要截断只有雅罗米尔和红发姑娘两个人组成的封闭世界的私密性；她要触摸儿子所触摸的一切；将这一切占为己有，并宣布是属于自己的；她要把这两个身体紧紧地抱在怀里；和这两具勉强遮掩住的裸体相伴（她还注意到雅罗米尔没来得及穿内裤，内裤此时正躺在地板上）；钻在他俩中间，傲慢却没什么恶意地躺在他们中间，好像真的只是肝病发作；她想和他们在一起，就像那个时候给雅罗米尔喂奶时，她赤裸着上身和他在一起一样；她要通过这无辜的跳板进入他们的游戏，参与他们的抚摸；她要像天空一样包围着他们赤裸的身体，和他们在一起……

她不禁对自己的错乱也感到害怕了。她劝姑娘试着深呼吸一下，然后迅速地离开，回到自己的房间。

7

一辆门窗紧闭的微型面包车停在国家安全局大楼前，诗人们在等司机。在他们当中还有警察局里的两个家伙，诗歌讨论会的组织者，当然，还有雅罗米尔；他认识其中的几个诗人（比如，那个早先在大学会议上念过一首诗的六十来岁的诗人），但他不敢和任何人说话。他的担心已经稍微好点儿了，因为文学杂志在几天前终于发表了他的五首诗；从中他觉得他已经正式得到了诗人这个头衔；为了防止意外事件，他把杂志放在外套内层的口袋里，于是从外面看上去他半边的胸部是男人正常的样子，平平的，而另外半边则鼓鼓的，像个女人。

司机到了，诗人们（包括雅罗米尔在内一共十一个诗人）陆续上车。开了一个小时以后，车子停在一片怡人的度假景区前，诗人都下了车，组织者让他们看小河，花园，别墅，还带他们参观平常用作教室的厅，最后他们来到了不久即将召开庄严晚会的大厅，组织者还强迫诗人看一眼参加培训的警察们住的房间，房间里放着三张床（令人惊讶的是，尽管是在自己的领地，他们仍然在诗人面前保持立正的姿势，仿佛此刻是长官在查房似的）。最后，他们终于被带到长官的办公室。那里已经放好三明治，还有两瓶葡萄酒，身穿制服的长官在等诗人，而且仿佛这一切都还不够，房间里还有一个异常美丽的女人。诗人一一和长官握手，低声通报自己的名字后，长官就介绍年轻女人给他们认识："这是我们电影俱乐部的主持人。"接着他向十一个诗人（十一个诗人也一一和年轻女人握手）解释说人民警察有自己的俱乐部，活动频繁，年轻女人经常参加他们的文化活动；他们有业余喜剧俱乐部，业余合唱团，电影俱乐部才组建不久，身为主持人的这个年轻女人是电影学院的大学生，她非常热情地帮助这些年轻的警察；不过，他们这里有一流的条件：非常棒的摄影机，各种聚光灯，再加上充满热情的小伙子们，尽管长官也说不清楚小伙子们感兴趣的究竟是电影还是主持人。

和诗人握手之后，年轻的电影艺术家冲站在聚光灯前的两个小伙子做了个手势；诗人和长官便在灿烂的灯光下大嚼三明治。尽管长官努力想使谈话更自然一些，但年轻女人还是会时不时地上前打断他们，并且将聚光灯移来移去，摄影机也在一旁嗡嗡地响着。然后长官感谢诗人们今天光临，看了看表，说大家该等急了。

"好吧，诗人同志们，请就座。"其中的一个组织者说，他拿出名单，一一念着诗人的名字；诗人排成一排，组织者做了个手势后，他们排着队登上主席台；台上有一张长桌和一排椅子，椅子对应着各个诗人的名牌。诗人在椅子上坐下，大厅（大厅里座无虚席）里响起了掌声。

这是雅罗米尔第一次上台，第一次有这么多人看着他；他沉浸在一种飘飘然的感觉中，一直到晚会结束都是如此。再说，一切都非常成功；诗人们在安排好的座位上一一落座之后，一个组织者来到桌边的讲台前，他向诗人表示欢迎并向观众介绍他们。每次他念到一个诗人的名字，这个诗人就会起立，向大家致意，然后大厅里便是一片掌声。雅罗米尔也站起身，向大家致意，在这一瞬间他被掌声惊呆了，以至于没有立即注意到坐在第一排的看门人的儿子正在向他打招呼；等他反应过来，他也向他微微致意，这个手势是在台上，在众人的眼皮底下完成的，从中他感觉到一种尽管是装出来却很自然的态度，于是接下来，在晚会上，他又用同样的方式和老同学打了好几次招呼，就像所有那些早已习惯在台上表演，在台上就像在自己家里的明星一样。

诗人是按照名字的字母排序坐的，雅罗米尔正好坐在那个六十来岁的诗人身边："我的朋友，真让我感到惊喜，我以前根本不知道是您！您最近在杂志上发表了一些诗！"雅罗米尔礼貌地微笑着，诗人继续说："我记住了您的名字，这些诗真是非常棒，给我带来了莫大的快乐！"但是，正在此时，组织者又说话了，他邀请诗人按照名字字母排序，一一上台背诵他们的诗作。

于是诗人一一走上讲台，背诵诗歌，接受大家的掌声，再回到自己的座位上。雅罗米尔惶恐地等着轮到自己；他害怕自己会结巴；害怕自己的语音语调有问题，害怕一切；但是一旦站起身，他就仿佛思维停滞了一般，根本没有时间思考。他开始背诵自己的诗歌，最初的几句诗一出口，他就感到了自信。实际上也确实如此，他背诵完第一首诗歌以后，大厅里的掌声久久不息，甚至可以说是到目前为止最长的掌声。

掌声给了雅罗米尔更大的勇气，他开始背诵第二首诗歌，比背诵第一首诗歌时还要自信，因此尽管两个大聚光灯就在身边扫来扫去，将他淹没在强光下，尽管摄影机在离他十米远的地方轰鸣，他一点也没有感到不安。他似乎什么都没有注意到，在背诵诗歌时没有一丝犹豫，甚至能够脱离诗稿，抬起眼睛，他的眼睛不仅在看着人影模糊的大厅，而且还看着美丽电影艺术家所在的地方（就在摄影机附近），她的轮廓在他眼里是那么清晰。接着又是掌声，雅罗米尔又念了两首诗，他听见摄影机的轰鸣声，看见了电影艺术家的脸庞；然后他向大家致意，回到自己的座位；这时，六十来岁的诗人从椅子上站起身来，庄严地抬着头，张开双臂，拥抱雅罗米尔："我的朋友，您真是个诗人，您真是个诗人！"由于掌声一直未停，他转向大家，举起胳膊，示意大家停下来。

第十一个诗人念完诗之后，组织者重新上台，感谢所有的诗人，宣布短暂休息之后，真正对诗歌感兴趣的可以留下来和诗人讨论。"讨论不是非参加不可的；只邀请对诗歌确实感兴趣的人。"

雅罗米尔十分陶醉；所有人都来和他握手，聚集在他周围；

有个诗人自我介绍说是出版社的编辑，他很奇怪雅罗米尔竟然到现在为止都没出过诗集，他让他一定得出一本；还有一个人热情地邀请他参加大学生联盟的会议；当然，看门人的儿子也过来了，后来就一直跟着他，向所有人明确地表明他们打童年时代开始就认识；长官也亲自走近他，对他说：“我觉得今天是最年轻的诗人赢取了桂冠！”

接着他转向别的诗人，说他很遗憾，不能参加讨论，因为他要参加培训生组织的舞会，就在隔壁的大厅里，时间安排在诗歌朗诵会结束后不久。周围村里的不少姑娘都会来，他带着贪婪的表情补充说，她们来这里，是因为大家都说警察是有名的唐璜。“好了，同志们，感谢你们给我们带来美丽的诗句，我希望这不是我们最后一次见面！”他和诗人握了手，便离身走向隔壁的大厅，那里已经响起乐队演奏的音乐声，仿佛是在邀请大家参加舞会。

就在不久前响起阵阵掌声的大厅里，只剩下这一小堆诗人站在主席台下；一个组织者又登上讲台，宣布道：“休息结束，我再次把话筒交给我们的客人。我请各位希望参加诗歌讨论的人坐下。”

诗人重新坐回主席台上的位置，主席台下只有十来个人，坐在空荡荡的大厅的第一排：他们当中有看门人的儿子，两个陪诗人过来的组织者，一个装假肢拄着拐杖的老先生，还有几个看上去视力有点问题的人，除此之外还有两个女人：一个大概五十来岁（也许是个打字员），另一个就是才结束拍摄的女电影艺术家，此时她目光平静地望着诗人；这个美丽女人的存在格外惹眼，格外刺激，只隔了一堵墙的隔壁大厅听起来已经越来越喧闹越来越诱人，舞会的音乐声越来越响。

两排面对面坐着的人在人数上差不多，看了让人想起两支足球队；雅罗米尔觉得这寂静仿佛是对峙即将开始前的寂静；而由于这寂静已经持续了差不多三十秒钟，他觉得诗人已经失去了最初的得分。

但雅罗米尔低估了他的队友；他们当中的很多人在一年的时间里也许参加过上百场公共讨论会，这已经成为他们的主要活动，成为他们的专业和他们的艺术。请记住这个历史性的细节：当时正是讨论和会议的时代；各种各样的教育机构，企事业单位的俱乐部，共产党各级委员会和青年联合会组织各种各样的晚会，画家、诗人、天文学家或经济学家，各种各样的专业人士被邀请到会；而这些晚会的组织者当然因为他们的创举也会被记住，得到奖赏，因为时代要求革命性的活动，既然革命性的活动不再能够凭借街头路障得到完成，那就必须在各种会议和讨论中展开。因此，各种各样的画家、诗人、天文学家或经济学家也很乐意参加这种类型的晚会，因为他们想显示他们不是思维狭隘的专家，而是和人民群众紧密联系在一起的革命的专家。

因此诗人们很清楚大众会提怎样的问题，他们很清楚这些问题从统计学角度上来说会有相当的重复概率。他们知道当然有人会问他们：同志，您是什么时候开始写诗的？他们知道别人会问他们：您写第一首诗的时候多大？他们还知道有人会问他们喜欢的作家，他们也知道与会者当中会有人想要弘扬他的马克思主义文化，他会问这样的问题：同志，您如何定义社会主义现实主义？他们很清楚除了问题之外，他们还会提醒诗人，让他们写更多的好诗：一、歌颂参加讨论的人所从事的职业，二、歌颂年轻人，三、揭露资本主义社会的悲惨生活，四、歌颂爱情。

因此开始时的半分钟根本就不是所谓尴尬的结果；那只是太熟悉这老一套的诗人们有点心不在焉罢了；或者是彼此配合得不够好，因为诗人们都还没有经历这样的培训，每个人都想把开第一枪的机会让给别人。六十来岁的诗人终于开口说话了。他毫不拘谨、颇为夸张地谈着，十分钟的即兴演讲后，他让对面的那排人不要害怕，尽管提问题。这样诗人们终于可以充分展示自己的雄辩天才，而他们参与临时组建的队伍的灵活能力从这一刻起也得到了完美无缺的体现：他们知道如何轮流上场，如何互相补充，如何突然代之以严肃的回答或插入一段轶闻趣事。当然，所有的主要问题都被提出来，所有的主要回答也基本上完成了（六十来岁的诗人听得索然无味，不过人们问他写第一首诗的时候多大，又是在什么样的状况下写出第一首诗的，他解释说如果没有小猫米佐的话，他可能永远成不了诗人，因为正是这猫在他五岁时给了他第一首诗的灵感；然后他背诵了他的第一首诗歌，由于对面的听众不知道他是讲真的还是在开玩笑，他赶紧领头笑了，然后所有人，诗人们和听众也都笑了很久，这是他们发自内心的笑）。

当然我们必须提醒大家别忘了秩序。看门人的儿子站起身，说了很多。是的，诗歌晚会开得相当成功，所有的诗歌可以说都是一流的，但是有没有人想过，在我们听到的至少三十三首诗中（如果我们以每个诗人平均背诵至少三首诗来计算），没有一首诗，不管是直接的还是间接的，是以国家安全为主题的，但我们能说国家安全问题在国家生活中所占据的位置是在三十三名之后吗？

接着，那个五十来岁的女人站起身，她说她完全同意雅罗米尔老同学所说的话，但她要提的问题和他的完全不一样：为什么我们的诗歌很少描写现代的爱情？大家听了以后都在尽量压抑自己的笑声，而五十来岁的女人继续道：即便是在社会主义制度下，她说，人们仍然在相爱，他们也很乐于读一些关于爱情的东西。

六十来岁的诗人站起身，微微抬了抬头，说刚才那位女同志说得完全有道理。在社会主义制度下，难道我们听到爱情就该脸红吗？爱情是什么不好的东西吗？这是个已经上了年纪的男人，但他就不羞于承认，当他看见女人穿着夏天轻盈的衣裙，能够依稀想象出她们轻薄的衣衫下诱人而年轻的身体时，他就禁不住要回头去看。十一个人吃吃地笑开了，笑声很复杂，有淫荡的笑，也有是笑诗人的，而诗人受到鼓励之后继续道：应当送什么给这样的女人呢？也许送一把铁锤外加一束天门冬草？他请她们上家里来的时候，是不是应该在花瓶里插一把镰刀？不，不会的，他会送她们玫瑰花；爱情诗正像献给女人的玫瑰花一样。

是的，是的，五十来岁的女人激动得不行，她疯狂地表示赞同诗人的观点，诗人从衣服的内兜里掏出一张纸，开始朗诵一首爱情诗。

是的，是的，诗写得非常美妙，五十来岁的女人发表意见道，但接着有一个组织者就站起来说，的确，这些诗句很美，但即便是爱情诗也应该体现一个社会主义诗人的立场。

但社会主义立场应当如何体现呢？五十来岁的女人问道，她完全为这个悲凄地仰着头的诗人着迷了，沉浸在他的诗歌里。

这段时间雅罗米尔一直沉默着，尽管其他所有的诗人都已经发过言了，他知道应该是他说话的时候了；他对自己说是时候了；有一个问题他已经思考了很久；是的，从他经常到画家家里去的时候开始，从他温顺地听现代艺术课和关于新世界的演讲开始，他就已经在思考。唉！又一次，画家在借助雅罗米尔的嘴巴说话，画家的话语和声调再一次通过雅罗米尔的唇迸了出来！

他在说什么？他在说爱情，旧世界里的爱情，由于为金钱、社会、成见所左右，实际上，旧世界里的爱情并不是真正的爱情，而只是爱情的影子。只有在新社会，在扫除了金钱的作用和偏见的影响之后，人才能成为真正的人，爱情才能变得前所未有的伟大。社会主义的爱情诗正应当表现这种伟大的自由的情感。

雅罗米尔对自己所说的很满意，他看见女电影艺术家那双乌黑的大眼正目不转睛地盯着他；他想象着从自己嘴里出来的这两个词，“伟大的爱情”，“自由的情感”，仿佛帆船一般驶往这双黑眼睛的港湾。

但他才说完，一个诗人就讽刺地笑着说：“你真的认为你的诗歌所表达的爱情比海因里希·海涅的诗歌所表达的爱情更加伟大？或者你认为维克多·雨果的爱情过于渺小了？再不就是马哈[①]或聂鲁达[②]笔下的爱情因为金钱和成见而残缺不全？”

这真是飞来横祸，雅罗米尔不知该如何回答；他的脸涨得通红，他看见那双黑眼睛仍然盯着他，成了他溃败的见证。

五十来岁的女人非常满意地对雅罗米尔的同仁表示赞同：“您还希望爱情有什么变化吗，同志？哪怕时代消亡，爱情也永远如此，不会改变。”

诗歌晚会的组织者再一次插话了：“不，同志，当然不是这样！”

“不，我不是这个意思，”反驳雅罗米尔的诗人马上说，“但昨天的爱情与今天的爱情的差别并不在于感情的程度。”

“那么在于什么？”五十来岁的女人问道。

“差别在这里：过去，哪怕是伟大的爱情，总是一种逃避，一

① Karel Hynek Macha（1810—1836），捷克浪漫主义诗人。

② Jan Neruda（1834—1891），捷克诗人，作家。

种逃避社会生活、令人恶心的社会生活的方式。但是相反，对于今天的人来说，爱情与社会责任，与工作，与战斗是联系在一起的，和这一切形成一个统一体。这才是一种全新的美。”

对面的那排人对雅罗米尔的同仁表示赞同，但雅罗米尔爆发出一阵恶意的笑声：“这美并不存在全新的意义，我亲爱的朋友。难道在过去的时代，诗人就没有完全与他们社会战斗生活相和谐的爱情生活了吗？雪莱的情人都是革命者，并且一起甘冒被焚烧的危险。也许你称这样的爱情为脱离社会生活的爱情？！”

刚才雅罗米尔不知该如何应对同仁的责难，可这回同仁比他还要糟糕，他不仅理屈词穷，而且他的沉默让人觉得（这是不可接受的）过去与现在之间没有差别，新世界并不存在。但是，那个五十来岁的女人站起身来用质询的口气问道：“那么，您能否告诉我们，昨天与今天的爱情的差别究竟在哪里？”

正在这决定性的时刻，仿佛所有人都进入死胡同，那个拄拐棍装假肢的人插了进来；在前面的讨论中，他一直专心致志地听着，尽管看上去有些不耐烦；这一次他站起身，靠稳了椅子：“亲爱的同志们，请允许我自我介绍一下。”他说。他这一排的人立刻表示反对，说没有必要，他们都认识他。但他打断他们说：“我的自我介绍不是针对你们的，而是针对我们今天邀请来进行讨论的同志。”由于他知道自己的名字对于诗人来说不具任何意义，他简要地介绍了一下他的生平：他在这幢别墅做了三十来年的看门人；在工厂主考科瓦拉的时代他就已经在这里了，那时这里是考科瓦拉的夏季别墅；战争期间，考科瓦拉被逮捕，别墅成了盖世太保的度假地，他也在这里；战后，这房子曾一度被基督教政党没收，而现在，警察局又在这里安顿下来。“根据我这么多年的所见所闻，我可以说没有任何政府像共产党政府这般替劳动人民着想。”当然，如今这个时代也不是十全十美的：“在工厂主考科瓦拉的时代，在盖世太保和基督教政党的时代，公共汽车站一直是在别墅的对面。”是的，这很方便，从公共汽车站到他别墅地下室的住处只有十来步路的距离。但是现在汽车站被搬到了两百米开外！他已经到所有能抗议的地方进行了抗议，但是根本没用。“请告诉我，”他用拐杖敲击着地面，“现在别墅属于劳动人民了，为什么汽车站要搬得那么远？”

他这一排的人反驳说（一部分人是出于不耐烦，另一部分人则是拿他取乐）已经和他解释一百遍了，公共汽车现在是停在一个在建的工厂前。

假肢男人回答说他很清楚这一点，但他建议汽车在两个地方都停。

他这排的人说汽车每隔两百米就停一次，这样的行为非常愚蠢。

“愚蠢”这个词冒犯了假肢男人；他宣称没有任何人有权利对他这样说话；他用拐杖敲击着地面，气得满脸通红。再说这不是真的，汽车完全可以隔两百米就停，他知道别的汽车线路就有这样的情况，两个站之间距离也很近。

这时组织者之一站起身，一个字一个字地对假肢男人说（他肯定不止一次地这样说过），捷克斯洛伐克的公交公司明确禁止在如此近的距离设立两个公共汽车站。

假肢男人则回答说他提议有个折中的解决办法，那就是可以将公共汽车站搬到工厂和别墅之间。

但大家提醒他说，如果这样工人和警察离汽车站就都不近了。

讨论已经持续了二十多分钟，诗人根本无法插进去说话；大家都在对自己相当了解的主题进行讨论，没有给诗人任何发言的机会。假肢男人被自己的同事弄得非常难过，重新怒气冲冲地在椅子上坐下来，大厅里再次安静下来，但是隔壁大厅的乐队声随即就传了过来。

接着，很长的时间里，没人再说什么，一个组织者终于站起身，感谢诗人们今天的到来，并且带给他们如此有意义的讨论。作为访问者的代表，六十来岁的诗人也站起身，说讨论（就像在别的地方一样，总是这么说的）让诗人们受益无穷，诗人们得到的比主人得到的还要多，应该诗人们感谢主人。

隔壁的大厅里传来歌声，大家赶紧围在假肢男人身边去平息他的愤怒，诗人们被撇在了一边。过了一会儿，看门人的儿子和两个组织者一起过来陪他们走向面包车。

8

在把他们送回布拉格的微型面包车上，除了诗人们之外，还有那个美丽的电影艺术家。诗人们围着她，每个人都使出浑身解数来吸引她的注意。很不幸，雅罗米尔的座位离她太远，无法参与这场游戏；他想到了他的红发姑娘，无需任何提醒就能够明白这个红发姑娘是那么无可挽回的丑陋。

车子在布拉格市中心的某个地方停下来，有几个诗人决定再去酒吧玩一会儿。雅罗米尔与电影艺术家也和他们一起去了；他们围着一张大桌子坐下，谈天，喝酒，出了酒吧后，电影艺术家建议他们上她家坐会儿。但这时已经只剩下极少几个诗人了：雅罗米尔，六十来岁的诗人和出版社编辑。他们在她家的扶手椅上落座，这是一座现代别墅的二楼，房子是这个年轻女人转租来的，坐下后他们又开始喝酒。

老诗人怀着无比的热情投入了和电影艺术家的谈话。他坐在她旁边，称赞她的美丽，为她背诵自己的诗歌，即兴赋诗歌颂她的魅力，他还时不时地跪在她的脚下，握住她的手。而出版社编辑也怀着差不多程度的热情和雅罗米尔谈话，当然，他没有称赞他的美丽，但他重复了成千上万遍：你是个诗人，你是个诗人！（我得顺便在这里提醒一下大家，当一个诗人称某人为诗人这和一个工程师称某人为工程师，或者一个农民称某人为农民可不一样，因为农民是种地的，而诗人却不只是写诗的，他而且是被选中——我们千万得记住这个词！——写诗的，并且只有一个诗人才能确切地认出另一个诗人，因为诗人身上都留下了上帝这份恩惠的痕迹——我们也千万得记住兰波的信中的话——所有的诗人都是兄弟，因此只有兄弟才能在兄弟的身上认出这个家族秘密的标记。）

那个电影艺术家，尽管面前跪着六十来岁的诗人，双手几乎架不住诗人过于热情的抚摸，眼睛却始终没有离开雅罗米尔。他立刻就发现了，他也被她深深地吸引，他的眼睛也从来没有离开过她。这真是一个美丽的四边形！老诗人在盯着电影艺术家，出版社编辑在盯着雅罗米尔，雅罗米尔和电影艺术家则在互相盯着。

目光的几何图形只中断过一次，那是因为出版社编辑拉着雅罗米尔的胳膊，非要把他拖到连接卧室的阳台上；他建议雅罗米尔和他一起到栏杆下面的那个院子去小便。雅罗米尔满足了他的要求，因为他希望编辑不要忘了替他出版诗集的承诺。

等他们回到阳台的时候，跪着的老诗人已经起身，说必须走了；他已经看得很清楚，年轻女人要的不是他。接着他对编辑建议说（编辑在这方面要不经心得多，而且对漂亮女人也没什么热情），就让想留下并且值得留下的人留下好了，因为，老诗人是那么叫的，他们才是晚会的王子和公主。

终于，编辑搞清楚了老诗人绕来绕去究竟说的是什么意思，并且做好走的准备，老诗人已经拖住编辑的胳膊将他拉到门口，雅罗米尔知道自己即将和年轻女人独处，而此时，年轻女人正坐在宽扶手椅上，跷着腿，头发散开，眼睛定定地看着他……

两个人即将成为情人的故事是那么具有永恒的意义，以至于我们几乎可以忽略这个故事发生的时期。讲述这一类艳遇是多么快活啊！忘记那些耗尽我们短暂生命的无用功是多么甜美啊！如果能够忘却历史是多么美好啊！

但是现在，历史的幽灵却来敲门，进入我们的故事。它不是以秘密警察的面目出现，或是打扮成突如其来的革命的模样；历史不仅仅会沿着到达生命的顶峰的路行进，它也会沉浸在日常生活的一潭脏水里；在我们的这个故事里，它就是以一条短裤的面目出现的。

在雅罗米尔的国家，在我们说的这个时期，优雅从政治的角度而言是一种犯罪；那时候人们穿的衣服非常丑（再说那会儿战争结束没有很长时间，饥荒还时有发生），如果讲究内衣的优雅在那样朴素的时代简直就是不可饶恕的奢侈！那些嫌短裤太难看的男人只好穿上运动时用的布短裤（这种宽大的短裤长及膝盖，在腹部开着很滑稽的口子），也就是说上体操课或去体育场穿的那种短裤。这是件奇怪的事情：在那个时代，在波希米亚，男人穿成足球运动员的样子上情人的床，他们去情人家里就像去体育场，但是从优雅的角度来说，这还不算太糟糕：体操短裤通常带有一种运动的美感，而且颜色比较活泼——蓝的，绿的，红的，黄的。

雅罗米尔不用自己操心穿着问题，因为是他妈妈管的；她帮他选择衣服，帮他选择内衣，她注意着不让他受凉，注意他是否穿够保暖的内裤。她非常清楚他衣橱里究竟有多少短裤，只要她瞟上一眼，就马上能看出他今天穿的是哪条。如果她发现橱里的短裤一条不少，她立刻会发怒的；她不喜欢雅罗米尔穿体操短裤，因为她觉得体操短裤就只是上体操课穿的。每次雅罗米尔抗议短裤太难看的时候，她就会带着某种无法明言的愤怒说，反正他又不会给别人看到他的短裤。雅罗米尔每次上红发姑娘那里去，都没忘了脱下衣橱里的短裤，藏在书桌的抽屉里，然后再偷偷穿上体操短裤。

只是这一天，他不知道晚会为他保留了这样的节目，他穿着一条丑得可怕的脏灰色短裤，厚厚的，旧旧的！

你也许会说这也不过是稍微有点复杂而已，比如说他可以关上灯，这样就没人会看见他的短裤。唉，那卧室里正有一盏玫瑰色灯罩的台灯，这盏台灯一直亮着，似乎已经焦急地等待着照亮两个情人的抚摸和拥抱，雅罗米尔不能想象他该说些什么才能让年轻女人关灯。

或者，你会提醒说，雅罗米尔可以将长裤和这条丑陋的短裤一起脱下。只是雅罗米尔甚至不能想象可以把长裤和短裤一起脱下来，因为他从来没有用这种方式脱过衣服；一下子就这么脱得精光让他感到害怕；他总是一件一件地脱，长时间地抚摸红发姑娘，穿着他的体操短裤，只有冲动起来以后他才脱去短裤。

因此他在这双乌黑的大眼睛前非常害怕，他说他也该走了。

老诗人几乎发怒了；他对他说绝不能冒犯一个女人，还低声对他描述了一番正在等待着他的美妙情欲；但这些话只能加重短裤为他带来的悲惨。他望着那双灿烂的黑眼睛，心都碎了，退到了门边。

刚到大街上，他就差不多后悔了；这个炫目的姑娘在他脑中挥之不去。老诗人（刚才他们已经在电车站告别了编辑，现在只有他俩走在黑黝黝的马路上）还在折磨他，因为他不停地说他冒犯了年轻女人，还说他干了一件蠢事。

雅罗米尔对诗人说他也不想冒犯那姑娘，但他爱他的女朋友，而且他的女朋友爱他爱得发疯。

您太天真了，老诗人对他说。您是诗人，您是生活的情人，您和另一个女人睡觉不会伤害你女朋友的；生命是短暂的，机会一旦失去就不会再来。

听这样的话真让人感到痛苦。雅罗米尔回答老诗人说在他看来，一次伟大的爱抵得上成千上万次短暂的爱；说他的女朋友是那么与众不同，说他女朋友的爱是那么广阔无边，说他和她在一起能够经历唐璜和一千零三个女人所经历的那些艳遇。

老诗人不说话了；雅罗米尔的话似乎让他非常感动："也许你是对的，"他说，"只是我已经是个老人了，我属于旧世界。我得承认，虽然我已经结婚，可换了我是你，我一定会留在那姑娘家。"

由于雅罗米尔仍然在阐述他那专一爱情的伟大，老诗人微微仰起头说："啊！您也许是对的，我的朋友，甚至可以说您肯定是对的。难道我就没有梦想过伟大的爱情吗？专一的，唯一的爱情？广阔无边如同宇宙般的爱情？只是我挥霍掉了，我的朋友，因为在那个旧世界里，在那个金钱和娼妓的世界，伟大的爱情没有立足之地。"

他俩都醉了，老诗人搭着小诗人的肩膀，两个人在电车轨道中央停了下来。他挥舞双臂，高喊道："打倒旧世界！伟大的爱情万岁！"

雅罗米尔觉得这样很壮丽、浪漫和诗意，于是两个人都充满热情地叫了很长时间，在这布拉格黑黝黝的街道上："打倒旧世界！伟大的爱情万岁！"

接着老诗人在街上跪下来，跪在雅罗米尔面前，亲吻着他的双手："我亲爱的朋友，我向你的青春致敬！我的衰老向你的青春致敬，因为只有青春可以拯救世界！”接着他停了一会儿，他光秃秃的头蹭着雅罗米尔的膝盖，用悲凄的声音说：“我也向你的伟大爱情致敬。”

他们终于分了手，雅罗米尔独自一人回到家，回到自己的卧室。在他眼前又出现了刚才几乎已经忘却的美丽女人的影子。出于一种自我惩罚的心理，他想看看镜中的自己。他脱去长裤，看着自己那条丑陋、破旧的短裤，他满怀仇恨地审视了很长时间，审视这份可笑的丑陋。

他明白，他的仇恨不是针对自己的。他是恨他的妈妈，那个帮他整理内衣的妈妈，为了瞒过她，他还不得不偷偷地穿上体操短裤，然后把原来的短裤藏在书桌的抽屉里。他满怀仇恨地想着他这个体现在他每双袜子每件衬衫里的妈妈。他满怀仇恨地想着妈妈，那个将颈圈套在他脖子上，牵着长长皮带另一头的妈妈。

9

从这天晚上开始，他对红发姑娘更加苛刻了；当然这苛刻披着爱情的神圣外衣：她怎么就不明白他此刻在想些什么呢？她怎么就不明白他此刻的精神状态呢？在这点上她就好像是个外人，因为她根本不知道他心底里的东西。如果她真的爱他，像他爱她那样，她就至少应该猜猜！她怎么能那么津津乐道于那些他一点也不感兴趣的东西呢？她怎么能不停地对他说她的这个哥哥，那个弟弟，这个姐姐，那个妹妹？她怎么就没察觉出雅罗米尔有很重的心事，他需要她的帮助和理解，而她却只知道在这里谈那些无聊自私的事情？

当然，姑娘也为自己辩护。比如，为什么她就不能谈论自己的家人呢？雅罗米尔不也谈论自己的家人吗？再说她妈妈还能比雅罗米尔的妈妈更坏吗？她还提醒他说（是自那天以后的第一次），她妈妈竟然闯入儿子的房间，逼她吞咽一块浸了药水的糖。

雅罗米尔对自己的母亲是又爱又恨；在红发姑娘面前，他立刻为母亲辩护：她想要救她有什么不对的吗？这只能说明她很爱她，她已经接受了她，把她当成家人来看！

红发姑娘笑了起来：雅罗米尔的妈妈还不至于蠢到这个程度，会分不清爱的呻吟和肝痛的呻吟！雅罗米尔恼羞成怒，一言不发，姑娘只好请求他的原谅。

一天他们正在街头散步，红发姑娘挽着他的胳膊，两个人一言不发地向前走（他们不互相指责的时候就不说话，一旦他们开口说话就互相指责），雅罗米尔突然看见两个美丽女人迎面向他们走来。一个年轻，一个有了一定的年纪；年轻的那个更加优雅更加美丽，但上了年纪的那个也非常优雅（雅罗米尔为之大吃一惊），而且美得令人吃惊。雅罗米尔认识这两个女人：年轻的是那个电影艺术家，上年纪的是他的妈妈。

他脸红了，和她们打了招呼。两个女人也招呼了他（妈妈兴高采烈，简直反常），而对于雅罗米尔来说，让她们看到他和这个不太好看的小女人在一起，和让她看到丑陋得惊人的短裤是一回事。

回到家里，他问妈妈怎么认识那个电影艺术家的。妈妈带着一种调皮的卖弄回答他说，她俩认识已经有段时间了。雅罗米尔继续问她，但妈妈一直都在绕弯子，这就好比情人之间的询问，男人想要知道对方的隐秘，可是为了刺激他的好奇心，女人就是迟迟不予回答；不过最后她总算告诉他，这个热情的女人两个星期前拜访过她。她非常欣赏雅罗米尔的诗歌，想要拍一部关于他的短片；影片可能是属于业余爱好者性质的，将由国家安全局电影俱乐部赞助播映，这就保证它会拥有一定的观众。

“她为什么会来找你呢？为什么她不直接来找我？”雅罗米尔很惊讶。

也许她不想打搅他，她想通过雅罗米尔的母亲尽可能多地了解关于他的一切。再说，还有谁能比母亲更了解儿子？这个年轻女人真是很好，她还邀请母亲和她一起合作拍摄这部短片；是的，她们将联合设计这部关于年轻诗人的短片。

“为什么你从来没有对我说起过这事？”雅罗米尔问，他本能地对母亲和电影艺术家的联合感到不快。

“我们运气不好才会碰到你的。我们事先已经决定给你个惊喜。某一天，你回到家里，你会突然对着摄影师和镜头。”

雅罗米尔又能怎么办呢？一天，他回到家里，握住这个年轻女人的手，就在前几个星期，他还在这个女人家里待过，他觉得自己和那天一样可怜，尽管这天他在长裤里面穿的是一条红色的体操短裤。自那天警察诗歌晚会之后，他再也不穿那种可怕的短裤了。只是，每次在女电影艺术家面前，他都觉得有别的什么东西替代了短裤的角色：那天在街上碰到她和母亲，他是和女朋友在一起，缠绕在他周围的女朋友的红发代替了可怕的短裤；而这一次，滑稽的短裤又被母亲令人厌恶的七嘴八舌所替代。

女电影艺术家宣布说（没有任何人问过雅罗米尔的意见）马上要拍些资料，童年的照片，妈妈会就这些照片发表评论，正如两个女人事先所设计的那样，整部片子以母亲讲述诗人儿子的方式展开。他想要问母亲会怎样评论，但他害怕知道，他脸红了。房间里，除了雅罗米尔和两个女人，还有三个在摄影机和两个大聚光灯边忙碌的家伙；他觉得这些家伙正在看他，充满敌意地笑着。他不敢说话。

"您童年的照片拍得非常棒，我都想用。"电影艺术家边翻相册边说。

"这会出现在银幕上吗？"妈妈非常在行地问，电影艺术家于是安慰她说没什么好担心的；接着她向雅罗米尔解释说影片的第一部分将通过对这些相片的剪接来完成，母亲会在一旁叙述关于诗人童年的回忆，不过母亲不会上镜头。后面的一部分，妈妈会出现在镜头上，只不过是出现在诗人之后；诗人在他自己家里，正在写作的诗人，在花园花丛中的诗人，最后是在大自然中的诗人，因为那是他最喜欢去的地方；正是在那里，在他最喜欢的那个角落，在广阔的田园之中，他在背诵自己的诗歌，影片就这样结束了。（"我最喜欢的角落，在哪里？"他目瞪口呆地问道；然后他得知他最喜欢的角落是在布拉格郊区的一个小幽谷之中，那里竖立着一块块的岩石。"什么？我讨厌那个角落。"他反驳道，但没人拿他的话当真。）

雅罗米尔不喜欢这片子，他说自己也要参与制作；他提醒说这里面有不少老一套的东西（出示一岁时的照片是多么可笑！）；

他说他有一些更有意义的主题，也许更有必要对这些主题进行挖掘；两个女人问他考虑的是什么，他回答说他不能这样毫无准备地告诉她们，他宁愿把拍片的事情往后面放一放。

他不计一切代价，想推迟拍摄，但是没能获胜。妈妈揽过他的肩膀，对她棕发的合作者说："您瞧！这就是我永远都不满意的小东西！他从来就是这样，永远不会高兴……"接着她冲雅罗米尔说："这是真的吧？"雅罗米尔没有回答，她重复道："这是真的吧，我永远都不满意的小东西？说，这是真的！"

电影艺术家说永远都不满意是一个作者的品质，但这一次他不是作者，作者是她俩，她们已经做好准备承担一切风险；他只需听凭她们拍摄就可以了，就像她们随他写诗一样。

妈妈补充说雅罗米尔不应该担心影片会对他有所歪曲，因为两个女人，妈妈和电影艺术家，她们都是从他的角度出发考虑，满怀热情地设计这个片子；她说这话的时候一副讨好的口气，很难说她究竟是在讨好雅罗米尔还是在讨好新朋友。

无论如何，她今天看上去颇具魅力。雅罗米尔从来没看到她这样；早上她甚至去了美发厅，看起来她是让人做了个比较显年轻的发型；她比平常说话的声音要大，不停地笑，卖弄一些她从平日的生活中学来的机智的转折什么的，她津津有味地扮演着家庭女主人的角色，为站在聚光灯旁的三个男人端咖啡。她对黑眼睛电影艺术家说话的口气极为亲密，就像好朋友那样（这样她就仿佛和电影艺术家进入了同一个年龄层），她还一直宽容地揽着雅罗米尔的肩膀，真的把他当成永不满足的小东西来对待（这样就又把他打回童贞年代，打回童年，打回母亲肚子里）。（啊，瞧这母子俩为我们提供的美丽画面，他们面对面，彼此在用力地推：她把他往母亲肚子里推，他则把她往坟墓里推，啊，这母子俩为我们提供的美丽画面……）

雅罗米尔放弃了；他知道这两个女人已经如火车头般发动了，在雄辩方面他根本不是她们的对手；他望着聚光灯和摄影机旁的三个男人，觉得他们就是在一旁冷嘲热讽的观众，他每迈错一步，他们随时都会嘘他；因此他说话的声音总是很低，而那两个女人总是高声回应他，好让观众听清楚，因为此时观众的在场对她们有利而对他不利。于是，他对她们说他听她们的，不过他想走开了；但她们反驳说（总是那么殷勤地）他应该留下来；他留下来她们会很高兴的，她们说，和她们一起工作；于是他只好留了一会儿，看摄影师拍摄相册里的不同照片，然后他就回到自己的房间，装出读书或工作的样子；他的脑子很乱，想了很多，努力想在这完全对他不利的状态中找出一点有利的地方，他想或许女电影艺术家是想通过拍摄这部短片和他保持联系；他对自己说，妈妈只是一个障碍，他必须小心地绕过；他努力想安静下来，思考如何才能让这可笑的拍摄为己所用，也就是说修正自那天晚上愚蠢地离开女电影艺术家那里后开始的失败；他努力想战胜自己的羞怯，还时不时走出房间，看隔壁的拍摄进展如何，他想重复当时在女电影艺术家那里的那种充满诱惑的对视，哪怕一次也行；可是这一次，女电影艺术家很冷淡，一直忙于自己的工作，他们的目光很少相遇，即便相遇也很短暂；于是他放弃了自己的企图，决定等拍摄结束以后送女电影艺术家回家。

等三个男人下楼将摄影机和聚光灯收进小货车的时候，雅罗米尔走出了自己的房间。这时他听见母亲对女电影艺术家说：“来，我陪你回家吧。我们可以在路上找个地方吃饭。”

就在这个下午，他缩在自己房间里的时候，这两个女人已经开始以你相称了！等他明白了这一点，他觉得就好像有人刚在他眼皮底下抢走他的情人一般。他冷冷地和女电影艺术家告了别，等两个女人一出家门，他也立即怒气冲冲地出了门，径直往红发姑娘的住处去了；她不在家；他在她家门口踱了半个小时的步，情绪越来越糟糕，直至最后看见她迎面走过来；姑娘的脸上现出惊喜，可雅罗米尔却满脸指责；她怎么能不在家！她怎么没想到他也许会来！她到哪里去了，回来那么迟？

她一关上门，他就扯掉她的裙子；接着他和她做爱，想象着身子底下躺着的是那个黑眼睛姑娘；他听着红发姑娘的呻吟，由于满脑子的黑眼睛，他觉得这呻吟也属于那双黑眼睛，他那么冲动，和她来了好几次，可是每次持续的时间都只有几秒钟。对于红发姑娘来说，这一切可不大寻常，她笑了；只是这一天雅罗米尔对讽刺尤其敏感，红发姑娘笑声中的善意他丝毫没能听得出来；他恼火透了，给了她两记耳光；她哭了；这对于雅罗米尔来说是份安慰；她哭，然后他再揍她；被男人弄哭的女人的哭声是对男人的救赎；这就如同耶稣基督替我们在十字架上奄奄一息；雅罗米尔兴高采烈地欣赏了一会儿红发姑娘的哭泣，接着他吻她，安慰她，他回到自己家中，已经彻底安静下来。

两天后拍摄重新开始；小货车再一次停下，三个男人（满怀敌意的观众）下了车，和他们一起下车的还有那个美丽的姑娘，就是前天在红发姑娘那里却分明听到她呻吟的那个美丽姑娘；当然，还有妈妈，越来越年轻的妈妈，叫着，闹着，笑着，仿佛离开乐队独奏的乐手。

这一次，摄影机的镜头应该直接对准雅罗米尔；必须表现他在家里的样子，在自己的书桌前，在花园里（因为雅罗米尔似乎很喜欢花园，喜欢花坛，草坪，花朵）；镜头里，他还和自己的母亲在一起，我们或许还没有忘记，这个母亲曾经发表过关于他的评论。女电影艺术家让他在花园的长凳上坐下，让雅罗米尔和母亲尽量自然地聊天；学习表现自然就花了一个小时，妈妈一直生气勃勃；总是在说话（在电影中他们说什么我们根本听不见，他们只是在无声地交谈，取而代之的声音是妈妈的评论），每次她发现雅罗米尔的表情不够开心，她就对他解释说，做他的母亲是多么不容易，像他这么一个羞涩、孤独、总是感到害怕的孩子的母亲。

然后他们都挤进小货车，来到布拉格郊区那个罗曼蒂克的角落，就是那个母亲认为雅罗米尔被怀上的地方。她非常谨慎，对谁都没有说过为什么这个地方对于她来说如此珍贵；她不愿说，可是又很想说，于是她在大家面前含含糊糊地说出于某种个人原因，这个地方对她而言代表着爱，代表着情欲。“瞧瞧这片起伏的大地，这就像一个女人，像她的曲线，像母性的形状！再看看这些岩石，这些远处竖立着的巨大的岩石，多么雄伟啊！这些垂直的，粗犷的突出的岩石不是蕴含着某种雄性的气息吗？这不正是一片体现男人和女人的风景吗？这不正是一片风情万种的景致吗？”

雅罗米尔想要反抗；他想说她们的影片十分愚蠢；他感到他心里正升起一种颇具品味的男人的骄傲；他也许可以制造一桩小小的事件，或者至少可以逃走，就像上次在伏尔塔瓦河滨浴场时那样，但这一次他不能够；他的面前是电影艺术家的黑眼睛，而在这双黑眼睛面前他无能为力；他害怕自己再次失去这双黑眼睛；这双眼睛成了他逃跑之路上的路障。

接着他被安置在一块大岩石旁边，他应该在这里背诵自己最喜欢的诗歌。妈妈已经兴奋到极点。她已经很长时间没到这里来了！正是在这里，一个星期天的早上，她和一个年轻的工程师做爱，而若干年以后，又在同样的地方，站着她的儿子；就好像成长了若干年的一只蘑菇（啊，是的，孩子就像蘑菇那样，父母在哪里播种，孩子就在哪里成长起来！）；妈妈看到了蘑菇的这份奇妙，这份美丽，这株那么不可思议的蘑菇啊，此时正在用颤抖的嗓音朗诵着自己的诗歌，在诗里他说自己要死于火焰中。

雅罗米尔觉得自己朗诵得很糟糕，但他没有别的法子；他再对自己重复说他没什么好害怕的也是枉然，是啊，那个晚上，在警察的别墅里，他曾经奇迹般地，光彩夺目地朗诵过诗歌，可这里不行，他没有底气；他呆呆地站在这荒唐的岩石前，站在这荒唐的风景中，很害怕某个布拉格人会到这里来遛狗或是和女朋友来散步（瞧，和二十年前他妈妈担心的一样！）。他无法集中思想，机械地朗诵着，很困难，一点也不自然。

同一首诗，她们让他重复了好几遍，但她们最终还是放弃了。“他老是害怕！”妈妈叹气道，“中学的时候，一到写作文，他就发抖；我不知强迫了多少次，让他一定要去学校，因为他害怕！”

女电影艺术家说可以用演员配音，只要他站在岩石前面张着嘴就行了，不需要他真的朗诵。

于是雅罗米尔这么做了。

“啊呀！”女电影艺术家叫道，这回可没了耐心，“你必须好好地张嘴，就好像您在朗诵一样，而不是随便乱张。演员要对着你的口形朗诵！”

于是，雅罗米尔站在岩石前，他张开嘴（驯服而正确地），摄影机终于轰鸣起来。

10

前大，在摄影机前他还穿着轻便的风衣，而今天，他已经得穿上冬天的大衣，披上围巾，再戴上帽子；下雪了。他们约好六点在她住处见面。但现在已经六点一刻了，红发姑娘还是没到。

迟到几分钟当然不是什么大不了的事情；但雅罗米尔这些天已经承受了那么多的侮辱，他再也不能忍受一丁点的冒犯；他不得不在楼前的街道上踱来踱去，街上都是人，谁都知道他在等人，而且对方并不急着和他见面，这就等于把他的失败昭示天下。

他不敢看表，害怕这个过于说明问题的手势会告诉街上的所有人，他是个绝望等待的情人；他轻轻地将袖子里的内衣往上提了提，迅速瞥了一眼腕上的手表以捕捉时间；当他发现已经六点二十了，他觉得自己简直气得发疯：怎么能这样，他总是提前赴约，而她，这个最丑最蠢的女人却总是迟到？

她终于到了，看见了雅罗米尔冰冷的脸色。他们走进房间坐下，姑娘开始陈述借口：她才从她的一个女朋友那里回来，她说。没有比这更糟糕的借口了。当然，任何事情都不足以让他原谅她，更何况在雅罗米尔看来，女朋友根本是应该无足轻重的。他对红发姑娘说他很理解和朋友在一起玩的重要性；因此他建议她再回到她女朋友那里去。

姑娘明白事情变得糟糕了；她说她是和女朋友谈很严肃的事情；她的女朋友正准备离开自己的男朋友；她非常难过，一直在哭，红发姑娘于是想让她平静下来，所以就得留下安慰她。

雅罗米尔说她很慷慨，能够帮自己的女朋友分担痛苦，擦干眼泪。但如果雅罗米尔离开红发姑娘，如果他拒绝再见这个认为女朋友的眼泪比他更重要的红发姑娘，又有谁会替她分担痛苦，擦拭眼泪呢?

姑娘意识到事情变得越来越糟；她请求雅罗米尔的原谅，说她很后悔，说对不起。

但是仅仅请求原谅显然不能满足雅罗米尔深受侮辱的心；他反驳说任何借口都不能改变他所下的决心：红发姑娘称之为爱情的并不是真正的爱情；不是的，他说，事先就驳斥了她有可能产生的异议，他不是出于小心眼，从一件表面上看起来无所谓的事情里得出的这个结论；相反，恰恰是这些小细节揭示了红发姑娘对雅罗米尔的感情；她对他这种让人无法接受的轻慢，她对他一点也不在意，就仿佛他是她随便一个什么女朋友，商店里的顾客，街头偶然相遇的行人！但愿她别再厚着脸皮说她爱他了！她的爱只是对爱情的毫无价值的模仿。

姑娘看到事态一直在向坏的方面转化。她试图用亲吻来平复雅罗米尔充满仇恨的忧伤；他几乎是相当粗暴地推开了她；她顺势跪下来，头顶着雅罗米尔的腹部；他有一瞬的犹豫，但他还是让她站起来，冷冷地对她说，不要再碰他。

如酒精一般蔓延至他脑部的仇恨美丽而迷人；这仇恨之所以迷人，正是因为它通过红发姑娘又反射到他的身上，并且开始伤害他自己；这几乎是一种自我摧毁性的愤怒，因为他很清楚，推开红发姑娘就是推开他在这世界上唯一拥有过的女人；他感到他的愤怒是没有道理的，他对姑娘也是不公平的；但也许正因为他明白这一点，他才会变得更加残酷，因为吸引他的正是深渊，孤寂的深渊，自我惩罚的深渊；他知道离开女朋友他是不会幸福的（他会孤零零的一个人），而且他也不会对自己感到满意（他会知道他以前对女朋友是不公正的），但尽管他都明白，仍然不能抵抗自己那种愤怒的晕眩感。他向女朋友宣布说他刚才的话不仅现在有效，而且将永远有效：他不希望她再碰他。

红发姑娘不是第一次看到雅罗米尔发火吃醋；但这一次，她发现他的语调中有一种近似疯狂的固执；她感觉到雅罗米尔为了发泄自己不知从何而来的愤怒，什么事情都能做出来。于是，差不多是在最后一刻，几乎是在深渊的边缘，她说："我求求你，别发火。你别发火，我刚才撒谎了。我不是在女朋友那里。"

他倒一下子慌了："那么你是在哪里？"

"你会气疯的，你不喜欢他，可是我无能为力，我必须去看他。”

“那你到底去了哪里？”

“到我哥哥那里去了。就是曾经在我这里住过的那个哥哥。”

他一下子跳了起来：“你有什么必要总是和他搅在一起？”

“别发火，他对我来说无足轻重，有你在我身边，他真的无足轻重，可他终究是我哥哥，我们在一起长大的，共同生活过十五年。他要走，会离开很长时间。我必须去和他说声再见。”

雅罗米尔很不喜欢她这种和哥哥道别的感情：“你哥哥上哪儿去，值得你和他道这么长时间的别，把其他的一切都忘记了？他要出一个星期的差？还是要去乡下度周末？”

不，他不是去乡下，也不是出差，他的事情远比这个要严重得多，她不能对雅罗米尔说，因为她知道他肯定要发疯。

“这就是你所谓的爱我？我不赞同的事情就对我藏着掖着？你对我保留了什么秘密？”

是的，姑娘很清楚，爱就是无所保留；但雅罗米尔应该理解她：她害怕，她只是害怕……

“能让你害怕，这是什么事情？你哥哥究竟要到哪里去，你不敢对我说？”

雅罗米尔真的一点也没有猜到吗？他真猜不到吗？

是的，雅罗米尔猜不到（在这样的时刻，他的忿忿不平蒙住了他的好奇心）。

姑娘最后终于承认：她的哥哥已经决定越过边境，偷渡；明天他就在国外了。

什么？她的哥哥要抛弃我们年轻的社会主义祖国？她的哥哥要背叛革命？她的哥哥要移民国外？她难道不知道移民意味着什么吗？她难道不知道移民都会成为国外的间谍，要毁灭我们的国家？

姑娘表示同意。她的直觉告诉她，雅罗米尔宁可原谅她哥哥的背叛也不能容忍她迟到十五分钟。因此她表示同意，她承认雅罗米尔说的一切都是对的。

“你光表示同意有什么用？必须阻止他，必须拉住他！”

是的，她曾经试图说服她哥哥；她已经尽她所能说服哥哥；现在，雅罗米尔也许终于明白她为什么会迟到了，雅罗米尔这会儿也许能原谅她了。

雅罗米尔对她说，他原谅她的迟到；但他不能原谅她那个准备叛逃国外的哥哥：“你哥哥现在站在另一边的战场上了。他是我个人的敌人。如果战争爆发，你哥哥会向我开枪，而我也会向他开枪。你想过吗？”

“是的，我知道。”红发姑娘说，她向他保证，她会永远站在他这一边；站在他这一边，永远不会和别人站在一起。

“你怎么能说和我站在一边？如果你真的和我站在一边，你就不应该让你哥哥走！”

“可我能做什么呢？我又没有能力拽住他！”

“你应该立刻找到我，我知道该怎么做。但你不仅没有这样做，而且还对我撒谎！你先前说你在你女朋友那里。你想把我往陷阱里引！亏你还说站在我这一边。”

她向他发誓说她真的站在他这一边，不管他发生什么事情，她都会留在他身边。

“如果你说的都是真的，你就应该报警！”

什么，警察？她总不能向警察揭发她自己的哥哥！不管怎么说这也是不可能的！

雅罗米尔不能忍受矛盾：“什么，不可能？如果你不能报警，我自己来报警好了！”

姑娘再一次说哥哥总归是哥哥，她向警察揭发自己的哥哥是说不过去的。

“那么说，比起我来，你更在乎你哥哥了？”

当然不！可这也不是去揭发哥哥的理由。

“爱情意味着一切，否则就不能算是爱情。爱情是彻底的，否则就不能算是爱情。我，我站在这一边，而他站在另一边。你，你应该和我站在一起，而不是什么中间地带，在我俩之间。而如果你和我站在一起，你就应该做我之所做，想我之所想。对于我来说，革命的命运就是我个人的命运。如果有人反革命，那就是反对我。如果我的敌人不是你的敌人，那么你就是我的敌人。”

不，不，她不是他的敌人；她想和他站在一起，在所有的事情上，在一切问题上。她很清楚，她也知道爱情意味着一切，否则就不能算是爱情。

是的，她绝对同意，是的，这也正是她所想的。

“真正的爱情就是听不进这个世界其他人所说的一切，我们正是基于这一点区分真正的和非真正的爱情。只是你，你总是随时都能听进别人对你说的话，你总是站在别人的立场上，你考虑别人甚至比考虑我要多，你践踏我的爱情。”

不，肯定不是的，她不想践踏他的爱情，但她害怕会伤害，深深地伤害她的哥哥，他会为之付出昂贵代价。

“付出代价？如果他为此付出昂贵代价，这是正义使然。也许你害怕他？你害怕和他断绝关系？你害怕和家人断绝关系？你要将你的一生都和你的家人绑在一起？你知不知道，我有多么讨厌你那可怕的渺小，你没有爱的能力，真是令人厌恶！”

不，这不是真的，她不是没有爱的能力，她已经竭尽全力去爱了。

“是的，你已经竭尽全力来爱我了，”他不无苦涩地重复说，“你是绝对的无能！”

再一次，她发誓说这不是真的。

“没有我你能活下去吗？”

她发誓说她不能。

“如果我死了，你能活下去吗？”

不，不，不。

“如果我抛弃你，你能活下去吗？”

不，不，不。她拼命摇头。

他还能再要求什么呢？他的愤怒平息了，留下的只是困扰；突然他们的死亡一下子摆到他的面前；甜美，非常甜美的死亡，如果有一天他们当中的任何一个被对方抛弃了。他感动得声音哽咽，说：“我也不能，没有你我也活不下去。”她也重复说没有他，她也不能，而且不会活下去，他们双双重复着这句话，重复了很长很长时间，最后两个人都有点糊涂了，只是沉迷在这份伟大之中；他们互相扯去衣服做爱；突然间，他感到手湿漉漉的，红发姑娘泪流满面；真是美妙，他还从来没有过这样的体验，一个女人为他的爱情而哭泣；对于他来说，眼泪可以让一个人溶解，特别是这个人不再满足于仅仅作为一个人而存在，他想穿越自然本性的界限时；他觉得人可以通过眼泪逃避物质的存在，逃避作为人的界限，可以和远方浑然一体，因此而变得广袤无边。他为这湿漉漉的眼泪所感动，他突然感到自己也哭了；他们缠在一起，身体和脸庞都浸在眼泪里，他们缠在一起，真的，他们都溶解了，他们的情感彼此纠缠，就像两条河流一般交汇交融，他们哭泣着，爱着，在这一瞬，他们处于尘世之外，他们就像是从大路分离出去的一片湖泊，升向天际。

然后他们平静地并排躺着，互相抚摸了对方的脸庞很久；姑娘的红发粘成一缕一缕的，脸也通红；她很丑，雅罗米尔回忆起他的一首诗，他在这首诗里说他要饮下她身上的一切：她过去的爱情，她的丑陋，她粘乎乎的红头发，她脏兮兮的雀斑；他重复说他爱她，她也对他重复说了同样的话。

他不愿意放弃这个绝对满足的时刻，这一时刻由于彼此对死亡的承诺变得如此迷人，于是他再次说："真的，没有你我就活不下去，没有你我就活不下去。"

"我也一样，如果没有你，我会非常难过。难过得可怕。"

他立刻戒备起来："那么说你还是能够想象没有我的生活的啦？"

姑娘没有察觉到这句话后面的陷阱，只是说："我会非常非常难过。"

"但你能活下去。"

"如果你要离开我，我又能怎么办呢？但我会非常非常难过。"

雅罗米尔明白过来，他完全误会了。红发姑娘并没有以死相许；她说没有他她就活不下去时，这只是一种爱情欺诈，是口头掩饰，是隐喻。可怜的蠢货，她根本不知道他又绕回来了，她只是向他承诺她的悲伤，而他只知道绝对的标准，全或者无，生或者死。他满腔挖苦地问："你会难过多长时间？一天？或者一个星期？"

“一个星期?”她苦涩地答道，“瞧，我的克萨宝贝，一个星期……远远要比一个星期更长，瞧!”她贴紧他，想用肢体语言告诉他，她的悲伤不会是以星期来计算的。

雅罗米尔在思考：他的爱情究竟价值几何?几个星期的悲伤?好吧。那么悲伤又是什么?一点沮丧，一点无精打采。那么一个星期的悲伤又怎么样呢?人从来不会不间断地悲伤；她白天难过几分钟，晚上难过几分钟。加起来一共是多少分钟?他的爱情值几分钟的悲伤?他值几分钟的悲伤?

雅罗米尔想象着他的死亡，想象着红发姑娘的生活，一种冷漠的，没有变化的生活，她冷漠而快活地活在他的幽灵之下。

他不想再拾起关于嫉妒的话题；他听见她在问他为什么如此忧伤，他没有回答；她问话中所蕴含的温柔根本不能对他有所安慰。

他站起身穿衣服；甚至他对她不再那么恶毒了；她继续问他为什么他如此忧伤，他没有回答她，只是忧伤地抚摸着她的脸。接着他认真地盯着她的眼睛问：“你自己去报警吗?”

她以为他们美妙的做爱已经平复了雅罗米尔对她哥哥的愤怒；雅罗米尔的这个问题完全出乎她的意料，她不知该如何回答他。

他再一次（忧伤而平静地）问：“你自己去报警吗?”

她咕哝了点什么；她想说服他放弃决定，但她害怕清楚地说出来。但是，这咕哝声中的逃避意图十分明显了，于是雅罗米尔说："我理解你，你不想去。行了！我来解决吧。"他再一次抚摸（手势中含着同情，忧伤，失望）她的脸。

她张皇失措，不知道该说些什么。他们拥吻之后，他就走了。

第二天早上，他醒过来的时候，妈妈已经出门了。时间还早，他还在沉睡的时候，她已经在椅子上放好衬衫，领带，长裤，外套，当然，还有短裤。中断这个二十年来养成的习惯是根本不可能的，雅罗米尔总是被动地接受这一切。但是这天，看到椅子上这条淡灰色的短裤，垂着两条长长的裤管，裆前开的那个仿佛在邀人小便的大洞，他觉得内心升腾起一种神圣的愤怒。

是的，这天早上，他作出了重大的决定。他拿过短裤，展开，审视着，他几乎怀着一种充满爱意的仇恨在审视；接着他将一条裤管的一头塞进嘴里，用牙齿咬住；然后用右手抓住另一头拼命撕扯；他听见布料撕裂的声音，接着他将撕坏的短裤扔在地上。他就想这么扔在地上，给他妈妈看。

他套上一条黄色的体操短裤，穿上衬衫，打好领带，再穿上为他准备好的外套和裤子，走出别墅。

11

他把身份证交给看门人（不管是谁，进国家安全局这样重要的大楼都必须这么做），走上楼梯。瞧他是怎么走的，怎么在数他的每一步！他走着，仿佛肩膀上扛着他一生的命运；他好像不是在上楼，而是跨上自己生命的高一级台阶，上一级台阶，他将看到自己从来未曾看到过的东西。

一切对他来说非常有利；他走进办公室的时候，看见了老同学的脸，这是一张朋友的脸；这张脸充满惊喜，带着幸福的笑容迎接他。

看门人的儿子宣布说他很高兴雅罗米尔来看他，雅罗米尔心里一阵喜悦。他在椅子上坐下来，坐在他朋友对面，这是他第一次感到像个男人般坐在另一个男人的对面；他们是平等的；并且同样强悍。

他们谈了一会儿，什么都说，也什么都没说，就像熟悉的朋友间的聊天，但这对于雅罗米尔来说只是甜美的开始，他正焦急地等待着揭幕的时刻。“我想和你说一件非常重要的事情，”他低沉着嗓子说，“我认识一个家伙，他正打算几个小时后偷越边境到西方去。必须采取行动。”

看门人的儿子一下清醒了，问了雅罗米尔好几个问题。雅罗米尔立刻准确地予以回答。

“这是一桩非常严重的事件，”看门人的儿子接着说，“我不能单独作出决定。”

他带着雅罗米尔穿过一条很长的走廊，来到另一间办公室，他把雅罗米尔介绍给一个穿便装的男人，那个男人已经有一定年龄，看上去很成熟；他说雅罗米尔是他的朋友，因此穿便装的男人对雅罗米尔友好地笑了笑；他们喊来秘书，起草上诉文件；雅罗米尔必须将一切讲述得非常清楚：女朋友的名字；她工作的地方；她的年龄；他在哪里认识的她；她的家庭出身；她父亲在哪里工作，她的兄弟姐妹；她是什么时候得知她哥哥有穿越边境到西方去的企图的；她的哥哥是什么样的人；雅罗米尔所知道的关于她哥哥的一切。

雅罗米尔知道不少，他的女朋友经常对他谈起这个哥哥；正因为如此，他认为整个事件尤其严重，而他没有耽搁时间，趁一切都还来得及通知了同志们，他的战友，他的朋友。因为他女朋友的哥哥仇恨我们的制度；这是多么让人难过啊！女朋友的哥哥出身于一个穷苦家庭，一个非常朴实的家庭，但由于他曾经给资产阶级政客当过一段时间司机，他彻头彻尾地站在密谋推翻我们现在这个制度的人一边；是的，他可以非常肯定地这样说，因为他的女朋友曾经向他讲述过她哥哥的看法；这个家伙是会对共产党员开枪的；雅罗米尔完全可以想象，一旦他加入那些移民者的队伍，他会做出怎样的事情来；雅罗米尔知道，他唯一的激情就在于毁灭社会主义制度。

带着一种充满阳刚之气的简捷，三个男人让秘书记下这份诉讼笔录，那个有一定年龄的男人对看门人的儿子说不要迟疑，立即采取必要行动。等办公室里只剩下他俩的时候，他感谢雅罗米尔的合作。他对雅罗米尔说如果所有公民都像他一样警觉，我们的共产党就会战无不胜。他还说他很高兴，希望他们今天不是最后一次见面。雅罗米尔也许已经知道，反对我们的制度的敌人无处不在。他经常出入大学生圈子，也许还认识文学界的人，是的，我们知道他们当中的绝大部分人都很诚实，但也许他们当中也有不少阴谋颠覆分子。

雅罗米尔激动地看着警察的脸，这张脸在他的眼中是那么英俊；这张脸上布满深深的皱纹，布满沧桑而充满阳刚之美的见证。是的，雅罗米尔也一样，希望他们这次见面不是最后一次。他不再希求别的；他知道自己的位置在哪里。

他们握了手，相互微笑一下。

就带着这发自内心深处的微笑（满脸皱纹的男人的灿烂微笑），雅罗米尔走出警察大楼。他下了宽大的台阶，看见冷冰冰的太阳正从房顶上升起。他呼吸着清冷的空气，觉得每个毛孔都溢出阳刚的气息，他简直想要歌唱。

开始他想立刻回家，坐在书桌前写诗。但走几步后，他转了半圈；他不想一个人待着。他觉得只一个小时的工夫，他的脸部轮廓变得硬朗，他的脚步更加坚定，他的声音更加雄浑，他希望有人看到他的这种变化。他去了大学，和遇到的所有人说话。当然，没人对他说他看起来有什么不一样，但太阳仍然在照耀，城市家家户户的烟囱上空飘荡着尚未写成的诗句。他回到家里，关在自己的房间里，涂黑了一张又一张纸，但他一直不是很满意。

于是他放下笔，思考一会儿；他想到了少年想要成为男人必须跨越的那道神秘的门槛；他觉得自己知道这门槛的名字；这门槛不叫爱情，应该叫“责任”。写关于责任的诗歌很难。这么严厉的词可以点燃什么样的想象呢？但雅罗米尔很清楚，正是这个词所激发的想象才是全新的，前所未有的，令人震惊的；因为这不是过去意义上的责任，由外界所规定和任命的责任，而是由人自己创建的，自由选择的责任，这责任是自愿承担的，代表人类的勇气和光荣。

这沉思给了雅罗米尔骄傲，因为他就是以这样的方式完成自画像，一幅全新的自画像。他再一次希望有人能看到他的这种变化，于是跑着去红发姑娘那里。已经快六点了，她应该早就到家了。但房东告诉他，她还没有从商店下班回来。还说半个小时以前已经有两个先生来问过，她也告诉他们，她还没有回来。

雅罗米尔有的是时间，他在红发姑娘门前的街道上踱来踱去。过了一会儿，他注意到的确有两位先生也在这附近走来走去；雅罗米尔想刚才房东说的应该就是他们；接着他看见红发姑娘迎面过来了。他不愿她看见他，藏在一幢大楼的门后，看着他的女朋友快步走进自己住的那幢楼。接着他看见那两位先生也进去了。他感到怀疑，始终待在他的位置上观察，没敢动弹。大约一分钟后，三个人一起出了大楼；只是这时候，他注意到一辆车停在离大楼几步远的地方。两位先生和姑娘一起进了车，车发动了。

雅罗米尔明白过来，这很可能是警察；但除了让他不敢动弹的害怕之外，他还体味到一种令人激动的害怕，因为他想到今天早晨他所完成的一切是真实的，而在他的推动之下一切都在进行着。

第二天他又跑去女朋友那里，想等她下班回来给她一个惊喜。但房东告诉他，自那两位先生昨晚将她带走后，她就没有再回来过。

他因此相当激动。第二天一早他就去了警察局。像上一次一样，看门人的儿子待他非常友好。他握住他的手，冲他开心地笑着，当雅罗米尔问起他的女朋友，说她到现在还没有回家，看门人的儿子让他不要担心。“你给我们提供了非常重要的线索。按照惯例，我们会对他们进行盘问的。”他的笑容甚是壮丽。

雅罗米尔再一次在冰冷的、阳光灿烂的清晨走出警察大楼，他再一次呼吸着冰凉的空气，他觉得自己非常伟大，承载着整个命运。但这和前天不一样了。因为这一次，他第一次想到，他的行动将他带入悲剧之中。

是的，这正是他所想的，一个字都不差，就在他下台阶的时候：我进入了悲剧之中。他的耳边一直回荡着这句熟悉而具威胁性的话：按照惯例，我们会对他们进行盘问的，这句话激发了他的想象；他知道他的女朋友此时正在那些陌生男人的手里，听任他们的摆布，知道她很危险，知道这种持续几天的盘问当然不会是微不足道的小事；他回想起老同学在和他谈到棕发犹太人所说的话，在谈起警察艰苦的工作时所说的话。所有的这些想法和想象都给了他一种甜美的感觉，香香的，带点高贵，他觉得自己变得伟大了，仿佛一座移动的忧伤纪念碑般穿过街道。

接着他觉得自己现在终于明白为什么他两天前所写的诗句一钱不值。因为在那时候，他还不知道自己将成就什么样的事情。直到现在他才明白他的行动，才明白自己，明白自己的命运。两天以前，他想写责任之歌；但现在他知道得更多了：责任的光荣来自爱情被切开的头颅。

雅罗米尔穿过街道，为自己的命运而心情激荡。回到家后，他发现一封信。如果下个星期，某天某时您能来参加这个小型晚会，我将感到不胜荣幸，晚会上您会碰到一些很有意思的人。信末署的是那个女电影艺术家的名字。

尽管这份请柬并没有允诺任何肯定的事情，雅罗米尔还是非常高兴，因为他觉得这请柬可以证明他还没有失去女电影艺术家，他们的故事还没有结束，游戏仍然在继续。他有种奇怪而模糊的感觉，觉得这请柬恰恰在他明白自己的悲剧的这一天到他手中，这应该说是一种暗示；他有点混乱，又很激动，这两天来所经历的一切终于使得他有资格得到棕发女电影艺术家美丽光彩的照射，他终于有资格去参加这个高贵的晚会，充满自信，毫无畏惧，像一个真正的男人那样。

他感受到前所未有的幸福。他觉得自己心头涌上很多很多的诗歌，他在书桌前坐了下来。不，他不会将责任与爱情对立起来，他想，这个问题的关键就是这样的。要么选爱情，要么选责任，要么选所爱的女人，要么选革命——不，不，根本不是这样的。如果说是他让红发姑娘置身于危险之中，这并不意味着爱情对他而言不重要；因为，雅罗米尔所想的正是在未来的世界里，男女可以爱得比以往更加热烈。是的，是这样的：雅罗米尔将自己的女朋友置于危险之中，正是因为这个，他爱她比任何一个男人爱他的女人都要深；正是因为这个，他知道爱情和爱情的未来世界是什么样的。当然，为未来的世界牺牲一个具体的女人（红发，热情，纤细，饶舌）是很可怕的，但这也许是我们这个时代唯一的悲剧，值得为这唯一的悲剧写下美丽的诗句，伟大的诗篇！

因此，他坐在桌前写起来，接着他站起身，在房间里踱着步子，他对自己说刚才所写下的诗句是他所写过的最伟大的东西。

这是一个令人陶醉的夜晚，比他所能想象的所有爱情的夜晚都要令人陶醉，这是一个令人陶醉的夜晚，尽管这个夜晚他是独自一人在他童年的房间里度过的；妈妈就在隔壁的房间，雅罗米尔完全忘记了就在几天前他还那么讨厌她；于是当她敲门问他在干什么的时候，他甚至对她说，轻声细语地说，妈妈，他请求她让他安静，让他能够集中精力，因为，他说，“我正在写我一生中最伟大的诗歌。”妈妈笑了（这是母性的，专注的，理解的微笑），让他一个人安静地待着。

他上了床，他对自己说就在同一时刻，他的红发姑娘正被一群男人包围着：警察，调查员和看守；他们想对她做什么就能做什么；她坐在马桶上小便时，看守也可以通过门上的窥视孔看她。

他不大相信这一类极端的可能性（也许询问完后不久就会放了她），但想象总是那么肆意地驰骋：他不厌其烦地想象着在她的单身牢房里，她坐在马桶上，陌生人在看她，调查员扯掉她的衣服；但一样事情让他感到很惊讶：尽管想象到所有这些场面，他却没有嫉妒！

*你是我的，如果我愿意，你应该死在我的肢刑架上！*约翰·济慈的声音穿透了好几个世纪。为什么雅罗米尔要嫉妒呢？红发姑娘现在是他的了，她比以往任何时候都更属于他：她的命

运是他的创造；她坐在马桶上小便时是他的眼睛在看；通过看守的手，是他的掌心在抚摸她；她是他的牺牲品，是他的作品，她是他的，他的，他的。

雅罗米尔没有嫉妒；他沉入了男人的雄性之梦。

第六部

四十来岁的男人

1

我们叙述的第一部差不多包含了雅罗米尔十五年的光阴，但第五部，尽管是最长的一部，却只叙述了雅罗米尔一年的生活。因此，我们可以说这本书的节奏与真实生活的节奏正相反，它是越来越慢的。

这其中的原因在于，在雅罗米尔的岁月长河上，我们是站在雅罗米尔死亡的这个点上观察他。他的童年因此对我们而言相对遥远，年月都已经模糊了，我们看见他和母亲一起走过来，从那片模模糊糊的雾霭，一直走到我们这个瞭望台，而靠近这个瞭望台的一切都非常清楚，就像是一幅古画的近景，我们可以用肉眼分辨树上的每一片叶子，甚至是叶脉。

就像您的生活在某种程度上会取决于您所选择的职业和婚姻，同样的，这部小说取决于我们这个瞭望台的视野，从这个瞭望台我们只能看见雅罗米尔和他的母亲，而别人只有作为两个主角的陪衬才得以出现。我们选择这个瞭望台就像选择自己的命运，而我们的选择也同样是不可挽回的。

但每个人都会感到遗憾，觉得除了自己唯一的存在以外，不能够有别的生活；您也一样，您希望能够经历所有不现实的偶然性，所有潜在的其他生活（啊！无法进入的克萨维尔的生活！）。我的小说和您一样。它也想成为其他小说，它原本有可能却没能成为别的小说。

这就是为什么我们一直在梦想还能有别的瞭望台，尚未建立的瞭望台。假设一下，比如，我们把瞭望台设立在画家的生活中，或是看门人的儿子的生活中，再不就是在红发姑娘的生活中。的确，我们知道他们的什么情况呢？除了雅罗米尔这个蠢货以外我们一无所知，事实上，雅罗米尔这个人，谁也不了解他！如果小说遵循看门人的儿子，那个被压迫者的生命之线，那么小说又会成什么样子呢？诗人，作为看门人的儿子的老同学，只能出现一两次，就像任何一个插曲人物！或者我们顺着画家的故事去说，我们最终能知道他究竟是怎么想他情人的，那个他用墨汁涂黑肚子的情人！可小说又会成什么样呢？

如果说人绝对不能跳出自己的生活，小说会自由很多。假设一下，如果我们突然地、偷偷地拆了我们的瞭望台，把它搬到别的地方，哪怕只搬开一小会儿！比如，搬到雅罗米尔死了之后！比如，搬到今天，如今甚至已经没有人（他母亲几年前也死了）记得雅罗米尔这个名字……

2

啊，我的上帝，如果我们把瞭望台搬到今天来！如果我们采访一下那天和雅罗米尔一起在警察诗歌晚会主席台上的另外十个诗人！他们那天晚上朗诵的诗歌都上哪儿去了呢？没有人，已经没有人记得那些诗歌；诗人自己都拒绝记起；因为他们对此感到羞愧，他们今天会感到羞愧……

实际上，那个遥远的时代还为我们剩下什么呢？如今，对于所有人来说，那是政治诉讼的时代，迫害的时代，禁书成堆的时代，到处都是通过所谓的法律进行谋杀的时代。但据我们的回忆，我们应当为它作证：那不仅仅是恐怖时代，也是抒情时代！诗人和刽子手一起统治着那个时代。

墙，把男男女女关在牢里的墙上涂满诗句，在这墙前面，人们在跳舞。不，不是死神舞。在这里，是纯真在跳舞！纯真带着它滴血的微笑！

那是恶劣诗歌的时代？不完全！如今的小说家写到那个时代，总是带着一种享乐主义的盲目性，他们写的这些书注定是要失败的。但抒情诗人，尽管他们对这个时代也有一种盲目的激情在里面，却留下了美丽的诗篇。因为我们曾经说过，在诗歌这片神奇的土地上，所有的判断都会成为真理，只要它能让后人以为这的确是经历过的感情。诗人总是如此疯狂地热衷于他们所经历的感情，以至于脑子都冒烟了，呈现出一片彩虹的灿烂景象，监牢之上的奇妙的彩虹……

但是，不，我们不要把我们的瞭望台搬到现在来，因为我们并不想描述那个时代，再为那个时代提供新的镜子。如果说我们选择了那个时代，这不是因为我们想为那个时代留下画像，而仅仅因为在我们看来，这似乎是一个无与伦比的陷阱，向兰波，向莱蒙托夫张开的陷阱，一个向青春和诗歌张开的无与伦比的陷阱。小说不正是向主人公张开的陷阱吗？让那个时代的绘画见鬼去吧！我们感兴趣的，就只是那个写诗的年轻人！

因此这个年轻人，这个我们叫做雅罗米尔的人，我们永远不能够让他离开我们的视线。是的，就让我们暂且放一放小说，将小说搬入一个完全不同的人物的思想中，这个人物的思想完全是由别的面团揉成的。但我们只能处在距离雅罗米尔死去两三年后的时期，他那时还没完全被忘却。我们建立的小说的这一部，与其他各部的关系就像是湖中央的楼阁和整个庄园的关系一样：

楼阁被建在十几米以外，是一座完全独立的建筑，庄园也能离开它而存在；但楼阁的窗户开着，因此庄园里居民的声音总是若隐若现。

3

被我们比作楼阁的小说第六部是在一套单室房中展开的：房子进门的地方靠墙放着一只大橱，没人注意，大橱的门大敞着，卫生间里有一只精心擦洗过的浴缸，一间小小的厨房，厨房里的餐具随便乱放着，然后是一间卧室；卧室里有张很宽大的沙发床，床对面是一面大镜子，环墙都是书橱，玻璃门后面有一些雕刻（都是名画或名雕塑的复制品），一张长桌，两把扶手椅，朝院子的方向有一扇窗，冲着外面的烟囱和其他楼房的房顶。

这会儿是下午，房子的主人回来了；他打开包，从里面取出蓝色工作服，把衣服塞在大橱里；他进了卧室，把窗开大；天气很好，阳光灿烂，清爽的微风吹进卧室，然后他进入浴室，打开热水龙头，自己则脱了衣服；他审视着自己的身体，对自己身体感到颇为满意；这是个四十来岁的男人；但自从他从事体力劳动以来，他觉得自己的形体变得颇为完美；他的脑子变轻了，双臂却变得很有力量。

现在，他躺在浴缸里，在浴缸的边缘他搁了一块木板，因此浴缸同时又能当成桌子来用：桌子上陈列着几本书（他对古典作品有着奇怪的嗜好！)，他的身体渐渐在热水中温暖起来，他在读书。

接着他听到了门铃声。一声短，两声长，然后隔了一会儿，又是一声短促的铃声。

他不喜欢被不速之客打扰，因此他和情人朋友都约定了信号，从信号中他就能够得知究竟是谁来访。但这样的铃声是谁的呢？

他觉得自己老了，记忆力变得很糟糕。

“等一下！”他叫道。他出了浴缸，擦干身子，不紧不慢地穿上浴袍，去开了门。

4

一个穿着越冬大衣的姑娘等在门前。

他立刻认出了她，但他是那么吃惊，以至于一时间无话可说。

“他们放了我。”她说。

“什么时候？”

“今天早上。我在等你下班。”

他帮她脱下大衣；这是一件棕色的大衣，很重，也很旧；他用衣架把大衣撑好，然后挂在衣帽架上。姑娘穿着四十来岁的男人很熟悉的一件裙子；他记起来，她最后一次就是穿这条裙子来看他的，是的，就是这条裙子，还有这件大衣。一个三年前的冬日突然涌进了春日的下午。

姑娘觉得很奇怪，房间仍然是老样子，而她的生活却从那天开始彻底改变了。“一点也没有变，这里。”她说。

“是的，都和从前一样。”四十来岁的男人表示同意，他让姑娘在她以前一贯喜欢坐的扶手椅上坐下；接着赶紧问她：你饿吗？真的，你吃过没有？你什么时候吃饭的？待会儿离开这里后你去哪里？你回父母家吗？

她对他说她是要回父母家的，刚才她去过火车站，但她犹豫了，还是到他这里来了。

“等等，我穿上衣服。”他说。他才发现他还穿着浴袍；他走到门口，关上门；在穿衣服之前，他拿起电话听筒；拨了一个号码，话筒那头传来一个女人的声音，他请求她原谅，说今天他没空。

他对等在卧室里的姑娘没有任何承诺；但他不希望她听见他的电话，因此说话时压低了声音。他一面说，一面望着挂在衣帽架上的棕色大衣，这大衣似乎在门厅奏着哀乐。

5

他最后一次见到她是三年前，认识她已经差不多五年了。他有很多女朋友都比她漂亮得多，但这个姑娘却有着非常珍贵的优点：他遇见她的时候她只有十七岁；她几乎可以说天性十分有趣，在肉体之爱方面很有天赋，而且很具有可塑性：她能读懂他眼神里的东西，并且可以照做；一刻钟的工夫她就明白不应该在他面前谈论感情，不需要他对她多解释什么，每次他邀请她上家里来，并且只有在他发出邀请的时候，她才温顺地到他家来（一个月勉强有一次吧）。

四十来岁的男人从来不掩饰自己对同性恋女子的偏好；一天，他们沉浸在云雨之中的时候，姑娘在他耳边轻声说，她在游泳池的更衣室里差点吓着个陌生女子，说她和这个女人做爱了，四十来岁的男人很喜欢这个故事，当然过后他就明白这个故事几乎是不可能的，但他更加感动了，因为他知道她是为了讨他的喜欢。姑娘还不仅仅满足于编造一些故事；她心甘情愿地把四十来岁的男子介绍给自己的女朋友，制造和组织了不少肉体的欢娱场面。

她明白，四十来岁的男人不仅仅是不要求忠贞，并且只有在和她的女朋友有了非同一般的关系时，他才会感到更加安全。于是她也带着一种纯真的不慎结识了他过去和现在的很多朋友，四十来岁的男子因此感到非常有意思。

现在，她坐在他对面的扶手椅上（四十来岁的男子已经穿好一条轻便的长裤和一件毛衣），她说：“从监狱里出来，我看到马了。”

6

“马？什么马？”

当她跨出监狱的大门时，一大清早，她正好和马术俱乐部的骑手擦肩而过。他们骑在马上，身体挺得笔直，神情坚定，仿佛他们已经和身下的动物合为一体，成为一个巨大的动物。姑娘在他们脚下，好像比地面高不出多少似的，显得那么渺小，那么微不足道。远远的，从她的头上，传来马的气息和笑声；她蜷缩在墙脚。

“然后你去了哪里？”

她去了有轨电车的车站。天色尚早，可是太阳已经很刺眼了；她穿着沉重的大衣，行人的目光让她惊惶不安。她害怕车站上会有太多的人，那些人会一个劲儿地盯着她看。但是还好，在那儿只有一个老太婆。这非常好，这对她来说是一种安慰，车站只有一个老太婆。

“你马上就想到先上我这里来吗？”

她应该回自己家，回她父母家。她去了火车站，在售票窗口排了会儿队，但是轮到她的时候，她逃走了。想到家人她就发抖。

接着，她觉得自己饿了，于是买了一段香肠吃。她坐在一个广场上，一直等到四点，等四十来岁的男人下班回来。

“你能先到我这里来，我非常高兴，你能先想到我很好。”他说。

“而且你还记得吗？”过了一会儿他又说，“你曾经说过再也不到我这里来了。”

“没有。”姑娘说。

他笑了：

“你说过。”他说。

“没有。”

7

她当然说过。那天，她到他家来的时候，四十来岁的男人马上打开小酒柜；他正准备倒两杯白兰地时，姑娘摇头说："不，我什么也不想喝。我再也不和你一起喝酒了。"

四十来岁的男人很惊讶，姑娘接着说："我再也不来你家了，我今天来也只是为了告诉你这个。"

由于四十来岁的男人仍然一副愕然的样子，她对他说，她很爱她的男朋友，四十来岁的男人也知道的，她不想欺骗自己的男朋友；她到四十来岁的男人这里来是为了请求他能够理解她，不要恨她。

尽管他的爱情生活丰富多彩，但归根到底他还是一个田园诗人式的爱情主义者，他一直保证自己的艳遇秩序井然，风平浪静。当然，在他的爱情星座里，姑娘只是一个断断续续闪烁光芒的可怜的小星星，但哪怕就是这么一颗小星星，一旦有一天它突然从自己的位置上消失了，也能够切断这个世界原有的和谐。

他的确受伤了，因为他不能够理解，他早就向她表示过，她有相爱的男朋友，他对此感到很高兴；他还经常让她谈谈他们之间的事情，他经常给她一些建议，教她如何和自己的男朋友相处。她的男朋友让他觉得颇为有趣，以至在他的抽屉里，还保留着小女人带来的男朋友的诗歌；这些诗歌在他看来非常悲怆，但同时也非常有意思，就像这个世界在他看来既悲怆又有意思一样，他总是在一缸热水中观察着这个周围的世界。

他就这样带着厚颜无耻的善意观察着两个情人，而姑娘突如其来的决定让他觉得她真是没有良心。他没能有足够的力量控制住自己，装成若无其事的样子，姑娘看着他沮丧的表情，于是滔滔不绝地说上了，想要替自己的决定辩护；她发誓说很爱自己的男朋友，希望对他真诚。

而今她坐在四十来岁的男人对面（坐在同样的椅子上，穿着同样的裙子），她却说她从来没有说过这样的话。

8

她并没有撒谎。她属于那类特殊的灵魂，有时会把想象中事情应该发展成什么样子当成事实本身，她总是在维护自己的道德欲望和自己想象中的真实。她当然记得和四十来岁的男人说的话；但她也很清楚她不该这样说的，于是她拒绝记忆中的这份存在。

但是，突然，她回忆起来了：那天，她在四十来岁的男人家里耽搁了过多的时间，她原本不想的，所以她约会迟到了。她的男朋友非常恼火，她觉得他可能不会再原谅她了，只能编造一种能够平息他愤怒的借口。于是她编造说她的哥哥准备秘密越境到西方去，因此她和哥哥在一起待了很长时间。她没有想到他会逼着她揭发她哥哥。

因此，第二天一下班，她就跑到四十来岁的男人家，想听听他的意见；四十来岁的男人很理解他，对她颇为友善；他劝她坚持自己的谎言，并且说经过她一番感人肺腑的劝说之后，她哥哥终于放弃了偷越边境到西方去的念头。他教她如何描述她劝解哥哥使他最终放弃叛逃的过程，教她该说些什么，好让她男朋友感觉到他就是她家人间接的救星，因为如果没有她男朋友的影响与参与，也许她哥哥早已在边境被捕，也许他已经被边防卫兵开枪打死了。

“那天你和你男朋友谈得怎么样？”四十来岁的男人现在问道。

“我没有和他说上话。从你家回去后，我就被逮捕了。他们在我家附近等我。”

“从此以后，你再也没有和他说上话？”

“没有。”

“但你肯定知道他后来怎么样了吧。”

“不知道。”

“你真的不知道？”四十来岁的男人非常惊讶。

“我什么也不知道。”

小女人耸了耸肩，没有表现出一点点好奇心，仿佛她真的不想知道似的。

“他死了，”四十来岁的男人说，“你被捕后不久他就死了。”

9

这个，她不知道；远远的，似乎传来男友那些悲怆的话，他总是爱用死亡的尺度衡量爱情。

“他自杀了？”她用温柔的声音问，就在这一瞬间她已经准备原谅他了。

四十来岁的男人笑了。“不。他只不过是生病，然后就死了。他母亲搬了家。在别墅里你再也找不到他们的任何痕迹。墓地里只见一块硕大的黑色墓碑。造得仿佛一个伟大作家的坟墓似的。他妈妈找人给他刻了铭文：这里长眠着诗人……在他的名字下面，刻着他的诗歌作为墓志铭，你那时候带给我的一首诗歌：就是说他要在火焰中死去的那首。”

他们都没再说话；姑娘在想她的男朋友并没有自己结束自己的生命，而是如此平庸地病死了；他的死亡是他背弃她的又一种方式。走出监狱大门时，她下定决心再不见他，但她从来没有想到过他已经不在这世上了。他已经不在这世上了，而她在监狱里的这三年也就因此没了任何理由，一切都只是一场噩梦，毫无意义的东西，一点也不真实。

“听着，”四十来岁的男人说，“我们做晚饭吧。你来帮帮我。”

10

他俩都在厨房里，忙着切面包，把火腿片和香肠涂上黄油；他们用开罐器开了一罐沙丁鱼；他们还找到一瓶红葡萄酒；从碗柜里拿出两个杯子。

过去她经常来四十来岁的男人家时，这是他们的习惯。看到这个已经被铭刻在底片上的生活片段一直在等着她，她觉得很欣慰，这一切都没有变，都不可能变，而她如今能够毫不费力地进入这片段；她觉得这是她从未体验过的最美的生活片段。

最美的？为什么？

这是她能够感到安全的生活的一部分。这个男人对她很好，而且对她毫无要求；对于他，她既没有罪恶感也不负有任何责任；她在他的身边总是那么安全，就像某些时刻，我们超越了自己的命运时所产生的那种安全感；此时，她真的感到非常安全，就像演戏时，第一幕之后，帷幕落下，幕间休息开始了；其他人物也都纷纷揭下面具，无忧无虑地交谈着。

很长时间以来，四十来岁的男人已经有这样的感觉，已经置身于自己生活之外的感觉：战争一开始，他偷偷地和自己的妻子在英国会面，他加入英国空军，而在伦敦轰炸中，他失去了妻子；然后他就回到布拉格，仍然留在军队里，这差不多是雅罗米尔决定在高等政治学校注册的那个时期，他的上级觉得他在战争期间和资本主义英国过从太密，对于社会主义军队来说不是很保险。于是他又进了工厂，背对着历史，背对着自己的所有戏剧人生，背对着自己的命运，从此以后他只关心自己，关心自己私人的娱乐，还有他的那些书。

三年前姑娘到他家里来对他说再见，因为他许诺给她的，只不过是暂时的休息，而她的男朋友却许诺给她一生。现在，她就坐在他面前，咬着火腿面包，喝着葡萄酒，四十来岁的男人给了她这么一段幕间休息，她对此感到无比幸福，她感到一种甜美的静谧慢慢在她内心洋溢开来。

她突然觉得轻松了，于是滔滔不绝地讲起来。

11

桌上只剩下残留着一点面包屑的空盘子，酒瓶也空了一半，她在谈论（自由而毫无阻碍地谈着）监狱，她的同牢囚犯，看守，像过去一样，她总是沉湎于一些她觉得有趣的细节，将这个人或那个人纳入她那毫无逻辑却不乏趣味的喋喋不休中。

但是，在她今日的闲谈中又添进了某种新东西；以前，她的话总是幼稚地导向事物的要旨，但是此时，她的话都只是躲避事物本质的借口而已。

但事物的要旨在哪里呢？接着四十来岁的男人觉得猜到了，他问："你哥哥后来怎么样了？"

"我不知道……"姑娘说。

"他们放了他吗？"

"没有。"

四十来岁的男人明白为什么姑娘会从火车站的售票柜台逃跑，为什么她这么害怕回自己家；因为她不仅仅是个无辜的受害者，她还是造成哥哥以及全家不幸的罪魁祸首；他能够想象在审问中他们是如何逼她承认这件事的，而她为了解脱，又是如何陷入越来越可疑的新谎言之中的。她又如何和父母解释说不是她揭发的哥哥，给他安上莫须有的罪名，而是一个谁都没听说过的年轻男人，甚至此时都已经不再存在的年轻男人？

姑娘沉默了，四十来岁的男人突然觉得心中升起无限同情，最终他简直被这同情淹没了：“今天就别回你父母家了。你还有时间。你先得好好想想。如果你愿意的话，你可以留在这里。”

接着，他向她弯下身子，将手贴在她的面颊上；他没有抚摸她，他只是轻轻地把手贴着她的脸，很长时间都没有松开。

这个手势包含着那么多的好心好意，姑娘的眼泪不禁流淌下来。

12

自从妻子——他很爱她——死了以后，他讨厌女人的眼泪；女人的眼泪让他感到害怕，就像想到女人可能会将他纳入自己的生活戏剧他会感到害怕一样；他觉得触手般的眼泪会让他窒息，是要把他从他那超越命运的田园诗境中拽出来，他厌恶眼泪。

因此他感到自己手中那份一向令他厌恶的湿润时，他吃了一惊。但是更令他感到吃惊的是，这一次，他竟然没有抵抗这眼泪的力量；事实上他知道这不是爱的眼泪，这眼泪不属于他，这眼泪不是诡计，不是讹诈，不是演戏；这眼泪只不过是眼泪，纯粹作为眼泪而存在，眼泪从姑娘的眼中流下来，就像是男人毫无痕迹地流露悲伤或快乐的情绪。正因为这眼泪是那么纯粹，他就没有任何盾牌可抵挡；他为之感动，感动得深入灵魂。

他对自己说，自从和姑娘认识以来，他们从来没有互相伤害过；他们总是相迎着走向对方；总是把美好的片刻当作上天的馈赠，除此之外他们别无所求；他们彼此之间没有任何可指责的地方。想到自从姑娘被捕之后，他竭尽全力去救她，他对自己尤其满意。

他将她从椅子中拉起来，用手替她擦干眼泪，把她轻轻地揽在怀里。

13

此刻，窗外，在某个遥远的地方，被我们丢下的三年前的那次死亡正在焦急地跺着脚；它那骨骼粗大的幽灵已经登上灯光灿烂的舞台，它的阴影能够影响到那么远的地方，而姑娘和四十来岁的男人现在正面对面站在其中的单室套间，竟也沉浸在这黑暗的光亮之中。

他温柔地拥住姑娘的身体，她呆呆地站着，一动不动，一动不动地待在他的怀里。

这一切又都意味着什么，她如此一动不动地站着？

这意味着她把自己交给了他；她在他的怀中，她就想这么待在他怀里。

但这交付并不意味着对他敞开心怀！她只是在他怀中，但她是一个封闭的，不可进入的世界；她的肩膀保护着她的乳房，她的头并没有迎向四十来岁的男人的脸，而是低垂着；他穿着颜色黯淡的毛衣，她就在这片黯淡里看着什么。她待在他的怀抱中，关闭了自己的世界，封好，只是为了他能够用他的怀抱把她藏起来，就像用一只铁盒把她藏起来一样。

14

他托起她湿漉漉的脸，开始吻她。这一切只是在同情的驱使下做的，而不是肉欲，但情境往往有自身发展的规律，我们也无法避免：就在吻她的时候，他试图用自己的舌头撬开她的双唇；但他没能撬开；姑娘的双唇紧闭着。

但奇怪的是，他越无法吻她，他越觉得同情她，因为他明白抱在怀里的这个姑娘是被魇住了，她的灵魂被切除了，灵魂被切除后，她所剩下的只有流血的伤口。

他感到怀里的身体毫无生气，这身体瘦成皮包骨头，令人顿生怜意，窗外的天渐渐黑了，但在这黑夜之中，同情的湿润的潮水抹去了一切事物的轮廓与质量，剥夺了它们的准确性和物质性。而就在这时，他觉得自己想要她，在肉体上！

这完全出乎意料：他没有欲念却起了欲望，没想冲动却起了冲动！也许，只是单纯的好意突然在某种超物质的神秘力量作用下变成了肉体的欲望！

但是，也许更确切地说，正因为是出乎意料的，是无法理解的，他彻底地为这欲望控制了。他开始贪婪地抚摸她的身体，解开她裙子上的纽扣。

她反抗道："不，不！求求你，不！不！"

15

由于词语没有足够的力量阻挡他，她只好一下子躲开来，跑到房间的角落。

“你怎么了？怎么回事？”他问。

她紧靠着墙，一言不发。

他走近她，抚摸着她的脸庞：“别害怕，你不应该害怕我。告诉我你怎么了？究竟发生了什么？有什么事吗？”

她一动不动，沉默着，不知道该说什么。她的眼前突然跳出了在监狱大门那里看到的马，那些强壮的，和骑手合为双身怪物的动物。在它们面前，她是那么矮小，和它们身体上的完美根本无法相提并论，因此她想和周围的随便什么东西融合在一起，一根树干或是一堵墙，消失在这些无生命的物质之中。

他继续坚持道：“你怎么了？”

“你终究不是个老太太，也不是个老头。”她最后终于说。

接着她补充道：“我不应该来的，因为你既不是个老太太也不是个老头。”

16

他抚摸着她的脸庞，久久地，没有说话，然后他请她帮他铺床（房间里已经一片漆黑）；他们并排躺在大沙发床上，他和她说着话，充满温柔和安慰，很久以来他从来没有和人这样说过话。

肉欲消失了，但是同情，深深的，永不知倦的同情却一直存在，这同情需要光明；四十来岁的男人开了小床头灯，望着姑娘。

她躺在床上，崩溃了，望着天花板。她究竟遭遇过什么？在那里他们都对她做了些什么？他们有没有打她？威胁她？折磨她？

他不知道。小女人一言不发，他抚摸着她的头发，额头，脸庞。

他抚摸她，直至她眼里的恐惧消失。

他抚摸她，直至她闭上眼睛。

17

单室套间的窗开着，春夜的薄雾涌进来；床头灯关了，四十来岁的男人一动不动地躺在姑娘身边，他听着她神经质的呼吸声，守候着她的睡眠，当他肯定她确实已经熟睡之后，他再一次抚摸着她的手，轻轻地，能够在她忧伤的自由新世纪里给她第一次沉睡，他感到很幸福。

而我们比作楼阁的这一部的窗户也始终开着，我们在高潮前不久所抛开的小说的香味和声音也都透过窗户传进来。您是否已经听见，远处，死亡在不耐烦地跺脚？就让它等去吧，我们仍然在这里，一个陌生人的单室套间里，藏在另一本小说里，另一个故事里。

另一个故事里？不。在四十来岁的男人和姑娘之间，所有的一切都只是一个故事和另一个故事之间的幕间休息。这相遇不会有下文。这只是四十来岁的男人馈赠给姑娘的一段小憩，而接下来的将是她人生的漫漫角逐。

对于我们的小说而言也同样如此，这一部只是安静的休息，一个陌生男人突然点亮了善意之灯。就让我们再保留片刻吧，这和平之灯，慈善之灯，直至这楼阁最后在我们的视野中隐去。

第七部

诗人死去

1

只有真正的诗人知道，关在由镜子组成的诗歌之家有多么悲伤。玻璃后面是劈劈啪啪的枪声，心燃烧着随时都想启程。莱蒙托夫扣好自己军服上的扣子；拜伦在床头柜的抽屉里放了把枪；沃尔克在诗歌中和人群一起游行；哈拉斯将自己的咒骂押上韵；马雅可夫斯基扼住自己歌唱的喉咙。一场美妙的战争席卷了诗歌的镜墙。

但是注意！一旦诗人错误地穿越家里的镜墙，他们就会面临死亡，因为他们不会打枪，而如果他们开枪，他们只能打自己的脑袋。

唉，你们听见了吗？他们在前进！一匹马疾驰在高加索弯弯曲曲的小路上；马上的骑兵正是莱蒙托夫，他带着枪。而此时我们又听到了别的马蹄声，一辆马车吱吱嘎嘎地行进着！这一次是普希金，他也带着手枪，他是要去决斗！

我们现在听见了什么？有轨电车；一辆布拉格的有轨电车，马力不足的，喧闹的电车；雅罗米尔就在这辆车上，他从布拉格的某个郊区出发去另一个郊区；天很冷：他穿着颜色灰暗的套装和大衣，打着领带，还戴着帽子。

2

有哪个诗人没有梦想过自己的死亡？有哪个诗人从来没有想象过自己的死亡？啊！如果要死，就让我和你一起死吧，我的爱人，那只能是在火焰中，让我们变成光和热……你以为雅罗米尔用火焰来体现自己的死亡只是想象的偶然游戏？根本不是；因为死亡只是一种信息；死亡是在开口说话；死亡的行动有它自己的语义，我们不应当无视一个男人是通过何种方式，在什么样的生存环境中死亡的。

一九四八年，看到自己的命运撞碎在历史的硬壳上以后，扬·马萨里克[①]从布拉格一座宫殿大楼的窗户上跳了下去。三年以后，诗人康斯坦丁·比布尔为自己亲自参与建设的新世界所震惊，也从同一座城市（跳窗之城）的五楼上跳下去，跳在街道上，他要死在大地上，他要通过他的死亡，呈现空气与重力间悲惨的断裂，梦想与梦醒间悲惨的断裂。

大师扬·胡斯和焦尔达诺·布鲁诺不会被绞死也不会被利刃刺死；他们只能死于柴堆之上。于是他们的一生成了炽热的信号，成了灯塔的光芒，照耀着以后的漫长时空。因为肉体是短暂的，而思想是永恒的，于是火焰中呻吟着的存在便成了思想的代表。雅罗米尔死后二十年，扬·帕拉赫[②]在布拉格的一个广场上浇了汽油，他的身体在火焰中灰飞烟灭，而如果他选择自溺，那么他的叫喊根本不能够引起民族的注意。

相反，奥菲利娅[③]就不能在火焰中死去，她只能在水中结束自己的生命，因为水的深度正好和灵魂的深度相吻合；水对于那些迷失于自己，迷失于自己的爱情，情感，痴狂，生命之镜与生命漩涡里的人来说可以成为很好的毁灭性元素；流行歌曲中，未婚夫没能从战场上归来，姑娘总是投水自杀；哈丽艾特·雪莱[④]是投水身亡的，而保罗·策兰[⑤]也是投塞纳河自杀的。

---

① Jan Masaryk（1886—1948），捷克前外交部部长。

② Jan Palach（1949—1964），抗议苏联入侵捷克而公开自焚的大学生。

③ Ophélie，莎士比亚戏剧《哈姆莱特》中的女主人公。

④ Harriet Shelly（1795—1816），诗人雪莱的妻子。

⑤ Paul Celan（1920—1970），奥地利诗人。

3

他下了电车，走向积雪覆盖的别墅，就是那一夜，他匆匆逃离，留下美丽的棕发姑娘独自一人的别墅。

他想到了克萨维尔：

开始的时候，只有他，雅罗米尔。

接着雅罗米尔塑造了克萨维尔，他的翻版，通过克萨维尔他开始了别样的生活，充满梦想和奇遇的生活。

而此刻，是该消除矛盾的时刻了，消除梦想状态与昨夜的实际状态之间的矛盾，诗歌与生活的矛盾，行动与思想的矛盾。突然间，克萨维尔和雅罗米尔的矛盾也消失了。两个人最终得以合而为一，成为一个生灵。梦想的男人变成了行动的男人，梦想的奇遇成了生活的奇遇。

他走近别墅，觉得自己过去那种羞怯又回来了，尤其是因为他喉咙口很痒（他妈妈不想让他出来参加晚会，她觉得他最好还是卧床休息）。

他在门前犹豫着，他不得不借助最近这几天来所经历的伟大时刻来给自己打气。他想到红发姑娘，想到她所承受的那些审问，想到警察，想到他亲自并且完全听凭自己意愿激发的那一桩桩的事件……

“我是克萨维尔，我是克萨维尔……”他喃喃自语道，按响了门铃。

4

来参加晚会的这些人大多是年轻演员，年轻画家或艺术学院的学生；主人也以个人身份参与这次盛大的联欢，几乎借出了别墅的所有房间。女电影艺术家把雅罗米尔介绍给一些来宾，给他拿了杯酒，请他自便，晚会上有不少葡萄酒，然后她就丢下了他。

雅罗米尔觉得自己颇为可笑，浑身僵硬，他特意穿上了晚会礼服，白衬衫，还打了领带，而周围的人都穿得自然而随便，有不少人只穿着毛衣。他坐在座位上不停地蹬着腿，最后他决定了；他脱去西装外套，挂在椅背上，解开衬衫扣子，拉开了领带；这下他终于觉得自在点了。

每个人都在尽力表现以吸引众人注意。年轻的演员仿佛在舞台上一样，大声说话，一点也不自然，每个人都在尽力让别人注意到自己与众不同的见解。雅罗米尔也一样，他已经喝了不少杯酒，一直想在众人中浮现出来；有好几次，他终于说出相当精辟的话，吸引了别人几秒钟的注意。

5

透过墙壁，她听见了收音机里传出的喧闹的舞曲；市政府已经把楼上第三间卧室分配给楼下的那家房客；于是寡妇和儿子住的两间房子便仿佛一个静谧的贝壳一般，被来自四面八方的喧闹声包围着。

妈妈听到了音乐。她独自一人，在想那个女电影艺术家。自打她第一次见到女电影艺术家，她就已经预感到她和雅罗米尔之间有产生爱情的危险。妈妈尽量和她保持友情，只是为了抢先占领有利的位置，以便保护自己的儿子。而现在，她觉得很耻辱，她的努力都是白费。女电影艺术家甚至没有邀请她参加晚会。他们把她抛得远远的。

一天，女电影艺术家向她倾诉，说她之所以参加国家安全局的电影俱乐部，是因为她出身富有家庭，她需要政治保护才能完成学业。现在，她终于明白这个野心勃勃的姑娘为了自己的利益什么都可以利用；妈妈对她而言不过是接近雅罗米尔的一级台阶。

6

竞赛在继续：每个人都想为众人瞩目。有人弹钢琴，有人跳舞，周围一组组的人笑着，大声谈论着；精彩的话接连不断，每个人都想超过其他人，成为焦点。

马尔蒂诺夫[①]也在；高大，英俊，配着长匕首，简直有歌剧演员的风采，女人都围在他周围。噢，这多么让莱蒙托夫恼火！上帝太不公平了，竟给了这个傻瓜如此英俊的面容，却给了莱蒙托夫一双小短腿。但如果说诗人没有一双修长的腿，他却有颇具杀伤力的讽刺的精神。

他靠近马尔蒂诺夫一伙人，在等待机会。接着，他说了句不太礼貌的话，发现周围的人个个目瞪口呆。

① N. S. Martynov，与莱蒙托夫决斗的沙俄军官。

7

终于（她离开了很长时间），她出现在房间里。她走近他，瞪着乌黑的大眼睛定定地看着他。“您玩得开心吗？”

雅罗米尔想那美丽的一刻终于又要重现了，他们曾经有过那种时刻，彼此面对面地坐着，徜徉在彼此的目光之河中。

“不。”他回答说，也盯着她的眼睛。

“您感到厌烦吗？”

“我是为了您才到这里来的，可是您总是离开。如果您不和我在一起，又为什么要请我来？”

“但这里有很多有意思的人。”

“也许吧。但他们对我来说不过是靠近您的借口。他们只是一级级的台阶，我要通过他们来和您相聚。”

他觉得自己很勇敢，也为自己的雄辩而得意。

她笑了：“那么今天晚上，这样的台阶有很多！”

“除了这些台阶，您也许可以为我指引一座隐秘的楼梯，好让我更快地来到您的身边。”

女电影艺术家微微笑着：“我们试试看。”她说。她握住他的手，牵着他。她带他上了楼梯，来到她的卧室门前。雅罗米尔的心开始狂跳不止。

可是没有用。在他熟悉的卧室里，还有别的客人。

8

隔壁的卧室里，他们已经把收音机关了很长时间，夜很黑了，妈妈在等她的儿子回来，在想自己的失败。但接着她对自己说，哪怕她输了这一仗，她也要继续斗争下去。是的，这正是她所想的：她不允许任何人从她手里夺去他，她决不和他分离，她会一直陪伴着他，一直跟着他。她坐在椅子里，但她觉得自己在爬楼梯；爬着一级又一级的台阶去和他相聚，她要重新夺回他。

9

女电影艺术家的卧室里，大家谈兴正浓，烟雾缭绕，一个男人（他看上去大概三十来岁）隔着烟雾审视着雅罗米尔，看了很长时间："我好像听人谈起过您。"最后他终于说。

"谈起我？"雅罗米尔得意地问。

男人问他是否就是那个自童年时代起就经常去画家寓所的小伙子。

能够通过某种媒介和这群陌生人搭上关系，雅罗米尔对此感到很高兴，他于是急急忙忙地承认了。

"但您有很久没去了。"男人说。

"是的，很久了。"

"为什么呢？"

雅罗米尔不知该如何回答，他只好耸耸肩。

"我知道为什么，我。因为这也许会妨碍您的事业。"

雅罗米尔试图笑出声来："我的事业？"

"你发表诗歌，在会议上朗诵诗歌，这座房子的女主人为了修正自己的政治声誉拍了一部关于你的片子。而画家却没有权利在公众场合露面。你知道吗，在报纸上他被当成人民的敌人来看待？”

雅罗米尔沉默着。

“你知道吗，知道还是不知道？”

“是的，我听说过。”

“好像说他的画是资产阶级的垃圾。”

雅罗米尔沉默着。

“你知道画家在干什么吗？”

雅罗米尔耸耸肩。

“他被赶出学校大门，他在一个工地上做小工。因为他不愿意放弃自己的思想。他只能晚上在灰暗的灯光下画画。但是他画了非常棒的油画，而你则写了些表面光亮的垃圾！”

10

又是一句不太礼貌的话，接着又是一句，英俊的马尔蒂诺夫终于被冒犯了。他在所有人面前教训莱蒙托夫。

什么？莱蒙托夫必须放弃他那些闪烁着智慧之光的语句？他应该请求原谅？休想！

他的朋友立刻对他严加戒备。他已经失去理智，很可能会和一个蠢货决斗。最好控制一下局面。你的生命是可贵的，莱蒙托夫，就让名誉这鬼火见鬼去吧。

什么？还有什么比名誉更可贵？

是的，莱蒙托夫，你的生命，你的作品。

所谓名誉只是你的虚荣在感到饥饿而已，莱蒙托夫。名誉是镜子里的幻觉，名誉只是为这群明天不再的观众上演的一幕戏而已！

但莱蒙托夫很年轻，他所看到的这些眼前的分分秒秒对他而言就是永恒，这些正注视着他的男男女女就是世界的圆形大剧场！要么他迈着雄性的、坚定的脚步穿过这个世界，要么他就没脸活在这世上！

11

他觉得脸上流下了耻辱的泥浆，他知道，现在他的脸脏成这样，他再也无法在这里多待一分钟。他们根本无法平息他的愤怒，安慰他。

“不要想让我妥协，”他说，“在某些情况下是不可能妥协的。”接着他站起身，神经质地转向那个插话的人：“从个人的角度上来说，我很遗憾，画家在做小工，他只能在灯光下作画。但是，客观地来看待事情，就算他在烛光下作画或者根本就不作画也没什么。这根本不会有任何改变。他绘画作品所表现的那个世界已经死去很久了。真实的生活在别处！完全是在别处！正是因为这个原因我不再到画家那里去了。和他谈论那些并不存在的问题一点意思也没有。但愿他过得好！我对死人从来无话可说！但愿土地能够轻一点。这话也是说给你听的，”他的食指指着插话者，“但愿压在你身上的土地能轻一点。你已经死了，而你自己还不知道。”

那个人也站起身来，说：“也许看死人与诗人干上一架很有趣。”

雅罗米尔觉得热血冲上脑门："我们可以试试看。"他说，他举起拳头想要揍那个插话者，但后者抓住他的胳膊，将他反身一扭，让他转了个圈，接着插话者一手揪住雅罗米尔的领子，另一只手提着雅罗米尔的裤子，将他举了起来。

"我应该把诗人先生放在哪里？"他问。

刚才试图让两人和解的年轻男女此时再也忍不住地笑了出来。男人穿过房间，空中的雅罗米尔如同一条柔弱的鱼，绝望地挣扎着。他一直把雅罗米尔举到阳台的门边。他打开落地窗，把诗人放在阳台上，踢他。

12

一声枪响，莱蒙托夫捂住了自己的胸膛，而雅罗米尔倒在阳台冰凉的水泥地上。

噢，我的波希米亚兄弟，你如此轻易地将枪声中所包含的光荣变成了拳打脚踢！

但是，我们应该嘲笑雅罗米尔吗，只因为他在滑稽地模仿莱蒙托夫？难道我们应该嘲笑画家，因为他也穿着皮大衣，牵着狼狗，他在模仿安德烈·布勒东？难道安德烈·布勒东不也是在模仿他自己心仪的高贵东西吗？滑稽模仿难道不是人类的永恒命运吗？

再说，把事情翻个个儿来看再简单不过了。

13

枪声响起，雅罗米尔捂住了胸口，而莱蒙托夫倒在阳台冰凉的水泥地上。

血浸透了沙皇时代宽大的军官制服，他站起身来。他遭到了可怕的遗弃。这里缺少文学传记作家，缺少他们的安慰，否则至少能赋予他的失败以某种庄严的意义。这里缺少手枪，否则枪声也可以洗去卑劣的耻辱。这里只有笑声，透过玻璃窗传来的笑声，让他永远名誉扫地。

他走近栏杆，朝下望去。但是可惜呀！阳台不够高，即便跳下去他也不能保证自己会死。外面很冷，耳朵冻坏了，双脚也冻坏了，他单脚跳来跳去，不知道干什么是好。他害怕阳台门会开，害怕看到那些嘲弄的脸。他深陷囹圄。深陷玩笑的囹圄。

莱蒙托夫不怕死亡，但他害怕显得如此可笑。他想跳，但他没有跳。因为他知道自杀是悲壮的，可不成功的自杀却是可笑的。

（但怎么办，怎么办？多么奇怪的话啊！不管自杀是成功还是失败，总是唯一的，同样的行动，是出于同样的原因，在同样的勇气的指使下！因此，在这里，悲壮与可笑的区别又在哪里呢？

只是成功的偶然？渺小与高尚的区别究竟又是在哪里呢？说说看，莱蒙托夫！只是些舞台道具？手枪与一脚的区别？这仅仅是历史背景强加于人类际遇的区别？)

够了！现在是雅罗米尔在阳台上，他穿着白衬衫，领带散开，冻得发抖。

14

所有的革命者都热爱火焰。珀西·雪莱也梦想在火焰中死去。钟情于这首伟大诗歌的人却真的在柴堆上被焚烧了。

雪莱将自己和妻子的影子写进诗歌，可他却溺水身亡。而他的朋友，为了修正他的死亡在语义学上的错误，聚集在海边，燃起柴火，焚烧了他被鱼啃噬一空的躯体。

但是雅罗米尔也是一样，难道死亡想要通过冰霜而不是火焰对他进行无情的嘲笑吗?

因为雅罗米尔想死；自杀的念头就如夜莺的歌唱般时时吸引着他。他知道自己感冒了，他知道自己会病倒，但他没有回到房间里，他不能忍受嘲笑。他知道只有死亡的拥抱能够平息他的痛苦，他全身心投入祈祷着的死亡，他终于发现了伟大的死亡；他知道只有死亡能够替他复仇，能够指控那些嘲笑他的人。

他想躺在地上，让寒气在身下慢慢炙烤他，这样可以帮助死神进行工作。他坐在地上；水泥地冰透了，一会儿后，他已经感觉不到自己臀部的存在；他想躺下来，但他没有勇气将背贴着地面，于是他站了起来。

寒意很快拥抱了他：他脚上的鞋也很单，裤子很薄，还穿着体操短裤，他把手伸到衬衫下。雅罗米尔牙齿冻得直颤，他喉咙痛，不能吞咽，他打喷嚏，想撒尿，于是他用冻得发麻的手解开裤子前裆；他就把尿撒在地上，他看到自己握着生殖器的手一直在冻得发抖。

15

他痛苦地在水泥地上蜷成一团，但世上没有任何东西能诱导他打开落地窗，再和那些嘲笑他的人在一起。但他们在干什么？为什么他们还不来找他？他们真的这么恶毒吗？难道他们都已经喝醉了吗？他已经在这冰天雪地里冻那么久了？

突然房间里明亮的灯光熄灭了，只剩下比较柔和的灯光。

雅罗米尔靠近窗户，他看见玫瑰灯罩的台灯照耀下的沙发床；他看了很久，接着他看见两具正在拥抱的赤裸裸的身体。

他牙齿发颤，一边抖一边看；窗帘半遮着，他无法分辨被男人身体压在下面的女人是不是女电影艺术家，但所有他看到的一切仿佛已经可以证明这点：这个女人有着一头乌黑的长发。

但这个男人是谁？上帝啊！雅罗米尔很清楚！因为他已经看到过这一幕了！寒冷，冰雪，山间的小屋，明亮的玻璃窗下，克萨维尔和一个女人！然而，从今天开始，克萨维尔和雅罗米尔应该合成一个人了！克萨维尔怎么可能背叛他？上帝啊，他如何能和他的女朋友在他的眼皮下做爱？

16

现在房间里一片漆黑。什么也听不见，什么也看不见。在他的脑子里也是一样，什么也没有：没有愤怒，没有遗憾，没有耻辱；在他的脑子里，只有可怕的冷。

他不能再在这里多待一秒钟；他打开玻璃门，走了进去；他什么也不想看见，他既不朝左边看，也不朝右边看，快步穿过房间。

走廊里有灯光。他走下楼梯，来到他挂外套的房间；那里也是一片漆黑，只是入口处照过来一抹微弱的灯光，隐隐约约可以看见几个呼吸沉重的人睡在里面。他一直冻得发抖。他摸索着在一堆衬衫中寻找自己的外套，但他找不到。他打了个喷嚏，有个睡着的人醒了，让他注意点。

他走出门口。他的大衣挂在衣架上。于是他直接把大衣套在衬衫上，拿了帽子，一路跑出别墅。

17

送葬队伍开始前行。为首的，是拉着灵柩的马。沃尔克夫人走在灵柩后面，她发现黑色的棺材盖里伸出白色枕头的一角；这角布料仿佛是一种指责，她的小男孩（啊！他只有二十四岁！）最后睡的床也没能整理好；她涌起一种无法克服的欲望，很想好好整理一下孩子脑袋下的枕头。

人们把花圈围绕的棺材放进教堂。祖母刚才昏厥过，为了看清楚，她不得不用手指支撑起眼皮。她检查棺材，检查花圈；其中一个花圈的飘带上写着马尔蒂诺夫的名字。“扔掉它。”她命令道。她的手指始终支撑着几乎瘫痪的眼皮，尽管老眼昏花，她仍忠诚地监视着莱蒙托夫的最后一程，只有二十六岁的莱蒙托夫。

18

雅罗米尔（啊！他还不满二十岁）在自己的房间里，他发着高烧。医生诊断他患了肺炎。

隔着墙壁，可以听到正在大声争吵的房客一家，而寡妇和儿子住的这两间房仿佛一座安静的孤岛，一座被包围的小岛。但妈妈没有听到隔壁房间里的争吵声。她一心在想药剂，滚热的药茶，和敷额头的湿毛巾。他小的时候已经有这么一回，她成夜地守在他身边，将烧得滚烫通红的他从死亡国度里带回来。这次一样，她会守着他，怀着同样的热情同样的忠诚长时间地守着他。

雅罗米尔一会儿昏睡，一会儿说胡话，一会儿清醒，然后又重新开始说胡话；高烧的火焰舔着他的身体。

那么，这也还算是火焰？无论如何，他还是将变成光和热？

19

妈妈面前站着个陌生人，他要和雅罗米尔说话。妈妈拒绝了。陌生人提起红发姑娘的名字。“你儿子揭发了她哥哥。现在他俩都被捕了。我必须和他说话。”

他们面对面地站着，在母亲的房间里，但对于她来说，这个房间只是通往儿子房间的入口；她守卫着这个入口，就像全副武装的天使守卫着天堂的大门。来访者的声音非常无礼，激起了她的愤怒。她打开儿子的房门：“那好吧，和他说！”

陌生人瞥见了屋里那个被高烧烧得糊里糊涂，脸色绯红的年轻人，妈妈低声却坚定地说：“我不知道您要和他说什么，但我敢向您保证我儿子知道自己在干什么。他所做的一切都是为了捍卫工人阶级的利益。”

这些词以往她经常从儿子嘴里听到，但那时她还觉得很陌生，而今天说了这番话后，她突然感觉到自己有无穷的力量；现在，她和儿子完全团结在一起，比以往更团结；他们的灵魂，他们的智慧都合而为一；她和他共有一个世界，他们的世界是由完全相同的物质组成的。

20

克萨维尔手里拿着书包，书包里有他的捷克语作业本和自然课本。

“你要去哪里？”

克萨维尔笑了，指指窗子。窗子开着，阳光灿烂，远处传来充满奇迹的城市的声音。

“你答应带我走的……”

“很久以前是的。”克萨维尔说。

“你要背叛我？”

“是的，我要背叛你。”

雅罗米尔已经无法呼吸。他只感觉到一件事情，他非常非常讨厌克萨维尔。最近他还想过克萨维尔和他只是一个人，是一个人的两面，但现在他明白克萨维尔是与他完全不同的另一个人，他现在是雅罗米尔的敌人。

克萨维尔冲他俯下身，抚摸他的脸庞：“你真美，你真美……”

“为什么你对我说话就像是在对一个女人说话？你疯了吗？”雅罗米尔喊道。

但克萨维尔没有让他打断他："你真美，但是我必须背叛你。"

接着他掉转脚跟，向开着的窗户跑去。

"我不是女人！你很清楚我不是女人！"雅罗米尔在他身后叫道。

21

高烧暂时退了几分，雅罗米尔环顾周围；墙上空空如也；镶着相框的那个穿着军官制服的男人照片消失了。

“爸爸呢？”

“爸爸不在。”妈妈温柔地说。

“怎么了，谁取下照片的？”

“是我，亲爱的。我不想他看着我们。我不希望有谁居高临下地看着我们。现在，我也不需要对你说谎了。你应该知道真相。你的爸爸不希望你出生。他根本不希望你活在这世界上。他曾经想让我阻止你到这世界上来。”

雅罗米尔已经被高烧折磨得筋疲力尽，他没有力气提问，讨论。

“我漂亮的小男孩。”妈妈冲他说，泣不成声。

雅罗米尔知道正在和他说话的这个女人一直爱着他，知道她从来不会离开他，他从来不需要担心会失去她，她从来不会让他嫉妒。

“我不漂亮，妈妈。你才漂亮呢。你看上去真是年轻。”

她听见了儿子的话，真想幸福地大哭一场。“你觉得我漂亮吗？你像我。你从来不想接受像我的这个事实。但你就是像我，我为此感到非常高兴。”她抚摸着他的头发，他那绒毛一般金黄细腻的头发，不停地吻着：“你有天使的头发，我的小宝贝。”

雅罗米尔感觉到了自己的疲倦。他不再有力气去找另一个女人，她们都那么远，通向她们的路是那么漫长。“实际上，没有任何一个女人真正讨过我的喜欢，”他说，“只有你，妈妈，你是最美的。”

妈妈哭了，吻着他：“你还记得我们在水城度过的那个假期吗？”

“是的，妈妈，我最爱的女人是你。”

妈妈透过幸福的泪滴望着这世界；她周围的一切都湿漉漉的；所有的事物都挣脱原来的桎梏和形状，兴高采烈地跳着舞：“这是真的吗？我亲爱的？”

“是的。”雅罗米尔说，他将妈妈的手握在他滚烫的手心中。他真是倦了，非常非常倦。

22

沃尔克的棺材上已经堆起土。沃尔克夫人已经从墓地那里回来。兰波棺材上的墓碑已经竖起来，可是据别人的陈述，兰波的妈妈还是让人重新打开了夏尔维尔的家族墓穴。你们看见她了吗，那个穿着黑裙的严厉的妇人？她检查了那个阴暗潮湿的墓穴，亲眼看着兰波的棺材在它应该在的位置上，看着棺材重新盖上。是的，一切都井然有序。阿尔蒂尔安息了，再也不会跑了。阿尔蒂尔永远都不会逃跑了。一切井然有序。

23

可是，是水吗？难道只有水吗？而不是火焰？

他睁开眼睛，看见了凑近他的那张脸，下巴微微地陷进去，头发金黄细腻。这张脸和他自己的那张脸是那么相近，他都以为自己趴在井边，看见的是自己在水中的影像。

不，没有一丁点火焰。他没在了水中。

他望着水面上自己的脸。接着，在这张脸上，他突然看见了极大的恐惧。这是他看到的最后的东西。

一九六九年完稿于波希米亚

撒旦的视角

弗朗索瓦·里卡尔

尽管形式单纯，米兰·昆德拉的作品却是我们今天所读到的最为苛刻的作品之一。在这里，我用苛刻这个词，是用它最为激进的意义，我想说的是，读他的作品，对于我们的精神来说是一种万劫不复的挑战。全身心地投入这本书，默认它，它就会把我们拖到很远很远的地方，远比我们开始所能想象得要远，一直拖到某种意识的极限，拖到那个《玩笑》中的主人公所发现的“摧毁的世界”。阅读在此时真正成了一种摧毁。

正因为如此，评论界在谈论昆德拉的小说时，并不知道用“颠覆”这样的词是否合适。但他们很少说起这颠覆是多么完全，多么彻底，多么没有回转的余地。他们之所以很少说起，原因很简单，只有两点。第一点在于昆德拉的作品和其他定义清晰的“颠覆小说”（阿尔托[①]，巴塔耶[②]，杜维尔[③]等人的作品）不同，在表面上它并没有那么强烈地显示出“颠覆”的要求，它没有提供关于颠覆的理论和伦理，也从来没有高声叫喊过。颠覆，它的颠覆是简单的，柔和的，隐伏的，也许我们可以说，但却是彻底的，毫无余地的。

从表面形式来看，相对地说，昆德拉的长短篇小说并不惊世骇俗：通常，叙述形式相对而言是比较传统的，背景也很清晰，人物身份明了，时间和情节与真实生活非常“相似”，尤其是文笔相当简单，从其分析性与严肃性来说很有十八世纪的风格，总之离近十五二十年来我们已经日趋习惯的“文本爆炸”（再说这往往是单纯的文本性的爆炸）相当远。因此，从理论上而言，我们完全可以把《玩笑》《生活在别处》《告别圆舞曲》和《好笑的爱》里的短篇小说单纯地当成故事来读，结构精致，生动，有趣，富有意义，除此之外再没有别的。但这样“表面”的阅读几乎是不可能的，除非我们根本没有感觉到此种阅读的“表面性”，除非我们在阅读的时候完全忘了阅读时一定会产生的一种刺耳的，虚幻的，欺骗性的感觉。但读者根本无法逃避这份感觉，这份不知所措。很快，它那份单纯就维持不下去了，必须开始另一种阅读，真正的阅读，也就是说带着怀疑与犹豫的阅读。“眼皮底下”的，很快不再是一个故事，而是一个故事的幻影；人物不再是人物，而是人物的影子；水城不再是水城，而是纸月亮照耀下的混凝土做的某种背景；在这背景下，穿着演出服的人物来来去去，

---

① Antonin Artaud（1896—1948），法国超现实主义诗人、剧作家。

② Georges Bataille（1897—1967），法国思想家、作家。

③ Bernard Duvert（1951—　），法国画家、作家。

而这些人物很快就不知道自己究竟在哪出戏里演出；最后甚至是我，读者，我也不再是那个正在阅读的人，而是一个似乎是在阅读的人，因为这份怀疑甚至已经渗透了我的身份，彻底破坏了我的存在。面具没有掉下来，它们只是让人察觉到了它们作为面具的存在；这可能更加糟糕，就像《玩笑》里雅洛斯拉夫所意识到的那样，他看到的并不是国王的脸，而是在偷偷躲避他目光的面具。

但这种“布雷”式的颠覆比任何洪亮的揭发都要有效得多。昆德拉摧毁世界的方式不是轰轰烈烈的那种，他总是一部分一部分地拆解，不发出任何声响，就像秘密警察那样。到了最后，没有坍塌，地面上没有一丁点废墟，没有爆炸声，事物从表面上看起来没有任何变化：它们只是被掏空了，装模作样地在那里，它们已经非常脆弱，具有某种决定性的不真实感。但是这份难以察觉，这份轻，如果说在某种程度上是增强了颠覆的效果的话，仓促的读者却也会因此而忽略颠覆的存在，尽管再仓促的读者也会在不知不觉中被悄悄地震撼。

但比无辜的表面更加能够说明昆德拉的颠覆精神的，更加能够使之显得如此苛刻的，——这也解释了我们为什么会经常对此有所误解——是他的激进主义，他所依赖的，他呈现给读者的这份否定，在某种程度上几乎是难以忍受的。因此在这里可以自由地对小说进行操纵，然而最终，操纵不可能是别的，只能是拒绝真正地遵循小说的逻辑，直至拒绝作品的召唤。

比如对小说的政治操纵就是如此。西方国家最近问心无愧地将社会主义国家的某些作家列入异端派，他们的表征众所周知：政治迫害，禁止出版，流放，但有一点尤其重要，那就是这个作家应当支持与他所在的国家相对立的政治体制。的确这其中的大部分特征都与昆德拉吻合。因此，我们也将他放入异端派的阵营，也就是说他属于那一类特殊的作家，揭露社会主义制度的恐怖和帮助人民一起反抗捷克斯洛伐克在军事上和政治上遭受的侵略。当然这是真的。但只是从某个层面来说是真的，正是因为如此，昆德拉的小说不幸地被当成简单的历史—意识形态—政治小说来读，这就是我所谓的操纵。我会对此进行解释。

正如大家通常所做的那样，我们完全有道理这样看待。不仅仅是在《玩笑》里，而且在《生活在别处》,《告别圆舞曲》中，甚至在《好笑的爱》的某些故事里，我们都可以读到一幅完整而生动的画面——因为这幅画面是通过我所谓的私人史诗的方式来表达的，它显得尤其生动，——展现了捷克三十年代以及随之而来的布拉格之春时代政治背景的画面。路德维克的“溃败”在某种意义上标志着整整一代人，整整一个民族的幻灭，他们曾经相信过一九四八年的“布拉格事变”，之后他们花了二十年的时间才得以一笑，然后又再一次地沉默。从这个角度来说，昆德拉小说的确可以算是对斯大林主义最尖酸的揭露之一，小说无情地拆解了种种机制，将这个巨大的骗局昭示天下。

但为什么就此停止了呢？必须继续，必须走得更远，这样我们才能看得更加清楚，如果说昆德拉的确用批判性的眼光来看待捷克的历史和政治，当然，这是因为他曾经亲眼看到过这一切，他甚至被卷进去过，成为其中的受害者，成为反对派，但这更是因为从某个时刻开始（或者说从某个思想点开始），他激进地转变了，脱离了绝对的方式，有点像《玩笑》里的主人公路德维克一样，只有不再彻底地相信这种绝对的方式才能真正开始自己的生活。但我们通常把昆德拉当成一个政治作家（这是异端派的共同命运），把他的小说当成支持杜布切克政权的游行来看，当成反社会主义，反捷克共产党的游行，但根本不是这么一回事。因为这本书所拒绝的，是所有的政治（不仅仅是右派或左派的政治体制），是政治现实本身。这里的“政治颠覆”是彻底的，它不仅仅针对这种或那种政治现实，而是政治概念本身，是偶像（就像瓦雷里说的那样，昆德拉在不止一个角度与他十分相像）政治。昆德拉之所以这样看待历史和政治，实际上，是因为他并没有用严肃的眼光来看待历史和政治，而是退后一步来看，这一步的后退与科学“客观性”或者“历史客观性”毫无关系，也与反对派战士那种分析性（这些都是单纯的战术性后退）无涉，因为这是绝对的后退，无条件的后退，是无信仰的后退——与他人不同，——对于这样的后退，我们无法回头。“如果历史在开玩笑呢?”路德维克自问道。这个问题，任何一个历史学家，任何一个政治家（哪怕是反对派的政治家）都不会提出来（因为这个问题会消弭他们存在的必要性），这个问题自身就已经包含了答案。正是通过这个启发昆德拉，并且给了他清晰思路的问题，昆德拉的小说在某种程度上与雅洛斯拉夫·哈谢克[①]（这是个不为我们所知的伟人）在四十年前所写的作品相当——或者说延续。就像昆德拉的小说展现了当代社会一样，哈谢克的作品展现了奥匈时代捷克斯洛伐克的真实面貌，用一种激进的方式揭开神秘的面纱，这是只有文学才能做到的，只有文学可以在政治和历史前发出这样的笑声，可以毫不留情地把它们剥光，也就是说将它们削减到无，这不是一种逃避，而是深入，从根本上停止它们的运转，揭露它们的恐怖，而且，除了它们身上所披的不合常理的振振有词的外衣外，它们别无辩解，因此它们在这揭露中就显得更加无耻。换句话说，如果说昆德拉的小说从这个角度来看是完全忠于当代历史的素描，那正是因为他的小说将历史，所有意义上的历史仅仅当作单纯的历史来看待：是一个潜意识的故事，一出具有建设性意义的可同时又是不值一提的悲喜剧，一个只可能被文学泄气的气球。

如果不走到这一步，仅仅将昆德拉的小说当成政治质疑来看，

① Jaloslav Hasek（1883—1923），捷克作家，著有《好兵帅克》等。

实话说，这就是对它们进行操纵。正如——我们还是换个领域来说，但仍然没有真正离开我们所讨论的话题——仅仅把《生活在别处》当成对拙劣诗歌的讽刺，这就可以说我们是操纵了这部小说。这是一种半途而止、不将小说语言追寻到底的方式，也许因为在尽头——我一直在说——有着某种过于苛刻的东西，某种几乎让人无法忍受的东西。因为这里所要批评的（所要“颠覆”的）不是“拙劣”的诗歌，而是——我们必须说——所有的诗歌，所有抒情的形式。

但读者到达这样的结论必须经历千辛万苦，也就是说必须战胜许多特别顽固的抵抗，那是来自读者内心的，阻碍他坚持到底的抵抗。开始的时候，一切都很好，小说会让我们真正地发笑。雅罗米尔在我看来实在可笑，先是一个被娇惯坏了的孩子，然后是一个长满青春痘的少年，这就是诗人的讽刺漫画，没有别的，我只注意到诗歌在他身上造成的唯一的变形，唯一的错乱。我嘲笑这个自认为是天才的拙劣的诗人，我平静地笑着，因为我可以对自己说雅罗米尔不是我，我不是他，他没有找到“真正”的诗歌，我的自信心安然无恙。但是很快，如果我继续读下去（真正地阅读），我的嘲笑便开始转成了苦笑，雅罗米尔与我真是非常相像，像得可怕，尤其是在对兰波，莱蒙托夫，洛特雷阿蒙，马雅可夫斯基和里尔克的真诚的崇拜上，对于他们，和其他人一样，我也倾注了自己所有的爱意，因此，此时我已经无法像当初一样嘲笑雅罗米尔了，再也不能那样平静地嘲笑他。刚才还站在舞台上，站在我面前的小丑，来到了听众席，就在我旁边，进入我的体内，以至我不再能与雅罗米尔保持距离，而如果我还想（还能）继续嘲笑，我就是在嘲笑我自己。雅罗米尔的超凡入圣于是转向我自己，转向我自己的抒情主义，转向我用来满足自己的诗欲，简而言之，也就是说，转向了我自己的单纯。漫画成了镜子。

于是我求助于最后一根稻草：至少，我对自己说，雅罗米尔的诗歌太矫揉造作了，他自认为是个诗人，他在“客观”上就弄错了。但是真是这么回事吗？但愿我们“不怀有任何偏见地”去读（或者脱离小说来看）雅罗米尔的诗歌。他的诗歌真的那么拙劣吗？难道不是我错了吗，我坚持认为这些诗歌质量低下只是为了保护自己——保护自己的意识——为了自己反对小说真正讽刺的对象？实际上，雅罗米尔的诗歌与别的诗人的诗歌具有相同的价值，他的天赋是经过公认的。——而如果我否认他的天赋，否认他的诗歌所具有的价值，不就是为了判自己的信仰无罪，为了保全自己对“天赋”以及诗歌“价值”的信仰吗？不就是因为我拒绝承认这样的（可怕却简单）的事实：诗歌，任何诗歌，任何诗意的思维都是一种欺诈。或者更确切地说：是陷阱，是最可怕的陷阱之一。

让我们接受这个事实吧。遵循小说的思路，一直到这一步（到这样的耻辱）是非常非常困难的，而且一路上有许多能够让我偏离，为我提供庇护，防止我受到伤害的地方。但如果我同意小说的安排，如果我没有允许自己躲避，我将达到的“颠覆”则是最激进的颠覆之一，因为它强迫我对于自己唯一信任的东西进行质疑，我借以脱离政治喜剧和世界玩笑的东西，在所有剩下一切的非真实性被证实了之后，在所有的面具都掉下来了之后，我以为这是事实唯一真实的面孔。但是这保护板坍塌了，我又一次无可挽回地进入了无可拆解的面具之圈。

因此，和《堂吉诃德》与《包法利夫人》一样，《生活在别处》也许是迄今为止关于诗歌最苛刻的否定。诗歌一直自认为是对世界进行判断，自我陶醉和自认为得到公证的私人领地。自认为是上帝最后巢穴的诗歌啊。如果有人愿意，当然还尽可以把这本小说当成是对拙劣诗歌的讽刺来读，这是自我保护的一种好方法，事实上，小说所进行的事业要激进得多：它是要摧毁纯洁的最后城墙。

但是在纯洁，诗歌的那边还有什么吗？什么也没有。或者更确切地说，那边和这边一样。诗歌的那边和诗歌的这边一样，是无韵律的世界，也就是说，是不确定，是相似，是不平衡，是游戏，是滑稽模仿，是灵魂和身体的不协调，仿佛词语和事物之间一样，是假面舞会，是错误，用一个词来总结，就是撒旦，上帝的另一面，但（就像在镜中一样）是颠倒的，错乱的，虚假的，讽刺的，荒诞的另一面，妄图成为楷模的另一面，而且常常会取胜，并且不断因此而自嘲的另一面。从此以后，唯一逃避这另一面的方法只能是：也加入自嘲的行列。

阅读昆德拉，就是接受这种撒旦的视角，这种关于政治、历史、诗歌、爱情，以及关于普遍的人类认知的视角。正因为如此，这部著作不仅仅是颠覆，它更是纯粹的文学。因为它没有提供任何认知，哪怕是关于事实的认知，我倒情愿说它展现了所有认知的戏剧性（甚至是诗歌，甚至是梦幻）；它没有做出任何判断，哪怕它也没有揭示所有判断的不足和不切实际；它没有论证任何东西，哪怕是偶然和错误的暂时王国；总而言之，它把我带到*最初*的意识状态，没有任何的意识形态，任何的科学能够忍受和覆盖的状态，也就是说是所有的真实性与非真实性掺杂在一起的意识，秩序与最深刻的混乱掺杂在一起的意识，在这意识中，我也是别人，我还没有成为我，这一切能够换回的，不过是一声大笑，但是它真的值得我们好好地笑一笑。

昆德拉的所有主人公，不管是路德维克，雅洛斯拉夫（《玩笑》），雅库布（《告别圆舞曲》），四十来岁的男人（《生活在别处》），助手（《没有人会笑》），还是爱德华（《爱德华和上帝》），所有这些人的生活，战斗，忍受痛苦，爱与衰老只是为了最终不可避免地达到这个结论，那就是生活、战斗、忍受痛苦、爱，事实上（事实上？），他们所做的一切都是因为在别人眼里他们应该这样做，特别是为了这个原本应当这样却未能这样的世界，为了上帝的创造。这个结论非常简单，却具有致命的颠覆性，这颠覆性会遭到读者最强烈的反抗，因为正是这反抗造就了现在的我们：刽子手扮成了牺牲品，客体转化成了主体，影子自认为具有真实性。但“这是人的本性”，就像帅克所说的那样：“只要我们活着，我们就是在自我欺骗。”

但是必须好好活着……

一九七八年

Milan Kundera
La vie est ailleurs

图字：09-2003-201 号

图书在版编目(CIP)数据

生活在别处/(法)米兰·昆德拉著;袁筱一译.—上海：上海译文出版社,2022.5（2026.1 重印）
ISBN 978-7-5327-8980-1

Ⅰ.①生… Ⅱ.①米… ②袁… Ⅲ.①长篇小说-法国-现代 Ⅳ.①I565.45

中国版本图书馆 CIP 数据核字(2022)第 062838 号

生活在别处
La vie est ailleurs

MILAN KUNDERA
米兰·昆德拉 著
袁筱一 译

出版统筹 赵武平
责任编辑 李月敏
装帧设计 董茹嘉

上海译文出版社有限公司出版、发行
网址：www. yiwen. com. cn
201101 上海市闵行区号景路 159 弄 B 座
上海市崇明县裕安印刷厂印刷

开本 890×1240 1/32 印张 13.5 插页 2 字数 172,000
2022 年 9 月第 1 版 2026 年 1 月第 4 次印刷

ISBN 978-7-5327-8980-1
定价：75.00 元